FOI ACABAR BEM NA NOSSA VEZ

MARIANA BRECHT

FOI ACABAR BEM NA NOSSA VEZ

Rocco

Imagem do separador: Freepik

EDITORA ROCCO LTDA.
Rua Evaristo da Veiga, 65 – 11º andar
Passeio Corporate – Torre 1
20031-040 – Rio de Janeiro – RJ
Tel.: (21) 3525-2000 – Fax: (21) 3525-2001
rocco@rocco.com.br
www.rocco.com.br

Printed in Brazil/Impresso no Brasil

Preparação de originais
DÉBORA LANDSBERG

CIP-BRASIL. CATALOGAÇÃO NA PUBLICAÇÃO
SINDICATO NACIONAL DOS EDITORES DE LIVROS, RJ

B841f

Brecht, Mariana
Foi acabar bem na nossa vez / Mariana Brecht. - 1. ed. - Rio de Janeiro : Rocco, 2025.

ISBN 978-65-5532-564-5
ISBN 978-65-5595-367-1 (recurso eletrônico)

1. Ficção brasileira. I. Título.

CDD: B869.3
25-97749.0 CDU: 82-3(81)

Meri Gleice Rodrigues de Souza - Bibliotecária - CRB-7/6439

Ao seu Barbosa,[1]
quem tem vô, tem tudo.

Livro inspirado
também pela canção
"Passarinhos", de Emicida.

O mundo desmorona simultaneamente em todos
os lugares, apesar das aparências.

Nastassja Martin, *Escute as feras*

Você disse que eu arrumaria seus cabelos
mesmo que estivéssemos
caindo juntos do alto de um prédio
para que ainda assim você chegasse
bem bonito para as pedras.

Allan Jonnes, *Areia para engrenagens*

Os humanos estão aceitando a humilhante
condição de consumir a Terra.

Ailton Krenak, *Futuro ancestral*

CAPÍTULO ZERO

DIA ZERO

Sinônimo de crise	↱						O

Ao se banhar na tempestade, Maria Clara foi arremessada à memória daquelas férias de dezembro em que a chuva fez as vezes de mar. Catorze anos atrás, a frente fria anuviou a noite de fogos como um prenúncio: o clima frustraria seus planos. O ano novo trazia o começo do fim.

Naquele verão remoto, o céu da praia do Cibratel se enchia de aviões com dizeres publicitários, paramotores, helicópteros dos bombeiros voando baixo. O solo também era disputado e a demarcação de cada lote de areia se fazia por chinelos e ondas sonoras. Além da frente fria temporã, no ar pairava um não-dito que colocava em xeque o otimismo estridente de uma virada de ano no litoral paulista. Já não havia abundância nos cardápios dos quiosques, fosse pelo aumento dos preços, fosse pela falta de oferta de alguns alimentos. As comandas tinham cada vez mais espaços vazios e eram preenchidas apenas como uma desculpa para ocupar os guarda-sóis que protegiam da garoa fina.

Estirada no sofá há três dias relendo as obras obrigatórias do vestibular, Maria Clara se perguntava se teria a chance de tomar um banho de mar antes de voltar para casa, no interior de São Paulo. De tempos em tempos, o avô, sentado em uma cadeira de praia aberta no meio da sala, dizia:

— "Empresário que ambiciona colonizar Marte." É aquele que você adora, Clarinha.

— Ah não, vô. Nem brinca. É o Elon Musk. Com K no final.

— "Sinônimo de crise com sete letras", terminando com o O do *iiilon*. — Seu Gian repetiu de maneira caricata a pronúncia da neta.

— Tem mais alguma dica?

— Não.

— Hum... Crise com sete letras... Não sei. Esperamos?

— Por uma crise? Ué, claro. É nossa única certeza.

— Concentra aí, seu Gian, vamos achando as outras palavras.

Maria Clara sorriu, já de pé, espiando por cima do ombro do avô para ver se encontrava alguma solução.

No dia seguinte, ela acordou às sete em ponto para buscar pão com o avô no mercadinho/padaria/loja de artigos de praia/sorveteria/bar não muito longe da orla. Era a única época do ano em que se levantava cedo sem a insistência do despertador ou dos gritos da irmã mais velha.

Juntos, os dois caminhavam até a mercearia em silêncio, enfrentavam a fila que podia durar até uma hora e garantiam os "filãozinhos" — como o avô chamava o pão francês — para o café da manhã. Era um ritual que já durava anos. Naquelas férias, porém, algo parecia fora do lugar — a fila maior, as fornadas mais escassas. Ela quase conseguia ouvir a voz de Antônio alardeando a privação.

Maria Clara e o avô não conversavam muito, nunca foram de conversar, mas ao lado um do outro viviam uma tranquilidade que não sentiam com mais ninguém. Ou pelo menos ela vivia. Hoje, se arrependia de não ter perguntado se era recíproco.

Foi lá pela quinta manhã de férias, já devia ser dia 29 ou 30 de dezembro, que esperaram na fila do pão por mais de três horas. O avô começou a ficar inquieto. Nunca havia atrasado tanto para tomar os remédios do coração, receitados para depois do café.

— Não era para essa fila demorar tanto.

Seu Gian tentava esconder a preocupação.

— É um absurdo não ter preferencial para idoso — comentou a neta.

— Os velhos são os primeiros jogados ao mar na hora de salvar navios — anunciou ele em tom profético, com os olhos fixos no balcão. — Olha lá. Quase não tem mais pão. Será que o trigo está em falta?

— Calma, vô. É que bastante gente deve ter descido pra praia confiando na previsão do tempo.

Seu Gian se sentou no chão com dificuldade, apoiando-se em uma prateleira vazia da loja. As cores de seu rosto pareciam ter viajado ao passado. Ele não respondia às perguntas da neta, que já não sabia como agir. Ao lado deles, a fila andou.

— Não quero que vocês passem pelo que passei — disse o avô, enfim.

— Do que você está falando? Vamos comer outra coisa. Sei lá, um ovo?

— Vai faltar pão igual na minha época.

— Não! É diferente. Olha aqui. Olha pra mim.

Maria Clara discou em vão o número da irmã, que ainda dormia. Seu coração disparou; nunca tinha visto o avô naquele estado. Embora tentasse acalmá-lo, ela mesma também via naquela falta de pão, naquela chuva imprevisível, na falta d'água cada vez mais frequente, uma ameaça. Por que ninguém falava sobre aquilo? Agora que o avô mencionava o elefante subnutrido no meio da sala, era impossível não notar o animal ou sentir seus odores.

Guardou o telefone no bolso, sentou-se ao lado do avô e segurou sua mão. Seu Gian tinha o olhar perdido nas tantas vezes em que pegara a fila do pão ainda criança e voltara para casa de mãos vazias. A mente de Maria Clara também havia partido para outro lugar e, embora seus pensamentos não ocupassem o mesmo tempo-espaço, convergiam. Encaravam, cada um à sua maneira, o medo do fim.

Passados alguns minutos, ouviu a respiração do avô se acalmando e a sua própria também. Ele a encarou por alguns segundos como se acabasse de acordar de um sono de décadas.

— Trabalhei tanto pra vocês não terem que passar por isso.

Ela quis assegurar ao avô que não passariam fome como ele, mas sabia que a amplitude térmica exacerbada, as guerras em cidades impronunciáveis, os incêndios silvestres que faziam o dia virar noite e as chuvas de gafanhotos cedo ou tarde levariam também a sua geração a conhecer a penúria. Seria um desaforo mentir àquele que havia dedicado seus dias a jornadas de trabalho de mais de doze horas em um escritório de advocacia, juntando dinheiro na esperança de que sua família jamais precisasse madrugar na fila do pão e às vezes voltar sem ter o que comer. Com tantas horas extras, seu Gian mal teve tempo para ver a filha crescer ou morrer, e se arrependia em silêncio todos os dias, mas havia feito o necessário para garantir uma vida farta, uma vida digna. Como se pudesse controlar a escassez, como se o fim do mundo tivesse ficado no passado.

A funcionária do mercadinho trouxe uma garrafa de água que seu Gian bebeu lentamente enquanto se levantava sem aceitar ajuda. Voltaram à fila. Alguns fregueses os deixaram passar na frente. Seriam os próximos atendidos quando um homem pediu sessenta pãezinhos, os últimos. Maria Clara tentou dialogar, disse que só precisavam de três, mas ele foi irredutível. Se não levasse os sessenta pães para casa, quatro para cada um, a patroa não o deixaria em paz, e então buscou uma réstia de aprovação no olhar vazio de seu Gian.

Quando a padeira anunciou que a farinha havia acabado, as pessoas foram abandonando a fila e a possibilidade de um pão fresco. Ficaram apenas Maria Clara e o avô, parados em frente ao balcão, se encarando em um receio que ora era garoa fina, ora tempestade.

— Dessa vez acabou mesmo.

Não sabia se o avô se referia ao pão do café, ao pão dos próximos anos ou ao pão do mundo inteiro. Ainda assim, concordou.

Caminharam de volta para casa e dividiram em três o abacate que estava quase maduro na fruteira enquanto Maria Clara fazia ovos mexidos. A irmã ainda dormia. O avô tomou seus remédios. Se não fosse o nevoeiro lá fora, tudo teimaria em parecer normal. Depois, sentaram-se na sala e se dedicaram à revista de passatempos como se fosse um verão qualquer.

Dali a alguns anos, a proliferação de águas-vivas tornaria os mares hostis. As orlas seriam tomadas pela subida do oceano Atlântico e o mercadinho se tornaria uma lembrança submarina, na qual às vezes Maria Clara se imaginava fazendo compras com um cilindro de oxigênio. Ainda assim, a catástrofe que decretou que aquelas férias seriam as últimas foi muito pior.

Depois do café, o avô abriu suas palavras cruzadas na página inconclusa e chamou Maria Clara para ajudá-lo a achar a resposta.

— Colapso — disse um dos dois. — Crise com sete letras é colapso.

Mas ela não lembrava quem.

Parte I

Imperfeito

CAPÍTULO 1

DIA -192

Com a cabeça apoiada no vidro do carro, Maria Clara só conseguia pensar em tudo aquilo que deixava para trás. Tinha levado mais de dez anos para renascer das cinzas de quem era, construir uma carreira, um relacionamento e, agora, via tudo de novo desabar.

Diferente da última vez, em que a devastação tomou-a de um só golpe, agora ela vinha aos poucos. A derrocada dava sinais há anos, os que estavam na frente pegaram o que puderam e ela não conseguia evitar o sentimento de que todo o filãozinho tinha acabado bem na sua vez de comer. No dia seguinte, não haveria novas fornadas e, ainda assim, tudo que ela queria era voltar a habitar seu velho mundo, sem saber onde ele estava.

— Mais uma igreja? Quando construíram? Tem uns cinco anos já, vive cheia. É daquela religião nova, sabe? Sei. Nossa, derrubaram o sobrado do Fabrício! Pois é, ele agora vive nos fundos da casa dos pais e eles estão usando o espaço para um jardim. Essa árvore que secou é a jaqueira em que a gente costumava subir? É, sim, lembra…

— O que você está fazendo, Luiza? — Maria Clara interrompeu o falatório da irmã.

— Conversando no seu lugar, já que você não disse nem uma palavra desde que a gente entrou no bairro. Nem comentou como está tudo mudado.

— É claro que estaria tudo mudado depois de doze anos.

— Além disso, você nem me agradeceu. Sabe quanto custou um tanque de gasolina até São Paulo?

— Eu te pago assim que receber meu primeiro salário.

— O bom é que você vai ganhar em euro.

Maria Clara concordou em silêncio.

— Você não está mentindo pra mim sobre esse trabalho, né?

— Atrás de uma bola sempre vem uma criança.

Luiza freou de repente.

— *Você* não mudou nadinha.

Luiza desceu do carro, batendo a porta, e se curvou até ficar da altura de um garoto que parecia ter uns nove, dez anos. Olhos arregalados, ele abraçava uma bola de futebol surrada e respondeu com a cabeça que sim, estava bem.

— Passa mais devagar no meu campinho da próxima vez, tia.

— Entra no carro que sua mãe não gosta que você ande por aí sem seu irmão. — Luiza abriu a porta do lado do passageiro. — Deixa o menino subir, Clara, você pode terminar a viagem a pé. Nossa casa é logo ali, você lembra onde fica?

Ela respondeu que sim sem perceber a ironia, encarando a criança e depois Luiza como se eles pertencessem à mesma espécie estranha.

— Ok… Oi, sobe aí. Desculpa pelas tralhas no banco de trás. Meu nome é Maria Clara. E o seu?

— Ainda não escolhi. Mas já ouvi falar de você, tia. Voltou? Sabe jogar taco?

— Não sei, não. Você parece muito com a….

— Jéssica? É minha mãe!

Maria Clara lançou um olhar surpreso para Luiza. O garoto tapou o ouvido.

— Prefiro não ouvir fofoca da mamãe — anunciou ele, quase gritando.

— Já passaram doze anos, você mesma disse. É claro que tudo está mudado. Mas não é filho dele, não, fica tranquila.

Maria Clara abriu a boca e voltou a fechar. Foi só o que conseguiu fazer no tempo em que o garoto bateu a porta do carro, Luiza deu partida e ela foi deixada ali a ser consumida pelas emoções que jurou para si mesma que não voltaria a sentir.

Era uma moradora fóbica em uma casa cuidadosamente dedetizada cujas frestas ainda deixavam passar baratas. Estava sozinha com seus medos pulverizados, que agora saíam dos bueiros em plena luz do dia. Sobreviviam, multiplicavam-se. Enquanto isso, todo o resto — pães fresquinhos, pessoas amadas, os mamíferos de grande porte das páginas dos livros da infância, o emprego no qual ela permaneceu por quase uma década, seu relacionamento estável — se extinguia a olhos nus.

Maria Clara percorreu os duzentos metros até o portão de casa na ponta dos pés, como uma adolescente voltando muito mais tarde do que o combinado. Encolhida sobre si mesma e concentrando todo o peso do corpo nas falanges, caminhava no tempo. Já tinha mais de trinta anos, não era mais uma garota. De quem ela se escondia, afinal? Endireitou os ombros e colocou os pés inteiros no chão, vigiando o próprio passo. Primeiro as solas e depois os dedos. Abdômen encolhido. Cabeça erguida. Naquela distância que a separava da casa de infância, aprendia de novo a andar.

Olhou para os lados, procurando por olhares curiosos, mas naquele bairro outrora tão mexeriqueiro ninguém parecia se importar com o seu retorno. Todos estavam ocupados demais com a roupa a ser arriada, a água a ser recolhida, as hortas a serem regadas. Era preciso muito mais do que uma demissão, uma carreira frustrada, uma volta da filha pródiga, um retorno de Saturno para chamar a atenção das pessoas que viviam uma crise sistêmica. Mesmo que Saturno a devorasse com requintes de Hannibal Lecter, não havia nada de novo na carnificina.

Olhou a tela do celular, só para garantir que o mundo havia se esquecido dela. Nada da resposta do trabalho pela qual aguardava, e também não havia nenhuma mensagem de Paul. Um cachorro vira-lata jovem e magro era o único que parecia notar sua presença. O voo de um carcará também acompanhava seus passos. Era ela presa ou carcaça?

Ao chegar ao sítio em que viveu até a adolescência, se deu conta de que não tinha mais a chave do grande portão de madeira, provavelmente perdida em alguma de suas mudanças. Sentou-se na sarjeta, esperando que a irmã voltasse e acariciando as costelas de Vincent, o vira-lata alaranjado de uma orelha só que acabara de nomear.

Observou o topo da Pedreira, a paisagem da sua infância: uma montanha transformada em mina a céu aberto, transformada em possível atração turística, transformada em possível atração turística abandonada, transformada em montanha de novo, ou a sobra de uma, agora revestida por hortas e pomares organizados em harmonia caótica. A Pedreira era a prova de que era impossível voltar a ser quem se era depois de anos sendo pilhada da própria matéria.

Lá em cima, uma chama queimava. A fumaça fazia dançar as árvores e ela se perguntou se deveria alertar alguém, mas quem?

Olhou fixamente o fogo se alastrar. A chama era cada vez mais intensa. As pupilas tomadas pelo incêndio, seu olhar se cruzou com o dele.

Maria Clara sentiu o ardor da fogueira improvisada na pia do antigo banheiro onde queimou todas as fotos com aquele rosto, todas as páginas de seu diário que o mencionavam. As labaredas, alimentadas por ressentimento, tinham se agarrado à cortina de plástico do boxe e por pouco não tomaram conta do apartamento. Apagadas por um extintor fora do prazo de validade, as chamas eram as mesmas que agora se alastravam no topo da Pedreira, nos olhos dela, na promessa de nunca mais pronunciar o nome com 137 menções no seu diário reduzido a 137 fuligens misturadas à poluição do centro de São Paulo: Antônio Francisco Mendes da Silva.

Com o fôlego de um suspiro incendiário, ela tentou apagar o próprio desejo.

A bananeira que ocultava a visão daquele rosto foi ao chão com um estrondo e seus olhares se encontraram não muito longe da ponta do facão ainda erguido de Antônio. Ela acenou, tentando abrir um sorriso conformado. Ele levantou uma das sobrancelhas e cravou a lâmina no broto que ainda estava de pé. Algo naquele gesto soou como uma ameaça; Maria Clara só não entendia se o alvo era ela mesma ou a musácea sobrevivente. Se soubesse que bananeira não se corta em par, teria sua resposta.

Enquanto Antônio atravessava a rua em sua direção, ela tentou desviar o olhar, mas os seus passos eram um pólo que atraía tudo à volta. Até o vira-lata correu para perto dele, que se abaixou para acariciar a única orelha do cachorro.

Antônio aproximou-se devagar. Tomou seu tempo, ocupado com a própria caminhada. Com gestos lentos, limpou as mãos na camisa encharcada de suor, parou para tirar o boné, ajeitou os cabelos ainda vastos, cacheados e morenos, prendeu o chapéu na calça jeans puída que vestia apesar do calor. Já ela se reduzia ao ridículo da espera.

No alto da Pedreira, o fogo se alastrava. Maria Clara encarou o incêndio por alguns instantes. Deveria avisá-lo? Ou ele pensaria ser só uma desculpa para evitar o encontro? Ou pior, ficaria ainda mais convencido de que era ela mesma a causa e o prenúncio de um desastre natural? Ela, uma desordem movida pelo prazer de gerar destruição por onde passava.

Antônio agora estava à sua frente, estendendo a mão aberta de um jeito que só ele ainda fazia naqueles tempos assépticos. Ela ainda não tinha certeza do impacto que teria o atrito entre suas peles. Preferiu evitar qualquer contato e o cumprimentou à moda da cidade: a palma da mão esquerda contra a palma da própria mão direita em um *namastê* sem reverência. Sentiu-se constrangida pelo gesto, embora tenha sido ele quem ficou com a mão estendida no ar. Como por clemência, Antônio foi o primeiro a quebrar o silêncio:

— Boa tarde. Está procurando por alguém, moça?

— Antônio, sou eu... Lembra? Não mudei tanto assim, mudei?

Quando ela se deu conta, já era tarde demais. Logo na primeira interação, já havia caído em uma armadilha. Antônio deixou escapar uma risada alta, que logo abafou, curvando-se para revelar uma cópia da chave do portão embaixo de um vaso de espada de Santa Bárbara.

— É claro que eu lembro.

Ele estendeu a mão com a palma virada para cima. No meio dos seus calos, a chave parecia pequena demais para trancar todo seu passado. Maria Clara fez menção de recolher o objeto, mas sabia que, por trás daquele gesto generoso e do riso fácil, havia mais uma arapuca para a presa que era ela. Então, permaneceu imóvel e se contentou em analisar os traços dele, na expectativa de um movimento que servisse de fuga.

Antônio havia mudado muito pouco. Sua pele rasgada pela aridez guardava o sol dos dias de trabalho na terra; seus lábios tinham nas rachaduras a demora da estação de seca; em seus cabelos de cachos miúdos, um pouco da poeira dos ventos do sul se acumulava, enquanto seu corpo parecia condensar as chuvas que não caíam. Estava pensando que as paisagens de Antônio eram mais precisas do que as curvas meteorológicas quando percebeu estar há muito tempo calada.

— Só voltei porque estou entre dois empregos — respondeu com formalidade corporativa antes que ele fizesse qualquer pergunta.

— Ah, sinto muito. Você está bem?

Ela balançou a cabeça em um sim esbanjando tanta convicção que só podia ser falso.

— Foi você que fez tudo isso?

— E aquele seu jogo?

Falaram ao mesmo tempo, e logo encobriram um riso.

— Eu não fiz nada, não. Só dei um empurrãozinho na natureza — ele se adiantou.

Na sua vez de responder, Maria Clara só ergueu os ombros e balançou a cabeça baixa em um "não".

— Você fez bem em vir. Nesses tempos difíceis, é bom estar em casa.

— Eu não me sinto em casa — flagrou-se dizendo em voz alta o que não assumia para si mesma.

Percebeu que a frase devia ter soado ríspida e começou a listar maneiras de se corrigir, se retratar, mas Antônio apenas abriu e fechou a boca, com o olhar fixo no dela, e então falou tão baixo que a frase soou empoeirada:

— Você podia ter me avisado.

Maria Clara notou que as pupilas dele se dilataram em sinal de perigo. Lembrou-se das lentes dos próprios óculos redondos, que ocupavam quase metade do rosto, denunciando as chamas altas que já consumiam um arbusto inteiro no alto da Pedreira.

— Achei que incêndio agora era normal.

O rosto dele se endureceu em um movimento sutil e definitivo.

— Não é por isso que a gente deixa se alastrar.

Antônio ergueu a mão sobre o cenho franzido, tentando cobrir o rosto do sol poente, e olhou na direção do fogo. Ela aproveitou a distração para endireitar a postura e armar o cabelo cacheado, ficando ainda mais alta, como um animal que cresce para surpreender o predador.

— Eu não vim para ficar.

Ele se virou de volta e deu um passo na direção dela, segurando a chave em riste, como se a desafiasse a pegá-la, sem tirar os olhos do objeto. Ela avançou também. Estavam agora a menos de um palmo um do outro.

Aquilo que crescia entre os dois criava uma forma própria de calor que podia devastar tudo no entorno. Ele deu um pulo repentino para trás, como se entendesse que aquele ardor era gradual, assassino, o mesmo que cozinharia rãs despreocupadas ou exterminaria a vida na Terra. Olhou para a chave que ainda segurava e a pousou cuidadosamente na mão de Maria Clara, garantindo que suas peles não se tocassem.

— Eu te ajudo a apagar.

Ela se arrependeu antes mesmo de terminar a frase. Um riso debochado escapou do nariz de Antônio em forma de lufada de ar. Sem nenhuma outra manifestação, ele assobiou para o cachorro, colocou de volta o boné e correu montanha acima.

Maria Clara ficou ali por alguns segundos, o olhar fixo nas chamas que se levantavam contra a vontade daquilo que queimava. Com gestos automáticos, virou as costas para o fogo, encaixou a chave com a marca de esmalte para cima, deu um tranco para forçar a madeira inchada pelo calor e bateu o portão depois de passar.

Ruminando significados do encontro com Antônio, esqueceu-se de se preparar para o que vivia: atravessar aqueles muros e, pela primeira vez, não ter braços abertos para recebê-la.

Sentou-se no gramado de um marrom sem chuva e ali ficou, sem saber por quanto tempo. Em meio à maior seca da história, ela se evaporava. Precisava encontrar uma saída. Afastar-se era a única forma de permanecer inteira.

Tirou o celular do bolso, encarando a tela e a mentira que contava para todo mundo e para si mesma. Não tinha uma rota de fuga. Depois que a empresa em que trabalhava encerrou as atividades, não encontrou nenhuma outra vaga em mais de seis meses de busca.

Conectou-se ao wi-fi da casa, cuja senha ainda era a mesma. Abriu seus e-mails pela enésima vez naquele dia. Uma nova notificação fez seu coração dar um salto. Era a resposta de uma entrevista de emprego que ela aguardava há semanas, resumida a um texto automático começando com: "Sentimos informar que..."

Agora, em sua pasta "aguardando resposta", não restava nenhuma opção, enquanto os "não" se multiplicavam em proporção inversa ao volume de sua conta bancária, às suas perspectivas de carreira, à sua vontade de seguir tentando. Procurar seu lugar em um mundo que se encolhia começava a parecer um desvario.

A tela do celular estava coberta pelas fuligens que chegavam da Pedreira. Ela deixou o aparelho de lado e olhou em volta. Estava em seu quintal, o mesmo em que passara anos escorregando de papelão no gramado; fincando sementes na terra sem nunca se lembrar de regar; descascando laranja-lima com um canivete que ficava cravado no tronco; tentando esculpir um coração em uma árvore e se dando conta de que era mais difícil do que parecia nos filmes.

Reconhecia naquele quintal um conjunto de ações difusas que não pareciam ter pertencido ao seu corpo; era como se sua presença ali fosse ilusória. Sentia-se dentro de um de seus jogos de realidade virtual, era só encontrar o ponto de vista certo para descobrir que aquele cenário tinha, na verdade, só duas dimensões. A percepção a paralisava e, assim como nenhum gesto lhe vinha ao corpo, nenhuma lembrança lhe vinha à mente. Eram apenas ações difusas: escorregar, descascar, desistir. Foi mesmo ela quem as viveu ou preenchia seu vazio com imagens de um passado imaginado?

Fechou os olhos para se esconder da ausência. Anos atrás, tinha percebido que as lembranças do avô lhe escapavam em segunda morte. Desde então, Maria Clara havia alimentado a esperança e o medo de que, ao atravessar aquele portão, as memórias de Gian rebrotariam. Consolou-se convencendo a si mesma de que o apagamento era um problema de ordem geográfica: só precisava pisar na casa de infância e as lembranças voltariam, tinham que voltar. Ao mesmo tempo, temia que o regresso perturbasse o frágil equilíbrio conquistado a duras penas e altas doses ansiolíticas. Adiou a curta distância entre a Pedreira e a capital até que o vencimento do aluguel forçou o reencontro com a memória.

Quem a recebeu, porém, foi o vazio. Não havia silhuetas, nem vozes, nem abraços. A culpa e a dor eram matizes dominantes de qualquer lembrança que ela tentasse pintar, um cinza turvo que se fazia da mistura de muitas cores.

Sentiu um frio repentino, o coração acelerado, e lhe veio a vontade de rasgar a própria pele, o conhecido alarme de fuga. Seu corpo anunciava que precisava ir embora, mas todos os caminhos pareciam incendiados. Cada um de seus dias era ruína e véspera. Tinha que encontrar uma saída.

Sua pele estava coberta pelas fuligens das paisagens incineradas. Balançou a cabeça e esfregou o braço, imprimindo os rastros do incêndio que Antônio tentava apagar. Levantou-se para atravessar o imenso quintal.

A casa estaria vazia. Sua memória, condenada à secura de um verão sem chuva. Não havia mais lugar para ela, que só conhecia a velha forma de viver. Apartada de seu passado, chegou tarde também para o futuro. Todos os pães já tinham sido levados e ela estava sozinha na espera por mais, mas a mercearia não passava de um escombro submarino.

CAPÍTULO 2

DIA -190

Do incêndio sobrou apenas a ardência nos calos deixados pelo abanador, já o encontro com Maria Clara ainda se alastrava pelo seu corpo. Os primeiros raios de sol despontavam atrás da Pedreira e Antônio já estava acordado, remexendo vigorosamente o conteúdo de uma caixa de madeira. Dali de dentro saíam mosquinhas de fruta e um cheiro azedo. Parte do conteúdo da caixa — nacos de legumes em decomposição, cascas de fruta, palha e até algumas minhocas — caía no chão com o alvoroço.

— Tonho, você sabe que a ideia é que a coisa toda fique dentro da composteira, né? — questionou uma voz vinda da cozinha implantada no quintal.

Ele fez uma pausa de alguns segundos e considerou a informação, aproveitando para limpar o suor em sua fronte.

— Olha, Pat, já ouvi falar nisso, sim. Ouvi também que um certo tipo de minhoca pálida e comprida cairia muito bem na composteira.

— Você nem ous…

Era tarde demais; Antônio segurou Pat pelas pernas, ameaçando afundar seu corpo magro no composto desequilibrado.

— Trégua! Trégua! — exclamou Pat entre risos. — Trouxe chá pra você, não viu? Me põe no chão antes que eu derrube tudo.

Antônio obedeceu com um movimento tão delicado que as xícaras equilibradas sobre a garrafa térmica nem se mexeram. Ele desrosqueou a tampa, serviu Pat e bebeu o resto do conteúdo fumegante em um gole só.

— Preciso plantar mais alecrim — concluiu logo depois de engolir.

— Antônio. Olha pra mim. Três minutos sem pensar no que você precisa fazer.

— Um.

— Ok, mas sem piscar, então.

Ele riu, mas Pat não parecia estar brincando. Encararam-se em silêncio e de olhos abertos. Antônio guardava nas mãos o agito inquieto da sua lista de tarefas. Lamentava por tudo que poderia estar fazendo durante aquele minuto perdido.

— Sei que ela voltou. — Pat não tinha tempo para fazer cerimônia.

— Você tinha que tocar nesse assunto?

— Sem piscar. Você prometeu. Fala como você se sente.

— De novo essa história?

— Sempre funcionou.

— O que eu ganho?

— Sei que não guardou água pra se lavar antes da reunião e você tá cheirando mal. Muito mal.

Pat abriu um sorriso vitorioso. Antônio respirou fundo, vencido.

— Como foi encontrar a Maria Clara?

— Ah, sei lá. Estranho. Parecia que eu tinha voltado no tempo.

— Mas não voltou.

— Não. Agora está tudo diferente, muito pior.

— Eu não diria pior, diria… incontestável. — Pat esboçou uma careta para amenizar a pompa do adjetivo.

— Fico preocupado só de pensar como a MC vai reagir agora que as coisas estão ficando difíceis até pra gente com as condições dela, sabe? E em como *eu* ia reagir se ela… — Antônio deixou a especulação em suspenso.

— Lembra daquela vez em que ela passou uma semana sem sair de casa porque o protetor solar estava em falta?

— Pois é. E agora que quase nem tem farmácia?

— Tonho, as pessoas mudam…

— A gente já deu chances demais um para o outro.

Antônio não precisava olhar as horas para saber que o tempo havia se esgotado.

— Deu um minuto. Feliz?

— Temos um campeão! — disse Pat enquanto segurava o braço do irmão no alto, como o de um lutador de boxe no ringue, mas logo o abaixou de novo. — Mano do céu, esse banho vai ser de utilidade pública. Ainda bem que nossa geração não precisa mais reproduzir a espécie, porque olha…

Antônio riu enquanto sujava o braço de Pat com uma mistura de terra, grama picada e resto de casca de legumes. Os dois passaram a revirar a enorme composteira juntos. Pat enterrou os dois braços na grande caixa, mexendo com cuidado para que o conteúdo não se derramasse; elu era muito mais habilidose do que Antônio, que parecia uma máquina de fazer ondas revolvendo a mistura, e depois passava um tempo enorme recolhendo os resíduos que caíam fora da caixa. Pat tinha uma constituição magra, mas musculosa, a pele desenhada por arranhões e algumas tatuagens improvisadas. Vestia-se sempre de uma cor só, naquele dia estava de cinza, e levava os cabelos em um coque rígido, que só soltava em dias de festa.

— Tonho… Você já contou pra Carcará?

— E precisa? A fofoca aqui é 7G.

— Não é fofoca. É "zelar pela comunidade". — Pat articulou a última frase de maneira exageradamente séria, imitando a mãe.

Antônio riu e se abaixou para apanhar as minhocas que tinham ido parar no chão. Os animais se remexiam sobre suas mãos, como se tentassem cavar um buraco naquele ecossistema áspero e calejado, sem saber que velhos hábitos em novo terreno não tendiam a vingar. Pat já havia acabado a sua parte da tarefa e se debruçou para ajudá-lo.

— Tonho, agora falando sério. A Luiza vai levar a Clarinha pra reunião e, se ela votar do lado da irmã, vai tudo por água abaixo.

Antônio fechou a mão com força, mas a abriu de repente e verificou se não havia esmagado as minhocas. Para seu alívio, elas pareciam ter sobrevivido ao seu ímpeto de raiva. Não calculara mais essa consequência da passagem de Maria Clara.

— Eu cuido disso — respondeu ele prontamente enquanto se levantava em um pulo. — Vou falar com Carcará.

Pat tentou se manifestar, mas o irmão já estava longe e elu seguiu ali, sentade no chão, devolvendo as minhocas para a composteira. Era o mínimo que poderia fazer por aqueles animais subestimados que há muito tinham deixado as dualidades para trás.

Antônio entrou em um salão de taipa. Em cima da porta amarelo-cúrcuma, duas placas pintadas à mão exibiam a sigla C.C.A.P. seguida do nome que abreviava. A cada vez que passava por ali, ele não podia evitar a lembrança do dia em que terminaram de erguer aquela construção de terra e bambu. Antônio completaria catorze anos na inauguração pela qual ansiava há meses, mas o dia que deveria ser de festa começou com a visão da mãe saindo do banheiro com os olhos inchados. Foi a primeira vez que a viu chorar, então o menino correu para o quarto que dividia com Pat e bateu a porta. A mala fechada no corredor tratou de lhe explicar os porquês.

Para o que acreditava ser o bem da mãe e o seu próprio, fingiu que nada acontecia e, quando Pat chegou até ele mostrando orgulhosamente a placa que acabara de pintar, Antônio sorriu, contendo as lágrimas. Naquele momento, fez um pacto solitário de que seria escudo silencioso dos males que não o afligiam. Se o mundo tratasse Pat com crueldade, ele estaria ali para absorver todos os impactos.

Elu estava contente por ter terminado a pintura a tempo da inauguração. Antônio olhou para a placa que exibia a sigla C.C.A.P.: Carlos, Carcará, Antônio e Pat, em homenagem àquela que fora a primeira construção em família e serviria como salão multifuncional da incipiente comunidade da Pedreira.

A caligrafia de Pat naquele pedaço envernizado de madeira era inocente como um soco e, embora o primeiro esforço para segurar as lágrimas tenha sido difícil, o segundo marcou sua garganta com a dor de engolir a ponta de um canivete. Sua vontade era arrancar aquele primeiro C com os dentes, mastigá-lo, digeri-lo, defecá-lo longe das suas terras.

— Você não gostou? — perguntou Pat, erguendo os olhos, ao que Antônio respondeu com uma afirmação de cabeça pouco convicta. — Vou mostrar pra papai e mamãe.

— Não, espera. Tive uma ideia. Você podia fazer outra placa pra gente colocar logo abaixo dessa.

Pat o encarou, intrigade. Antônio hesitou por alguns instantes, então propôs:

— Escreve "Centro Comunitário Ana Primavesi".

— Mas não era isso que...

— Vem, eu vou te contar a história da dona Ana. Você sabia que ela também escolheu o próprio nome, igual você? Vocês são corajosas. Aliás, corajoses?

Antônio estendeu a mão. Fazia tanto tempo que o irmão não reproduzia aquele gesto que Pat logo entendeu que era melhor segui-lo, que era seguro ficar ali, de mãos dadas com ele, pelo tempo que fosse.

— Por enquanto, pode falar corajosa, mas não só. Também sou corajoso e corajose, vai se acostumando. O importante é que não sou um patifão quem nem você — disse elu, e riu da própria piada.

Antônio assentiu, o olhar distante.

— Tonho, era brincadeira...Tonho? Tonho? É por minha causa que ele...

Quando se virou para Pat de novo, Antônio parecia ter trocado de pele. O abandono foi seu ritual de passagem.

— Eu só vou falar isso uma vez, então ouve bem. Você é a coisa mais legal que me aconteceu e eu sempre vou te amar, te proteger e ter orgulho de ser seu irmão. Entendeu?

Pat abaixou a cabeça, ficou em silêncio por alguns segundos e então ergueu o olhar para o irmão.

— Comunitário tem acento?

Elu fez as lágrimas escorrerem para dentro, poupando Antônio da própria tristeza e criando, sem saber, uma nova tradição familiar. Passados quase vinte anos, a placa estava acinzentada pelos efeitos do sol e da chuva. O primeiro C já quase apagado, como se nunca tivesse existido.

O atrito das cerdas de uma escova de dente velha contra o estofado rústico fez Antônio aterrissar de volta no presente. Dentro do C.C.A.P., Carcará esfregava com força uma mancha coberta de sal e umedecida com suco de limão.

— Anda precisando de coisa pra fazer, mãe? — Antônio riu.

Ela o abraçou por mais tempo do que de costume, como se tivesse algo a dizer enquanto percebia a insuficiência das palavras.

— A gente mora na mesma casa e parece que não se vê há um tempão. Saudades, meu anjo.

— E agora Carcará acredita em anjo?

— Ando precisando acreditar em alguma coisa.

— E a fé na nossa luta?

— Estou com um pressentimento daqueles.

— Ficou sabendo, né?

Era preciso duas mãos de Carcará para segurar uma de Antônio. Ela tinha as unhas lixadas retas e a cutícula fina, meticulosamente empurrada para baixo. Nos dedos, nenhum anel. Vestia uma blusa de manga comprida, de um branco brilhante, como se recém-comprada. A legging não tinha nenhuma marca de sujeira, embora Antônio soubesse que ela acabara de lidar com as galinhas. Sob as roupas justas, todos seus músculos pareciam tensionados. Seus cabelos curtos, sempre aparados acima da orelha. Nela, não havia espaço para o importuno. Carcará era prontidão.

— Você vai ficar bem?

Ela encurralava o filho pelo olhar. Antônio desviou a atenção para a mancha no estofado da cadeira e ela apertou sua mão um pouco mais forte.

— Não! Nem você. É a maior seca da história, os cultivos não estão vingando, não dá pra botar a cabeça pra fora de casa sem sufocar, e ah, estão querendo nossas terras de novo. Quem tem tempo pra historinha de amor?

— É você que está falando em amor. — Ela sorriu, triunfante.

Antônio soltou as mãos da mãe.

— A gente devia cancelar a votação de hoje à noite. Não entendo por que discutir uma coisa que coloca em risco a *nossa* casa.

Carcará respirou fundo.

— A gente precisa votar, Antônio. Nos comprometemos. A Maria Clara talvez fique do lado da irmã, mas talvez não...

— A gente vai perder nossas terras com essa história de assembleia.

— A gente precisa do apoio da comunidade... — ela hesitou — pra não ser igual à última vez.

— Se é assim, eu mesmo vou falar com ela.

Ele bufou, revirando os olhos, sem perceber o quanto se infantilizava. Carcará balançou a cabeça em reprimenda. Antônio virou a almofada do assento, escondendo a mancha que a mãe se obstinava em limpar, e então saiu de seu aro de reprovação.

Faltavam cinco minutos para as sete da noite e o C.C.A.P. estava cheio de pessoas sentadas em roda, mergulhadas em um silêncio incômodo. Antônio encarou o relógio na parede e depois Pat e Carcará, que tinham o olhar fixo no chão.

Robson, um advogado bem-vestido de cinquenta e poucos anos, entrou no salão. Comentava com a esposa que era dia de expulsar *aquele povo* dali, e Antônio teria questionado a quem ele se referia e começado uma discussão sem fim se o olhar firme de Carcará não tivesse interrompido a afronta.

Em seguida, os gêmeos sem nome gritaram ao mesmo tempo. Sentados aos pés de Jéssica, acusavam a mãe de usar suas cabeças como bola antiestresse. Jéssica sugeriu que Carcará já fosse dando início à reunião, mas Robson logo protestou que ainda faltava Luiza. De qualquer maneira, durante todos aqueles anos, a anfitriã nunca atrasara nem adiantara um minuto sequer. Começariam às dezenove em ponto, mesmo que metade daquela sala quisesse acelerar o relógio e a outra, suspender o tempo.

— Tonho, eu falei com a... — Pat tentou conversar com o irmão, mas ele não ouviu e saltou de sua cadeira, correndo na direção para onde se voltavam todas as atenções.

Luiza caminhava resoluta para o centro do salão enquanto Maria Clara não tirava os olhos do celular, nem mesmo quando Antônio pulou à sua frente e por pouco não se trombaram.

— Preciso te explicar o que está em jogo *de verdade*. Você tem que me ouvir, MC. — Antônio sentiu uma vertigem ao apelar para o apelido da adolescência. — O seu voto vai estragar tudo.

Maria Clara levantou os olhos da tela por alguns segundos.

— Por favor, me chame pelo meu nome.

A voz de Carcará ecoou dentro da sala, dando início à reunião. Luiza sorriu triunfante quando Robson tirou dois casacos de cima de duas cadeiras, como se precisasse reservar os melhores lugares para suas aliadas, mesmo que estivessem sentados em roda.

Antônio não teve outra opção além de segui-las e voltar para seu assento. Mergulhou em si para evitar corresponder aos olhares apiedados. Recusava-se a fazer parte daquela ciranda estagnada em que se votava, sob o telhado que ele havia construído, seu próprio escombro.

Programa Terra Legal: Devolvendo a terra para a Terra.

O governo está ciente de que, nos últimos anos, o número de invasões a terras e terrenos rurais e urbanos que supostamente não cumprem sua função social tem aumentado consideravelmente. O programa responde às queixas de seus cidadãos apoiado em cinco pilares:

- *CIDADANIA: se o seu bairro tem uma terra invadida, o problema é de todos os habitantes. Então, por que a solução também não pode ser? Os munícipes tornam-se responsáveis por banir os invasores de suas Zonas de Responsabilidade (ver mapa das ZR no QR Code). Envie um abaixo-assinado com maioria qualificada na sua ZR e cuidaremos da desocupação.*
- *WIN-WIN SITUATION*: a terra recuperada será concedida a uma empresa credenciada no mercado de carbono, trazendo recursos para a cidade.*
- *ECOLOGIA: com o reflorestamento das áreas, freamos juntos o aquecimento global. Faça sua parte!*
- *COESÃO E UNIÃO: nossos bairros voltam a ser pacíficos e bem frequentados. Ao se organizar para denunciar as invasões de terras, a comunidade fica ainda mais unida.*
- *SANÇÃO: os munícipes em zonas com invasões não delatadas serão punidos com multas que podem atingir 50% do valor declarado de suas propriedades, podendo levar à desapropriação.*

** Situação "ganha-ganha", em que todas as partes se beneficiam.*

O texto estava impresso sobre a imagem desfocada de uma criança plantando uma árvore nos panfletos que metade dos presentes levava à mão — a mesma metade que só passou a frequentar as reuniões comunitárias após o anúncio do programa Terra Legal, agora pauta exclusiva da comunidade da Pedreira.

Os encontros haviam sido instituídos por Carcará há cerca de dez anos, quando entendeu que sua família sozinha não poderia defender aquelas terras e buscou apoio nos vizinhos.

Aos poucos, foram chegando os moradores que tinham passado a se beneficiar da água da nascente plantada por Antônio ou do excedente de legumes que a família distribuía. Nos últimos meses, porém, a frequência havia dobrado. Com a chegada dos novos participantes, preocupados com a punição administrativa, a pauta passara a divergir das habituais discordâncias entre qual variedade de milho plantar. Eram pessoas que, até então, haviam procurado não se envolver com o "povo da Pedreira", muitas delas vindas da capital após a recorrência das ondas de calor. Apenas uma das recém-chegadas às reuniões tinha nascido no bairro, a porta-voz do programa Terra Legal.

Naquela noite de quórum máximo, havia um impasse: metade optava pela expulsão enquanto a outra metade votava para manter as terras comunitárias ocupadas. Era o último encontro antes do prazo final e precisavam chegar a um consenso. Para o desespero de Antônio e sua família, Maria Clara chegara para votar do lado da irmã, opositora declarada daquela ocupação.

Luiza foi a primeira pessoa a pedir a palavra. Começou falando da água que alguns habitantes buscavam na bica da Pedreira em tempos de tarifa multiplicada e abastecimento instável. Apontou para os cestos dispostos em cima de uma mesa no fundo e mencionou também os legumes que Antônio plantava e depois cedia para quem quisesse comer. Os vizinhos abastados olhavam Luiza com decepção, mas Robson tinha um sorriso de ironia dramática.

— Mas isso não vale os anos — ela fez uma pausa —, anos — quase gritou — de suor, de trabalho, de tempo investido para construir ou comprar nossas casas.

— Ou herdar.

Luiza seguiu sua fala, inabalada pela interrupção de Antônio, com a calma de quem tinha um supertrunfo na mão.

— O governo quer usar essas terras para salvar o meio ambiente, para salvar nossas crianças.

Ela fingia conter as lágrimas enquanto apontava para os gêmeos sem nome. Antônio revirou os olhos.

— Aprendi que a gente tem que fazer de tudo pela nossa família, pela nossa casa, pelo nosso planeta. E não vou desistir porque tem gente querendo ficar com propriedade alheia. Eu digo "sim" para o Terra Legal.

Luiza foi aplaudida por metade da sala, enquanto a outra balançava a cabeça em negativa. Uma pessoa seguia indiferente. Antônio se levantou e foi até o centro da roda, não sem antes alvejar Maria Clara com sua reprovação silenciosa, já que ela não tirava os olhos da tela do celular.

— A terra era um direito, pelo menos no papel, até a constituição ser revogada em nome desse deus-dará. E tinha um motivo pra isso. Ninguém aqui vai comer o tijolo. Por mais que você torça o dinheiro, não sai água dele. Nossa terra dá alimento e água pra boa parte do bairro há anos já.

— Mas são vocês que moram na casa invadida. — Robson sorriu, orgulhoso da própria colocação. — E *desta vez* não vai ter escapatória.

Antônio o encarou. A sombra de um passado hostil cobriu seu discurso. Pat fazia mímicas para que ele se acalmasse. Respirou fundo e seguiu com sua fala. Garantiu que, enquanto aquela terra existisse, ninguém passaria necessidade. Ela serviria a todo mundo — todo mundo — que quisesse e precisasse. Já a segunda maior propriedade do bairro, que poderia também estar alimentando o povo, era cercada por muros e praticamente improdutiva. Se Luiza estava tão preocupada assim com o *meio ambiente*, que desse o seu próprio terreno para o governo plantar eucalipto.

— Salvar o velho mundo é discurso de quem já tá com a vida ganha. Não tem espaço pra gente nele. Aqui, temos que inventar um novo, que nos inclua. Não dá pra participar desse programa, não.

Antônio sentou-se de volta ao som de aplausos e gritos de metade da sala enquanto a outra cochichava. Uma pessoa seguia indiferente, os olhos vidrados no celular e os dedos frenéticos passeando por um *feed*.

Em vez de corresponder ao riso brilhante de Pat ou aos polegares levantados de Jéssica e dos gêmeos, Antônio bufou contrariado com a apatia de Maria Clara, que parecia ver mais graça em uma rede social qualquer do que no futuro do território em que nascera.

Ninguém mais pediu para si o cajado da fala; nada do que pudesse ser dito mudaria o curso daquela votação, uma vez que todo mundo ali já havia decidido seu posicionamento. Para o espanto da roda, porém, uma pessoa levantou a mesma mão cujos dedos percorriam antes a tela do celular.

— Por favor, Maria Clara. — Carcará assentiu, embora Antônio tenha se recusado a entregar o bastão. Ainda encarando o aparelho, ela se levantou.

Quem reparasse em Antônio naquele instante perceberia que ele tinha o corpo pronto para uma investida. Estava com o tronco levemente inclinado para frente, as panturrilhas tensionadas. Conhecia bem a oponente: suas reflexões fugiam do senso comum e poderiam mudar o curso da discussão. Estava pronto. Era só ela apertar o gatilho que ele se lançaria no debate que fosse preciso para garantir as suas terras. Faria isso a contragosto; afinal, ela era também presa fácil, uma daquelas pessoas que nunca estavam preparadas para o conflito. Ele venceria. Sabia que venceria. E ela mais uma vez mancharia a própria retórica com os olhos cheios de lágrimas ou uma afirmação que até poderia ser lógica, mas soaria autoritária. A vantagem de Antônio era que Maria Clara era a pessoa mais inteligente que ele já tinha conhecido. Suas ideias eram complexas, ela não se contentava com uma visão rasa sobre tema algum. Sua inaptidão ao senso comum, misturada à falta de tato social, fazia com que ela raramente conseguisse verbalizar os próprios argumentos com clareza. Ele não sentiria prazer ao comê-la viva naquela arena de batalha. Ou talvez só um pouco.

Maria Clara tremia antes mesmo de começar a falar, a sua voz soando como se quisesse voltar para dentro da garganta, enquanto mantinha os olhos fixos na tela do telefone. Começou dizendo que o programa do governo parecia promissor. Antônio ergueu a mão em réplica e quase teve pena dela, pois já tinha formulado em sua mente três frases de efeito, que arrematariam a argumentação. Ela balbuciava um encadeamento de ideias prolixo, fazendo uma longa introdução na qual se desautorizava também, pedindo desculpas por estar ali, por se manifestar, mesmo tendo passado tanto tempo longe.

Foi entre uma estatística e uma porcentagem que ia até a segunda casa decimal que Antônio entendeu o que ela estava querendo dizer.

Maria Clara havia conseguido acessar dados restritos de um observatório colaborativo, denunciando que 53,5% das terras participantes do programa eram entregues a corporações que plantavam apenas eucalipto, transformando as localidades em desertos alimentares, com consequências trágicas para as populações locais, enquanto 42% eram destinadas a outros interesses privados mais rentáveis, como instalação de *data centers* ou aluguel por temporada via aplicativos. Apesar do impacto do que ela dizia, sua fala era tão rocambolesca que ninguém mais prestava atenção.

Antônio se levantou. Em qualquer outro dia, seu movimento teria sido interrompido por Carcará, mas até mesmo ela deixava o cérebro descansar um pouco, tendo desistido de entender aquela prosa labiríntica.

Ele se posicionou ao lado de Maria Clara e precisou acenar para que ela o visse, tão concentrada estava na leitura de uma série de dígitos contidos por suas mãos trêmulas. Ela o encarou em silêncio. Ele segurou de leve o seu celular e ela sussurrou um "obrigada". Ele era quem agradecia.

Então, a voz de Antônio ecoou em todos os cantos da sala, preenchendo o espaço com a sua presença, mesmo sem esforço algum. Sua figura atraía até os olhares mais antagônicos. Com a permissão dela, entregou o celular de Maria Clara a uma pessoa na roda e pediu que fossem passando de mão em mão. Resumiu em poucas frases o que ela se contorcia para dizer há sete minutos.

Entre uma afirmação e outra, aproveitava para espiar de canto de olho o sorriso largo de Maria Clara enquanto o ouvia.

Ela ia encontrando espaços para comentar seu discurso em momentos estratégicos, trazendo fontes e números, o que ele agradecia com vírgulas de reconhecimento devidamente colocadas, dando um toque caloroso à sua fala. Apesar de ter tomado a palavra, Antônio se preocupava em não ofuscar o brilho do trabalho dela; pelo contrário, evidenciava a genialidade de ter entrado nos confins da internet, confirmado dados, cruzado fontes em tão pouco tempo. Converteram a arena em tablado de uma dança cujos passos conheciam bem.

Antônio passou a palavra para a aliada, que já estava muito mais calma e explicou com cuidado os seus cálculos: considerando que o terreno da Pedreira fornecia alimento para a comunidade, mesmo que apenas metade dele fosse cultivada, o impacto na absorção de carbono já seria duas vezes maior do que se plantassem apenas eucaliptos em toda sua extensão, sem falar na biodiversidade...

Agora era Antônio que a observava com os olhos brilhantes, fazendo movimentos encorajadores cada vez que ela esquecia uma palavra ou se enrolava em seus próprios pensamentos.

Era impossível não se deixar capturar por aquela dinâmica: os dois caminhavam pelo centro da roda, falavam com paixão, olhavam-se nos olhos a cada momento hesitante, até serem interrompidos.

— Isso são *fake news*.

Antônio pegou ar para responder, mas Maria Clara sinalizou que poderia assumir a réplica.

— Eu duvido. Meus cálculos foram conferidos por pares, e essas são informações de um observatório coletivo em um fórum popular na *rootweb*, com depoimentos, fotos, relatórios, fontes. Está tudo documentado.

— Por que eles escondem essa informação, então? — perguntou Robson.

Ele se levantou da cadeira e caminhou em direção ao centro da roda, mas foi interrompido pelo olhar dela, que o mirava de baixo, marcando em silêncio a imensa diferença de altura entre os dois. A disparidade daquela ameaça serviria de resposta.

Enquanto isso, o celular de Maria Clara ia passando de mão em mão e a roda checava a veracidade dos dados que, embora expostos com uma diagramação descuidada, pareciam fazer sentido.

— Esperava mais de você, Clarinha — reprovou Luiza, sem sair de sua cadeira. — O que o vovô ia pensar de te ver querendo burlar a lei? — Ela fez uma pausa dramática. — E ainda arriscando perder a casa que ele conseguiu com tanto sacrifício.

Antônio viu todo o brio ser roubado do rosto de Maria Clara, que o encarou, gesticulando um não silencioso. Como se aquele olhar o tivesse transformado em pedra, ele ficou ali, inerte. O entorno era um filme em *fast-forward* cujo desfecho ignorava suas ações. Maria Clara estava encolhida enquanto andava em direção à porta, os braços cruzados sobre o peito, as mãos friccionando uma ferida invisível a olhos nus.

A sua passagem havia mudado todo o cenário. Não havia mais certezas e a votação antes empatada poderia ter pendido para um lado ou para outro. Há anos ele não sentia o efeito de Maria Clara e seu sangue pulsava em 7.9 da escala Richter. Não era uma destruição completa, mas suas estruturas estavam definitivamente abaladas.

Antônio travava um embate silencioso entre a raiva da recorrente fuga, a vontade de confortá-la e a alegria por tê-la ao seu lado nas trincheiras de novo. Petrificado, teria deixado de levantar a mão na hora de votar a favor da própria causa se não fosse a cotovelada de Pat em suas costelas.

— Acabou a votação.

Antônio se juntou a Maria Clara, sentada na calçada à frente do portão de madeira do próprio sítio. Tentou entregar o celular que havia ficado para trás, mas as mãos dela estavam ocupadas, agarrando-se às próprias pernas como a um salva-vidas num avião em queda livre.

— Deixei a chave lá dentro — respondeu ela como quem pedia desculpas.

Antônio percebeu que o rosto dela estava mais vermelho do que de costume e os olhos, inchados. Com as unhas, ela repetia o movimento de escavar a pele do próprio braço. Era um gesto que ele conhecia bem e que provocava um desejo forte de fugir para longe, como se ela fosse um buraco negro sugando toda a energia do universo para dentro da sua angústia.

— Como ficou?

A voz de Maria Clara o fez voltar à realidade em que ele agora era um homem adulto que podia resistir àquele vórtex, mesmo sem saber se queria.

— A gente ganhou.

Sentou-se, mantendo uma distância mínima entre seus corpos — graças à pesquisa dela, três pessoas tinham mudado de lado.

— Não é que a famosa MC Alma veio mesmo me salvar com sua *nerdice*? — brincou, tentando aliviar o peso que a menção acusatória ao avô depositara sobre ela.

— Como você conhece meu nome artístico?

— Você tem a moral alta aqui desde aquele dia em que seu jogo saiu no jornal da tevê.

Maria Clara riu, balançando a cabeça e se perguntando o que os vizinhos pensariam se soubessem que sua carreira era, na verdade, um voo de jacu e que ela já não tinha a mínima chance de voltar a fazer qualquer sucesso.

— Mas nem fui eu que apareci.

— Contei pra todo mundo que a ideia do jogo era sua. E esconde esse sorriso, porque é lógico que eu lembro, você só falava nisso quando a gente... — Antônio se interrompeu e estendeu um Tupperware. — Pat mandou pra você.

Ela abriu o pote e tirou de lá de dentro um pãozinho de mandioca. Avaliou o quitute com cuidado, usando os dedos como unidade de medida, partiu-o em dois pedaços quase idênticos e depois os estendeu para que Antônio escolhesse um deles.

— Um divide, o outro escolhe — falaram juntos, e riram da lembrança que acreditavam extinta.

Maria Clara colocou a sua parte inteira na boca e mal conseguiu mastigar, tendo que ajeitá-la com os dentes e um pouco de saliva. Antônio segurou a sua parte na mão, entretido pela falta de habilidade dela para comer um pedacinho de pão. Nem parecia a mesma pessoa que tinha encontrado um sub-fórum nos confins da internet e extraído dali dados que salvariam o futuro da comunidade.

Ao perceber que estava sendo observada, ela cobriu um sorriso cheio de migalhas e tentou falar que estava com fome, mas a sua voz embolada por pedaços de miolo era incompreensível. Antônio riu e lhe entregou a sua metade do pão.

— Certeza? — Os olhos dela cresceram.

— Tem mais lá em casa.

Ele tomou um cuidado discreto para que seus dedos não se tocassem.

— É muito bonito o que você está fazendo aqui.

— Ué, eu achava que esse lugar não era bom o suficiente pra você.

Ela gesticulou um "não" silencioso, que Antônio não soube identificar se era uma resposta à sua afirmação ou reação a algum pensamento intrusivo. Maria Clara comeu o resto do pãozinho com uma mordida só enquanto ele olhava para o topo da Pedreira pedindo coragem ou juízo, pois sabia que estava se enveredando por um caminho sem volta.

— MC, é de praxe eu levar as pessoas novas no bairro pra conhecer o terreno comunitário — disse, e logo se apressou em completar: — Não que você precise, talvez nem valha a pena, já que vai embora logo, mas... — Antônio já se arrependia do convite.

Maria Clara apontou para o maxilar, como se não pudesse responder entre migalhas. Ele riu, percebendo que ela disfarçava a empolgação atrás de um recato dissimulado.

— Se é um protocolo, eu adoraria.

Eles se encararam por um instante em que fingiram acreditar nas mentiras mútuas. Iam redescobrindo as fachadas de seus rostos como ao capinar um terreno de braquiárias tão indesejadas quanto necessárias para torná-lo fértil de novo.

Mas seus olhares logo se desviaram para as mãos de Antônio, onde o celular dela passou a vibrar, exibindo em letras grandes o nome PAUL e a foto de um homem muito branco e muito loiro beijando Maria Clara no alto de um mirante da Avenida Paulista. Ele devolveu o telefone como se fosse uma batata quente e se levantou, rindo da própria inocência. Percebeu que ela balbuciava.

— Sim, é... Fazia tempo que.... Eu... eu tenho... Obrigada pelo... — Ela respirou fundo, ficou de pé e devolveu o pote. — O que você esperava?

Na foto, ela era beijada pela mesma boca que havia se apropriado de suas ideias em rede nacional, dos conceitos que ela e Antônio tanto haviam discutido com olhos brilhantes naquela mesma calçada. O beijo na tela agora ocupava todo o espaço entre eles.

— Te vejo amanhã, umas dez?

— Seis. Aqui a gente começa cedo, Maria Clara.

Ela concordou e se afastou para atender o telefone.

Sabendo que não conseguiria dormir, Antônio andou em direção ao topo da Pedreira para buscar a água do dia seguinte. Adiava insone o amanhecer enquanto levava na mão um Tupperware repleto de farelos.

CAPÍTULO 3

DIA -189

A onda de um azul desfigurado se formava à sua frente. Era impossível, ou melhor, inútil, se mover, mesmo que fosse a instrução. A parede d'água já tinha mais de oito andares, a espuma sozinha era maior do que seu corpo e Maria Clara se perguntava por que se colocava naquele tipo de situação. Logo ela, que sempre teve medo de tudo que fosse monumental e, por isso, passava horas e horas na internet pesquisando fotos de antigas barragens hidrelétricas, transatlânticos abandonados, estruturas eólicas desativadas, esculturas de guerreiros, santos, líderes ou da própria pátria no corpo de mulher — tudo agora tomado por lianas, prestes a ruir. A natureza retomando seu direito à opulência a tranquilizava, como se também na sua própria ruína pudesse haver beleza.

A onda já se curvava sobre o próprio peso e Maria Clara respirava fundo, tentando manter os olhos abertos. Estava de pé, sozinha em uma praia deserta que se estendia por quilômetros de areia cinza, paralisada, embora o letreiro sugerisse a fuga.

Quando a espuma estava prestes a colidir com seu corpo, a massa de água tomou a forma de uma imagem pixelizada e congelou centímetros acima de sua cabeça, o som côncavo do mar se transformado em um silvo agudo.

ERROR!

ERROR!

Um grito de protesto veio do quarto da irmã. Maria Clara levantou os óculos de realidade virtual acima da testa e se deu conta de que já eram duas da manhã. O objeto pelo qual ela estava absorvida a ponto de não ver o tempo passar parecia um celular grudado aos olhos, ofuscando sua visão com dois visores independentes que projetavam imagens e lhe davam a sensação de estar inteira em outro ambiente. As imagens teriam algo de onírico, não fossem os cabos ligados ao computador chamando de volta à fisicalidade cada vez que ela se afastava. Quem a olhasse de fora talvez pensasse em uma cena do futuro vista em filmes do passado.

Ela tinha se especializado em fazer jogos para realidade virtual com o sonho de propor novos modelos de sociedade naquele ambiente imersivo. Acreditava que poderia influenciar a adoção de novas regras no mundo real, o mesmo em que havia passado os últimos dez anos trabalhando para pagar as contas vendendo sua mão de obra, vendo as próprias ideias distorcidas, exceto por aquela…

ERROR!

ERROR!

Digitou algumas linhas de código no computador, mas a tela insistia em mostrar uma só mensagem enquanto o assovio estridente continuava a se espalhar pela casa.

ERROR!

ERROR!

Ela cobriu a boca com uma das mãos, mordendo a carne entre polegar e indicador. Um botão na tela perguntou:

Deseja salvar seus_medos?

Luiza apareceu à porta de repente.

— Quando você vai embora mesmo?

— Daqui a um mês, mais ou menos, o visto só precisa sair — mentiu de maneira automática.

— É séria essa história de emprego no exterior?

Ela fez que sim, sem tirar os olhos do computador, mordendo ainda mais forte a própria mão esquerda. Se as suas buscas seguissem fracassadas, ela precisaria contar a verdade, mas não estava disposta a lidar com as lições de moral da irmã, não ainda.

Luiza resmungou algo sobre ela estar desperdiçando sua vida fazendo joguinho depois de tanto estudo, mas Maria Clara seguiu digitando linhas de código, com a perspectiva frustrada do silêncio a cada *Enter*.

Deseja salvar seus_medos?, o *pop-up* na tela insistia.

Desde que o estúdio no qual trabalhava em São Paulo havia falido, há quase um ano, Maria Clara trabalhava naquele projeto autoral, uma série de minigames. Os jogadores precisariam confrontar seus medos: tsunâmis, nuvens de pragas, escassez de alimentos, enchentes, queimadas, e cada uma das situações demandaria uma resposta diferente, ao mesmo tempo física e estratégica. Ela acreditava que uma simulação lúdica de desastres naturais pudesse preparar a população para quando a ocasião chegasse. Tinha a esperança de seu projeto virar um *hit* que encheria o planeta todo de coragem.

No fundo, ela sabia que era um jogo fadado ao fracasso em um mundo no qual todos os terrores eram tangíveis, mas insistia em programar angústias virtuais também para escapar do que vivia no analógico. Desde a grande crise do *game over*, em que todas as empresas de tecnologia foram à falência no Brasil, a maioria de seus colegas já tinha conseguido emprego no exterior. Há um mês, seu namorado, Paul, virara diretor de um projeto na Espanha. O que *ela* fazia de errado? A pilha de nãos em sua caixa de entrada aterrorizava tanto quanto a temporada de incêndios, a seca perpétua ou o olhar de reprovação de Luiza na soleira da porta.

Deseja salvar seus_medos?

Não

O barulho cessou e a irmã voltou ao próprio quarto sem dizer nada. Maria Clara desligou o computador e deitou-se na cama, ainda de olhos abertos. Com o corpo inerte e o coração acelerado, desejou sentir o impacto da onda que, com aquela magnitude, não teria a textura de água, mas de concreto armado moendo cada um de seus ossos.

Sabia que não conseguiria dormir, mas ainda assim programou o despertador do celular para tocar às cinco e meia e deitou-se de lado, abraçada ao urso polar de pelúcia que herdara da irmã quando ainda era criança. O bichinho costumava carregar uma caixa de leite costurada às mãos, que ela havia arrancado sob protestos de Luiza. Pensava na ironia de o Gelinho ter sido a única pelúcia sobrevivente, enquanto os ursos polares de verdade tinham sido permanentemente extintos da Terra há três anos. Todos menos dois casais: um deles estava na Noruega, em um centro de conservação governamental da vida polar. O outro, na Nova Zelândia, na propriedade de um bilionário que assumiu para si a missão de salvar dois animais de cada espécie, um macho e uma fêmea. Nos dois núcleos, os ursos brancos se recusavam a se reproduzir, apesar dos esforços de pesquisadores e dos artifícios tecnológicos. À distância, pactuaram o próprio fim.

O mundo novo não contaria com ursos polares e, se dependesse do magnata Noah II, também se extinguiriam os gansos, já que ele havia sido bicado por um quando criança e se negaria a dar continuidade à espécie.

Maria Clara fechou os olhos, mas a luz azul permanecia projetada em suas pupilas. Checou seu celular e se deparou com um e-mail de Paul, cuja notificação havia passado despercebida. O que teria para dizer depois da ligação da noite anterior?

Já fazia cinco semanas que ele havia desembarcado em Barcelona sem dar notícias ou atender suas ligações. Embora tivesse tentado justificar sua ausência, ambos sabiam o que estava acontecendo: Paul se distraía com as pessoas, os encontros, a quase normalidade da qual ainda gozava em sua terra natal. Por mais de um mês, fez de tudo para esquecer que, em outra parte do mundo, tudo ruía. Mesmo que sua namorada estivesse ali e que ele tivesse prometido *resgatá-la*, custasse o que custasse, depois de tudo que ela havia cedido. Os dois sabiam que, durante as últimas semanas, ele cogitara nunca mais vê-la, mas que, naquela noite, ele se sentira só e se lembrara de que a uns dez mil quilômetros de distância havia alguém que esperava por notícias dele. Ou talvez tivesse sido uma crise de consciência, o que também não deixava de ser um tipo de solidão.

— Amanhã. Prometo entregar seu CV amanhã. Você nem me dá tempo de dizer que sinto sua falta.

— É o único jeito da gente se…

— Tenho que ir, Clarita. Até a próxima.

Mas o e-mail de Paul não cumpria nenhuma promessa nem comentava o telefonema, nem se justificava pela ausência. Apenas dizia:

Olha isso!

Era uma notícia. Dali a um mês, a União Europeia fecharia definitivamente suas fronteiras para pessoas de fora do bloco. As exceções eram:

Turistas com pacotes fechados (acomodação, transporte de ida e volta e três guias locais autorizados acompanhando em permanência e alternância);

Investidores que tivessem partes iguais ou superiores a novecentos mil euros em aplicações ou bens imobiliários;

Descendentes de europeus de segunda ou terceira geração originários dos Estados-parceiros Canadá, Estados Unidos, Austrália, Israel, Japão, Catar e Bahrein.

A Europa anunciava ainda seu esforço para oferecer experiências virtuais gratuitas idênticas à realidade, simulando visitas aos principais pontos de interesse de seus territórios. Na imagem, uma mulher esticava o braço, usando um dispositivo de realidade virtual não muito diferente do de Maria Clara. Atrás dela, uma foto da Torre Eiffel.

Olha isso!

Leu e releu a frase. Referia-se ao fechamento das fronteiras? À urgência da sua viagem para se juntar a ele? À oportunidade de mercado em realidade virtual?

Paul nunca era claro. Vivia nas brechas, nos não ditos, nos limites a serem traçados, nas fronteiras não delimitadas. Nunca dizia que sim nem que não. Aquele e-mail era uma isca, caberia a ela ser definitiva.

Sentiu-se tão cansada que teve vontade de desligar o despertador e faltar no compromisso da manhã. O que estava acontecendo no seu relacionamento? Haviam, à distância, pactuado o próprio fim? Ou o fim sempre fora implícito naquela transação?

Ela pesquisou no campo "remetente" de sua caixa de entrada. O último e-mail que havia recebido de Paul era de cinco anos atrás.

De: pujol.paul

Para: alma.MC

Assunto: ¡Viva!

Quando chegar no Brasil te convido para jantar, só escolher o restaurante.

Anexado, um *print* da proposta de trabalho na empresa brasileira em que Maria Clara trabalhava e para a qual o recomendara. Antes disso, eles se escreviam quase todo dia, ele, de Barcelona, ela, de São Paulo.

Eu queria que você estivesse aqui, dizia ela.

Eu iria se tivesse uma oportunidade, respondia ele.

Vou conseguir uma vaga para você, ela.

Se é o que você acha melhor, ele.

Aquela ideia de jogo... quero fazer com você, ela.

Falei dela durante a entrevista, ele.

Da minha ideia?, ela.

Eu consegui a vaga!, ele.

Maria Clara requentava o sangue fervido. Lembrou-se da reportagem com Paul em canal aberto, ele enchendo a boca para falar do sucesso nascido da ideia que ela tinha lhe soprado. Na época, se recusara a chamar o sentimento pelo nome e preferira camuflá-lo, como quem levava um monstro para dentro de casa. *Precisava* ficar feliz por ele. Repudiava a si mesma por não comemorar o êxito do namorado.

Na madrugada em que recebeu aquele e-mail sobre o fechamento das fronteiras, a raiva contida quebrou a casca da culpa.

De: alma.MC

Para: pujol.paul

Assunto: *Olha isso!*

Consegue uma vaga para mim em Barcelona? Você me deve essa. Não me faça dizer por quê.

Caberia a ela empurrá-lo até o limite, tirar o cobertor de cima do monstro, obrigada a revelar que ele sempre estivera ali e o nutriram juntos, com seus restos. O e-mail seria eficaz. Ela conseguiria uma entrevista, mas sabia que perderia Paul de vez. Ainda hesitava em enviá-lo quando seu celular tocou o alarme das cinco e meia da manhã. Salvou a mensagem como rascunho; tinha outra fronteira a erguer.

Sete minutos depois de especular sob as retinas inquietas todas as possibilidades que o dia poderia trazer, Maria Clara pulou da cama e abriu as malas, procurando por uma segunda-pele térmica, uma das únicas peças que comprou quando viveu em Barcelona e que resistiu a todos aqueles anos. Fazia muito frio àquela altura da madrugada. Ainda assim, vestiu uma regata por baixo para aguentar o calor do meio da manhã, mesmo esperando que àquela altura já estivesse de volta na cama.

Lavou o rosto com a água de uma bacia, escovou os dentes com pó de juá, comeu uma banana ainda não muito madura que estava na fruteira e tomou um de seus últimos comprimidos de ansiolítico. Ela contava os dias para voltar à normalidade da água escorrendo da torneira, da pasta de dente com sabor artificial de menta, do pão fresco com café e dos remédios psiquiátricos vendidos no caixa do supermercado, livrando-a do fantasma da abstinência. Em menos de um mês estaria de volta à velha realidade. Tinha que estar. Só precisava juntar a coragem necessária para mandar aquele e-mail para Paul.

Atravessou o imenso quintal alguns minutos antes das seis, mas permaneceu escondida atrás do portão maciço de madeira. Às seis em ponto, ouviu Antônio se aproximar, falando baixinho com o cachorro e pedindo silêncio. Ele não tocou a campainha, esperava por ela do lado de fora, confiante de que apareceria no horário combinado.

Maria Clara ficou em silêncio. Exausta pela noite não dormida, se deixou hipnotizar pela respiração dele, ruidosa e tranquila. Imaginou o rastro de bruma saindo de sua boca, diluindo-se na névoa que adensava o ar da manhã, e, de repente, sentiu-se relaxada, podia cair no sono ali mesmo.

Seria mais prudente voltar para seu projeto, ou treinar para uma possível entrevista de emprego na empresa de Paul, ou enviar logo aquele e-mail, ou até voltar para a cama. Qualquer opção parecia mais lógica do que acompanhar Antônio naquela visita que desperdiçaria o tempo dos dois, mas eles tinham um combinado e ela não podia mais uma vez decepcioná-lo ou, ainda pior, dar-lhe razão. Terminaria logo com aquilo e depois, sim, voltaria para a sua cama, sua vida, seu mundo. Era só uma manhã. Só um mês. Tinha que ser.

Passou as mãos gélidas pelo rosto e olhou para o celular, aguardando que marcasse cinco minutos passados das seis. Só então abriu o portão. Antônio, que estava sentado na calçada, levantou-se ao barulho da trinca. Ele usava galochas altas sobre o jeans e uma camisa de flanela abotoada em tom de goiaba madura.

— Não ouvi seus passos. Ficou esperando só pra chegar depois de mim?

A falta de resposta dela foi uma evidência que pareceu diverti-lo.

— Tinha esquecido seu bom humor matinal. Toma, é pra dar uma esquentada.

Antônio lhe estendeu um cantil térmico de chá quente de gengibre. Ela bebeu um gole e sentiu todos os seus órgãos despertando de uma vez.

— Você devia estar distraído.

— Eu, talvez, mas já faz dez minutos que esse aqui tá no portão abanando o rabinho.

Maria Clara se deu conta de que um cachorro caramelo roçava entre suas pernas e fez carinho na cabeça dele.

— Esse é o Marley? Ai. Não, quer dizer...claro que não. Me desculpa, eu...

— É o Ziggy, filho dele.

Maria Clara ficou em silêncio por alguns instantes, então abriu a boca com a revelação.

— Era Marley de Bob?!

— Ué, claro. O que você pensou?

— Que era por causa daquele filme!

— Que filme?

— Aquele, do cachorro que morre no final.

— Pelo menos agora eu não preciso mais assistir.

— Ai. Desculpa, eu... Não deve ter sido fácil quando o Marley se foi.

— Nunca é fácil quando quem a gente ama vai embora.

Antônio se virou e seguiu andando em direção a um terreno no qual cresciam árvores, hortaliças e leguminosas enredadas, uma pequena floresta na qual tudo se comia. Passaram pelo centro comunitário, pelo forno solar, pela composteira. Passeavam pelos sonhos da adolescência e talvez tenha sido a falta de sono ou a luz onírica do raiar do sol que constrangeu qualquer prudência.

— Que coisa mais linda, Antônio.

Ele parou à frente de Maria Clara, fazendo com que seus corpos quase trombassem, choque que ela evitou com um movimento exagerado, pulando para o lado e quase tropeçando em Ziggy, que a seguia de perto.

— Por que você me chama assim agora?

Maria Clara hesitou por alguns instantes, sabendo que ele não se explicaria. Ele nunca se explicava.

— Eu preferia Tom, Tonho. Nem o agiota me chamava pelo nome inteiro.

Pelo jeito, aquilo também tinha mudado. Ela o encarou, séria.

— Eu também te chamava de *paçoquinha amor*. Prefere? — Maria Clara logo se arrependeu da própria piada, mas ele riu com um estrondo.

— Ah! Era "amor" pela paçoca que eu comia o tempo todo?

— Claro. O que você pensou?

Toda aquela cena era absurda. Àquela hora da manhã, ela não estava no controle dos próprios atos. Era cedo demais para flertar com Antônio. Ou melhor. Era tarde demais. Era definitivamente tarde demais.

— Não sendo "Antônio", pode me chamar do que quiser.

Ela desviou o olhar para o chão, tentando disfarçar que seu rosto ardia. Antônio riu, consciente do estrago que causava.

Enquanto caminhavam Pedreira acima, ela preferiu permanecer em silêncio. Amarrou a blusa de frio na cintura e manteve o olhar fixo nas imperfeições do solo, enquanto Antônio enroscava cuidadosamente um ramo de abóbora em um galho de laranjeira para o legume crescer na vertical, ou colhia e partilhava fisális selvagens.

Sabia que ele a envolvia em um de seus jogos favoritos da adolescência: o de forçar o outro a falar primeiro. Ela sempre perdia. Não se importava em perder.

— Tem gente fazendo esse tipo de plantação com tudo misturado no centro de São Paulo, agora. O Minhocão tem vários pés de mamão dando fruta, quiabo...

— Eu sei, MC. Fui lá dar uma mão para o pessoal. Teve um mutirão, você não ouviu falar?

— Por que você não foi tomar um café?

Ela sabia muito bem a razão pela qual Antônio se recusou a visitá-la, mas não pôde evitar a provocação. Queria medir se ele deixaria passar aquela pequena hipocrisia. Era a sua maneira de testá-lo, saber o quanto ele tinha mudado, se a sinceridade insolente era um traço da juventude ou sua parte desmembrável.

— Por que você não foi participar do plantio? — retrucou ele.

— Eu... — Arrependeu-se ao perceber que eram dois naquele jogo de charadas. — Eu andava sempre cheia de trabalho.

— Você teria parado pra me servir um *ristretto chai latte macchiato* — ele pronunciou com pompa exagerada o nome da bebida inventada —, mas não pra garantir que a galera do bairro não passasse fome?

Ela respirou fundo. Algo que não parecia ter mudado era o senso moral de Antônio, que ela tanto tinha amado quando se dirigia ao resto do mundo e que tanto a perturbava quando o alvo era ela. A coerência ainda era sua qualidade mais irritante.

— Claro que não, *Tom*. A gente teria descido no Starbucks. — A menção da marca o fez esboçar uma careta. — Sem levar nossa própria caneca. — Se conseguisse, ela teria levantado uma só sobrancelha. — E eu faria questão que escrevessem *paçoca* no seu copo de poliestireno.

Antônio forçou um sorriso e ela percebeu que o próprio senso de humor seguia sendo um supertrunfo naquela disputa. Fingindo irritação, ele cercou cada um de seus braços sem tocá-los, as mãos maiores do que a circunferência dos bíceps dela. Simulava o começo de um rito antigo, em que ele a erguia a poucos centímetros do chão como para compensar por força física a derrota retórica, o que também era uma forma de reconhecer a vitória dela.

Foi então que Maria Clara sentiu o corpo congelar, seus músculos ocupados em não se comprometer com um movimento sequer. Olhou para as mãos de Antônio e depois para os seus olhos, escuros, pequenos, rodeados por olheiras profundas. O jogo agora era outro.

Ele também ficou imóvel naquela posição, como se alguém tivesse gritado "estátua", e sustentou seu olhar. Afastou as mãos, cuidando para que as peles não se roçassem, pois ambos sabiam que aquele toque talvez não fizesse o mundo explodir feito as linhas de paralelepípedos das brincadeiras infantis, mas certamente desorganizaria um equilíbrio alcançado a muito custo na vida adulta.

Quando Antônio já tinha as mãos nos bolsos da calça, desviou o olhar e seguiu andando. Ao se perceber fora da mira do seu olhar, Maria Clara tateou o próprio braço, lá onde as mãos dele quase encostaram. As faíscas que rodeavam sua pele eram quase tangíveis, a ponto de ela se perguntar se a tensão sexual adormecida não seria a fonte de energia renovável e disponível que compensaria a escassez de petróleo.

— Eu fui... para o mutirão. Mas não aguentei ficar. Toda essa coisa de plantação me lembra dele. Ou melhor... me dá medo de ter esquecido.

Antônio já estava alguns passos à frente, mas a fala dela suspendeu seus passos. Ele se virou devagar, hesitando como se tivesse apostado a própria vida naquele jogo. Assim que a viu, porém, se pôs a correr. Maria Clara demorou alguns segundos para perceber que estava estatelada no chão, o braço de Antônio estendido a poucos centímetros de seu corpo.

Enquanto ponderava a visão da palma da mão de Antônio, ela concluiu que as consequências de se render àquele toque seriam muito mais graves do que as de passar o resto de seus dias ali, com uma das pernas enterradas em um buraco no chão. Talvez aquela fosse até uma perspectiva de vida otimista que nunca havia considerado. A voz dele, distante, perguntava se ela estava bem.

Balançou a cabeça, voltando a si. Apoiou-se nos cotovelos para tirar a perna esquerda da vala em que tinha caído e sentar-se no chão com o tornozelo esticado. Ele se agachou ao seu lado, a sua expressão dura transformada em um olhar assustado, como o de uma criança que tinha segurado um filhote de passarinho na mão com tanto entusiasmo que acabara por sufocá-lo.

Maria Clara sorriu ao reconhecer o mesmo Antônio da adolescência, que a encarava como se ela pudesse se despedaçar a qualquer momento.

— Você deve ter torcido.

Antônio fez menção de tocar o pé machucado, mas ela se desviou com um movimento rápido, e a dor fez sua cabeça girar. Ele então tirou um canivete do bolso.

— O que você vai fazer com isso?

— Cortar seu mindinho. Alguém precisa fazer isso, MC. Ele é muito estranho, parece uma bisnaguinha de gnomo. — O riso dela deformou a sua expressão de dor. — Feio demais, não combina com você. — Antônio sorriu enquanto se sentava perto dos seus pés. — Posso?

Maria Clara consentiu. Sentia-se ferver mais uma vez, então olhou na direção contrária para esconder o próprio rosto. Ele apoiou a lâmina fria do canivete em seu tornozelo latejante, e o alívio por pouco não a fez suspirar. Em seguida, Antônio tirou a camisa de flanela e cortou uma tira da camiseta que levava por baixo. Ao menos foi o que denunciaram os sons, pois ela se disciplinava a manter o olhar distante de qualquer traço de pele que as roupas dele se apiedavam em esconder.

— Amarra bem forte em volta do tornozelo. Vou buscar um galho pra você usar de cajado.

— Não me deixa aqui.

Ele interrompeu o passo sem fazer perguntas e sentou-se ao seu lado em silêncio.

— O que são esses buracos?

— Uma cerca. Pra proteger a terra.

— Mas e a votação, as medidas legais?

Antônio suspirou e falou quase sussurrando que não poderia se dar ao luxo de acreditar nas instituições. Não àquela altura, não à luz de seu passado. A cada dia que a temperatura oscilava e as chuvas rareavam, ele se lembrava de que tinha na terra fértil o que antes chamariam de ouro ou petróleo: bens valiosos que justificavam toda sorte de violência. Em seu trato, a terra lhe contava também que rareava. Já não podia ser tão generosa quanto antes, sua escassez era mais juramentada do que qualquer escritura e, ali também, seria estopim.

— A invasão é inevitável, seja dos empresários, seja dos famintos. E eu não posso acabar que nem naquele jogo em que você só tem uma banana pra vencer uma horda de zumbis.

— O... meu? — Ela riu. — Quase ninguém baixou aquilo.

— Não me leva a mal, mas parei porque era impossível de ganhar.

— Se você jogar sozinho, sim... mas você não precisa... jogar sozinho.

Eles se encararam em silêncio. Ela, sentada no chão, com olhos de expectativa. Ele, agachado, ainda suspenso pelo espanto. Suas respirações pesadas antecipavam o passado, reconhecendo no arranjo de corpos o dia em que se conheceram.

Tinham vinte e cinco anos a menos. Ela era uma menina de cabelos presos em uma trança que nunca saía de casa. Ele fazia manobras de *off-road* com uma bicicleta enferrujada e às vezes pulava o muro da chácara dela para pegar uma fruta ou nadar na piscina que ninguém usava.

Era um fim de tarde de abril quando seus mundos colidiram na ladeira entre as duas casas. A dela, um sítio gramado de muros altos e portão maciço. A dele, um barraco em disputa.

Há semanas, ela ensaiava descer aquela rua com a Caloi cor-de-rosa que ganhara do avô. Praticava todos os dias depois da escola, experienciando a novidade da brincadeira além-muros. Cada tarde subia um pouquinho mais alto, soltando mais o freio e abrindo mais os olhos naquele ensaio que seria despropositado se não estivesse em cena a própria coragem.

Naquele dia, sentiu-se pronta para escalar toda a ladeira e lançar-se ao desafio. Afinal, já tinha percorrido mais da metade da descida e, se continuasse naquele ritmo miúdo, careceria de uma apoteose. Não contou para ninguém e saiu empurrando a Ceci pela rua sem desconfiar que era observada por um olhar atento.

Lá em cima, hesitou. Chegou a desistir, mas, ao desmontar da bicicleta, acabou se desequilibrando, soltou o freio e, quando viu, já descia. Por um segundo, teve certeza da morte iminente. Depois, conseguiu se estabilizar e sentir o vento no rosto. Desfrutou da descida sem jamais soltar o guidom.

A menina, porém, ainda não tinha aulas de física para calcular que, partindo de muito mais alto, chegaria ainda mais longe. Já Antônio observava há dias que, naquele horário, um caminhão da obra de duplicação da rodovia vizinha costumava descer veloz a esburacada estrada da Pedreira depois de desovar os entulhos.

O caminhão desembocava de encontro a Maria Clara. Na imaginação em queda livre, o seu êxtase se transformou na perspectiva do próprio funeral: o avô decepcionado por ela fazer uma coisa daquelas sem avisar, a irmã dizendo que ela sempre foi assim, meio ruinzinha das ideias, e ninguém mais; afinal, não tinha nenhum outro amigo, se é que família era amigo.

Foi então que sentiu uma mão empurrar o seu guidom em direção a um terreno baldio e um peso caindo em cima do seu corpo. Achou que já estava morta e, na dúvida sobre como reagir, gritou um "ai" agudo, até ver que ainda vivia. O caminhão passou sem notar sua presença e o menino da casa do lado tirou a bicicleta de cima dela.

Ele a encarava em silêncio, olhos arregalados, imóvel, a uma distância de um metro exato. Quando ela recuperou o fôlego e esboçou um sorriso, ele a abraçou em um átimo, como se aliviado por não ter quebrado um objeto muito precioso. Paralisada, ela não soube o que dizer além de:

— Oi, eu sou a Maria Clara.

— Eu sei, a neta do seu Gian, né? Meu nome é Antônio. Acho que a gente já brincou junto quando era neném, mas eu não lembro. Você também não, né? Pode me chamar de Tonho. Sou seu vizinho, sabia? Posso te chamar de Emici? — Ele ainda a segurava entre os braços.

Ela o abraçou de volta, e ali, naquele toque desajeitado, tentou entender como o cheiro de suor daquele menino podia ser bom e como uma pessoa podia ser tão confortável e como ele havia conseguido desviar sua bicicleta e como ela nunca tinha visto alguém que sempre esteve ali. Mas percebeu que suas perguntas ficariam sem resposta quando viu Luiza dobrando a esquina e se soltou dos braços dele com força. A irmã não condenaria apenas a sua aventura, também detestava o "povo da Pedreira", como costumava falar, o que deixava Maria Clara confusa, pois afinal eles todos moravam aos pés da Pedreira.

Não havia tempo para explicar tudo aquilo para o vizinho. Colocou a mão no bolso e percebeu que a paçoquinha que havia ganhado mais cedo do avô permanecia intacta. Achou que a melhor forma de agradecimento era compartilhar aquele milagre, então entregou o doce para ele e saiu correndo e mancando, arrastando a bicicleta de volta para casa sem olhar para trás.

Mais de duas décadas depois, Antônio seguia agachado e perplexo. Seu rosto próximo ao dela. Seu cheiro, ainda o mesmo, uma mistura de suor e abrigo.

Maria Clara se levantou em um salto, mas a perna machucada falhou em sustentar seu peso e ela teria caído se não fosse o reflexo de Antônio: a mão dele em volta dos seus ombros, dedos ásperos contra a sua pele em um toque que poderia gerar uma fissão nuclear e causar uma tragédia tão grande que tornaria o nome da cidade sinônimo do seu desastre. Maria

Clara sabia que seu corpo se dissolveria se não se livrasse daquele toque, se não fosse embora dali correndo e mancando, sem olhar para trás, dizendo algo tão sem sentido como:

— Fico te devendo uma paçoca.

Precisava fugir antes que o choque com Antônio mudasse o curso da sua vida, seu movimento perfeito, planejado por anos, por séculos de progresso projetados nela, logo ela, que estivera a um passo de ter uma carreira brilhante como game designer. Logo ela, a um carimbo no passaporte de conseguir um trabalho, qualquer trabalho, que a tirasse dali para sempre mais uma vez, a um e-mail

> De: alma.MC
>
> Para: pujol.paul
>
> Assunto: Olha isso!
>
> *Vamos oficializar a nossa união estável logo para que eu consiga o visto?*
>
> *Acho que você me deve essa.*

de enviar a declaração de amor mais triste que já existiu.

CAPÍTULO 4

DIA -185

Dentro de uma vagem madura, duas sementes passaram a vida toda juntas. Uma era mais miúda, encrespada. A outra, robusta e brilhante. A menorzinha vivia na ponta da leguminosa e só conhecia como mundo a companheira. Já a maior até entendia que havia outros grãos, mas só tinha olhos para a pequena. Nenhuma delas sabia de um universo além do interior daquela casca. Compartilharam recursos, afastaram ameaças e cresceram nos seus respectivos espaços vazios: o que não era uma era a outra, e vice-versa. Nunca tinham se entendido como sujeitos distintos, muito menos imaginado que aquele mundo protegido estava prestes a se romper. Até aquele momento.

Perceberam ao mesmo tempo que o além-casca existia e formava um abismo entre as duas. O mundo era grande, imenso, do tamanho de uma cozinha, e insistia em botá-las em lados opostos da mesa, logo elas, que acreditaram ser uma só. O mundo não só existia, era uma fissura.

A semente maior estava agora misturada a outras de aspecto igualmente robusto e liso, mas nenhuma delas era a sua companheira e ela não sabia por onde começar a procurar. Em um canto da mesa, jazia uma pilha de carcaças de vagens inabitadas. A semente não sabia mais distinguir a própria casa e, mesmo que soubesse, para um grão, qualquer distância era uma impossibilidade. Passou a observar o movimento mecânico que abria outras cascas em duas e espalhava sementes pela mesa.

— Debulhando feijão uma hora dessas, Tonho?

O tamanho da pilha de vagens sugeria que Antônio já se dedicava àquela tarefa há horas, embora o dia ainda não tivesse amanhecido. Ele não respondeu, nem sequer interrompeu o alvoroço que causava entre as leguminosas.

— Guarda um pouco dessa energia pra gente estudar os micronutrientes.

— Alguém tinha que debulhar as vagens.

— A gente fazia isso juntos depois.

— Pat, a gente não pode se dar ao luxo de perder a colheita.

Elu respirou fundo e, sem esconder a irritação, apontou para um quadro-verde na parede, no qual estava escrito a giz:

Pat. Debulhar feijão. Quarta-feira.

— Ninguém segue o quadro.

— *Você* não segue o quadro.

— Quando eu não cuido, sempre fica por fazer.

— Hoje a gente combinou de fazer o teste de micronutrientes.

— Você sabe que a consorciação já vai ser muito mais eficiente. A gente não pode perder esse tempo.

Pat massageou a fronte, respirando fundo para evitar cair em mais uma das intermináveis discussões com Antônio. O irmão podia ser um gênio, ter uma capacidade de trabalho sobre-humana e dar provas de uma gentileza irritantemente altruísta, mas era tão obstinado que, quando eles eram pequenos, Carcará costumava brincar que a mula Jussara era teimosa igual a ele e não o contrário.

Pat explicou para o irmão que estava lá para que discutissem juntos a sua proposta de melhoria da produtividade das terras, conforme o combinado. Antônio achava que plantar aromáticas junto aos legumes manteria os insetos longe da colheita e bastaria para melhorar o rendimento. Já elu queria testar também uma técnica mais ousada: banhar as sementes em micronutrientes antes de plantá-las para "programar" seu DNA e acostumá-las a absorver a abundância. Sem dar atenção àquela hipótese, Antônio seguiu debulhando os feijões como se aquele movimento obstinado bombeasse o próprio sangue.

Pat se sentou do lado oposto da mesa. Com seus braços, dividiu o mar de sementes em dois. Embora as de Antônio estivessem mais dispostas ao trabalho, ele jamais rejeitaria as mãos estendidas de Pat. Elu ampliou o espaço vazio entre as duas margens de feijões e escolheu um para ocupar o centro da travessia.

A vistosa semente rajada foi surpreendida pelo movimento, que a isolou de suas iguais.

— Vê, Tonho. Este feijão aqui é maior do que os outros. É o mais bonito também. Broto Legal tipo A, aquele que só milionário consegue comprar. Mas ele é um teimoso filho da puta que insiste em pagar de mártir, fazer tudo sozinho e não deixar ninguém se aproximar. É por isso que o *feijão* vive infeliz e um dia ainda vai infartar.

— Coitada da sementinha, acho que você está julgando rápido demais.

Pat se recostou na cadeira com um sorriso desaforado enquanto o irmão ria. Antônio então fez o impossível: olhou cuidadosamente para a pilha e, dentre as centenas de sementes, escolheu logo aquela miúda, que acompanhara o grão robusto durante toda sua vida. Com um gesto simples que não sabia conter em si um pouco de mágica, aproximou as duas sementes, formando um coração. Embora apenas parte de seus corpos se tocassem, os dois grãos estavam de novo em casa.

— Você pegou o feijão mais mirradinho pra representar a mina, mas sabe que está se enganando.

Pat colocou um punhado de vagens no colo, que foi debulhando também com muito mais destreza e calma. A garantia de que o trabalho seria feito aliviou Antônio, que se viu pronto a revelar o que já sabia, mas relutava em assumir.

— É claro que quero que a Maria Clara fique… mas você sabe bem. Logo vai faltar comida. A água, estamos racionando. E eu vou tentar e não vou conseguir protegê-la de toda e qualquer desgraça. Melhor ela ir para o exterior logo… — Antônio abaixou os olhos, custando a extrair os grãos de uma vagem fibrosa. — Não?

— Você não pode forçar ninguém a ficar, mas também não precisa afastar ela de novo. Além disso, já parou pra pensar que não é da sua *proteção* que ela precisa, Capitão Colapso?

Antônio esqueceu-se de rir e eles seguiram concentrados no estalo resoluto da ruptura das vagens, até que foi a vez das mãos de Pat encontrarem uma resistência fibrosa.

— Tonho, tinha uma coisa… Ando pensando em entrar com pedido de residência naquela comunidade *ecoqueer* em *Asunción*. Mas não…

Sem saber como continuar a frase, Pat segurou a semente pequena e encrespada do centro da mesa entre o indicador e o polegar e passou a rodopiá-la entre os dedos.

Antônio parou de decorticar as vagens e encarou fixamente o grão restante, o robusto. Uma hora ou outra aquilo aconteceria e sabia ser ele o culpado. Por sempre tentar poupar Pat de tudo, elu precisou se fazer pequene para caber nos espaços que o irmão lhe deixava, e Antônio se odiava por isso, mas não conhecia outro jeito de ser.

Pat tentou explicar que era temporário. Queria passar um período entre os seus, já que os tempos se anunciavam ainda mais violentos com o recém-declarado estado de exceção. A cada novo patamar da crise, sentia-se ainda mais vulnerável, mas quando tudo se estabilizasse voltaria... Elu buscava a voz para a última frase, que se diluiu em um suspiro de Antônio. Ambos sabiam que o único equilíbrio possível naquele cenário era a extinção.

Até que não sobrasse nenhuma vagem a ser decorticada, Antônio seguiu com seu trabalho silencioso, sem tirar os olhos do feijão Broto Legal tipo A sozinho no centro da mesa.

A semente estava agora ainda mais apartada das outras, já que um braço humano tinha raspado metade das companheiras para dentro de um cesto, dado a volta na mesa e puxado a outra metade também. Havia conhecido a desesperança, depois a perspectiva do encontro e agora, de novo, a solidão. Antônio seguia calado sob o olhar ansioso de Pat. A brutalidade repentina de seus movimentos não escondeu a delicadeza desmedida quando ele pinçou a semente robusta do centro da mesa.

O grão foi pego de surpresa pelo gesto lento de Antônio, que o recolheu e o entregou para Pat.

— Esse tipo de feijão aqui não tem melhor. Leva pra plantar lá. Não dá pra guardar o que é bom só pra gente por muito tempo.

Elu sorriu e recolheu a semente, aproveitando para segurar a mão de Antônio por alguns segundos antes que o irmão se levantasse para jogar as vagens vazias em um balde que levaria para a composteira.

Pat armazenou o grão robusto no pequenino bolso da sua calça jeans, onde, sem perceber, havia guardado também a primeira semente, a menorzinha, que absorvera seus gestos ansiosos. Em seguida, apagou a tarefa de debulhar vagens do quadro.

Hesitou antes de escrever a próxima:

Pat. Teste de banho de micronutrientes. Quarta-feira.

Mesmo que o irmão discordasse de sua hipótese, ou talvez por causa disso, sentiu a mão tremer de empolgação. Sabia que seu trabalho renderia frutos que, pela primeira vez, poderia chamar de seus. Firmou de novo o giz contra a lousa, concluindo seu ato de rebeldia e silenciando o receio pelo caminho sem volta no qual se lançava.

Enquanto isso, naquele novo universo tão restrito quanto sua vagem, as sementes se reencontraram. Repousadas uma sobre a outra, o trauma da separação se tornou apenas uma marca em seus corpos descascados. As sementes se contentavam com a sorte recente, sem se preocupar com o que viria. Talvez fossem plantadas. Talvez apodrecessem naquele bolso. Talvez fossem inundadas em um tanque de lavar roupas. O destino, agora sabiam, não se debulhava de uma só vez.

CAPÍTULO 5

DIA -180

A secura do solo enrijecia o esforço de exumar raízes. Cinco árvores já tinham sido desenterradas e agora era a vez de uma bananeira jovem de rizoma arraigado. Antônio cavoucava a terra, tomado de suor, enérgico, como em uma fase bônus do jogo de luta que Maria Clara tanto amava. Ela costumava dizer que aquele era um clássico enquanto desmantelava um carro aos socos só pelo prazer da violência e ele a observava fascinado pela ferocidade contida em dedos tão miúdos.

Assim como aqueles lutadores pixelizados, a cada vez que o metal de sua enxada tocava a rigidez do chão, Antônio também emitia um som oco de uma só nota. Compunham ele, a ferramenta e o solo a sinfonia de um esforço que ninguém ouvia. A toada lembrava que era custoso desprender-se com raízes já formadas.

Antônio retirou a bananeira do seu ninho e a posicionou ao lado das outras árvores desenterradas, todas com mais ou menos um metro de altura e raízes equivalentes: uma araucária, duas pitangueiras e dois ingazeiros seriam plantados em outro lugar mais propício durante a tarde, porque ele tinha outro projeto para aquele pedaço de terra.

Com uma cavadeira manual, abriu outro buraco, mais raso, que acolheria a estaca de uma cerca. O cabo da ferramenta tinha uma lasca solta que, com o impulso de abrir o chão, acabou rasgando também a mão de Antônio sem que ele percebesse. Apenas quando a cova estava profunda o suficiente para que ele fincasse o pilar, respirou fundo e limpou o suor da testa, ignorando o rastro inadvertido de sangue impresso no próprio rosto. Não tinha tempo para a dor. Preferiu contemplar, por alguns segundos que fosse, o sol que nascia.

O sol que nascia atravessou a fresta entre os óculos de realidade virtual e a pele de Maria Clara. Ela se movia vigorosamente para capturar insetos que voavam em sua direção. A cada acerto, um sinal de vitória e um brilho no estômago causado pela dopamina do trabalho bem feito.

Com a intrusão da luz, porém, distraiu-se, e o alerta de fracasso misturado ao zumbido dos animais informou que ela tinha a plantação colonizada por toda sorte de insetos voadores. A derrota se transformou em silvo agudo, a falha de programação que insistia em se reproduzir e cuja origem ela ainda desconhecia. Tirou os óculos do rosto e fechou a tela do editor, que perguntou:

Deseja salvar seus_medos?

Ela respondeu que não, perdendo o trabalho da madrugada. Precisava encontrar o erro na linha de código que gerava aquele som insuportável e a impedia de programar seus temores, mas estava tão cansada. Viu a cama permanentemente desarrumada e quase sorriu com a perspectiva de algumas horas de sono, até que uma notificação contrariou seus planos.

O celular sinalizava uma reunião em dez minutos. Era o resultado do último e-mail enviado a Paul, que tinha finalmente conseguido uma entrevista de emprego para ela na empresa de jogos em que ele trabalhava.

Olhou seu *smartwatch*, pensando que encontraria algum erro de calendário, mas o dispositivo também notificava a iminência. Abriu sua agenda no computador com a certeza de que a reunião estava marcada para dali a quatro horas e só então percebeu que o encontro aconteceria no fuso horário espanhol. Quem mandou viver no passado?

Condenou a própria desatenção, mas não havia tempo para se flagelar. Correu para lavar o rosto na bacia do banheiro, ajeitou os lençóis sobre a cama e vestiu sua melhor camisa. Distraiu-se por alguns segundos com o cheiro forte que seu corpo exalava, mas logo voltou a si.

Dali a dois minutos, às 10h UTC+1, se abriria sua rota de fuga. Teria sorrido se, ao longe, um uivo triste não a tivesse prevenido do perigo de sentir qualquer esperança.

Ziggy tinha o estranho hábito de uivar ao nascer do sol, talvez por ter crescido entre as galinhas. Nos dias como aquele, em que o gemido era particularmente melancólico, Antônio acreditava que o cão se entristecia por saber que cada alvorada os conduzia à ruína. Ou talvez estivesse se projetando no animal.

Fez um carinho na cabeça de Ziggy, pegou um ovo do galinheiro e levou até a cozinha, seguido pelo cachorro. O cômodo era coberto por telhas de diversos materiais e tinha duas das paredes abertas, dando para o quintal. Um fogão a gás havia se tornado bancada para que as louças escorressem enquanto o forno solar no descampado ainda apoiava as panelas da noite anterior.

Ele foi até a pia e quebrou cuidadosamente a casca do ovo com uma mão só enquanto a outra apaziguava o cachorro. Olhou para os lados, verificando que ninguém o observava, já que Pat ou Carcará certamente o reprimiriam pelo risco de salmonela. Só então deixou escorrer clara e gema para dentro da garganta de olhos fechados, o rosto contorcido em um misto de satisfação e ojeriza que tornava sua aparência quase frágil.

Um empurrão vigoroso contra suas pernas não o desestabilizou. Antônio esperou que todo o conteúdo tivesse escorrido garganta adentro, limpou a borda dos lábios com a mão livre e só então olhou para baixo, pedindo calma ao amigo, que já sabia o que estava por vir. Enquanto o cão esperava com duas patinhas no ar, ele preparou o café da manhã de Ziggy: a casca do ovo moída misturada ao resto de comida das panelas.

Em um gesto automático, recuperou a vasilha que servia de comedouro, mas grunhiu quando um marimbondo que sondava a oleosidade do pote picou sua mão. Afastou o inseto e colocou comida para o cachorro, que não entendia o porquê da demora.

Antônio esperou exatos cinquenta segundos até que Ziggy limpasse a tigela e lançou-lhe uma bolinha puída para que corresse para longe. Pegou o rodo que estava pendurado no lugar de sempre e, com gestos que poderiam se assemelhar aos de um amontoado de píxeis quebrando um carro velho, derrubou o incipiente ninho de marimbondos. Não parou de golpeá-lo até que todos os insetos tivessem ido embora e só sobrassem farelos no chão, além de algumas picadas espalhadas por seu corpo.

Um dos marimbondos desertou em disparada, não sem antes ferroar a perna de Antônio, e só parou quando o ar se tornou sólido. Do outro lado do vidro, Maria Clara levou um susto e se apressou em fechar a cortina. O inseto entendeu que deveria achar casa em outro canto e voou na direção de um jambeiro carregado naquele mesmo quintal, onde o festim de seus iguais era a displicência de quem falhou em colher os frutos.

Janela adentro, Maria Clara usava a câmera do computador como espelho e ajeitava o cabelo volumoso, indecisa sobre o lado da testa que sua franja deveria cobrir. A sala de reunião on-line foi aberta antes que ela se resolvesse e o cabelo acabou ficando à direita ou à esquerda na imagem espelhada. Ela logo se arrependeu, mas não teve tempo para pensar muito nisso, pois a pessoa do outro lado da tela já ia direto ao assunto e lhe perguntava, em inglês, o que ela não admitia nem na língua que inventara para falar consigo mesma.

— Você tem *certeza* que quer vir trabalhar com controle de qualidade de tradução de I.A.? Aqui consta que você é *game designer* sênior.

Enquanto a responsável pelo RH falava, Maria Clara tentava esconder sua frustração movendo a franja de um lado para o outro. Acreditou que a empresa a entrevistaria para a vaga no setor de *game design*, trabalho no qual havia se especializado ao longo de quase dez anos. Quando enfim resolveu de qual lado da testa a mecha deveria ficar, entendeu por que Paul havia concordado em indicá-la.

— A vaga de *designer* é reservada para europeus, claro — disse mais para si mesma do que para a entrevistadora, sentindo-se burra por achar que poderia insistir em sua carreira quando tudo insistia em ruir. O seu país não tinha mais meios para investir em algo tão frívolo como fazer jogos e ela teria que se render às regras estrangeiras.

— Maria Clara, se não for de seu interesse, não vamos perder nem meu tempo nem o seu.

— Não existe trabalho pequeno — respondeu ela com um sorriso, determinada a conseguir um visto, uma realocação, a recuperar a vida de antes.

— Precisamos de alguém que seja leal. Você vai ficar? Você vai ficar satisfeita?

Ela respirou fundo. Aquela era sua última oportunidade, uma das poucas empresas de jogos que restavam, a única que lhe dera uma chance. Por outro lado, assistente de robô estava longe de ser seu cargo dos sonhos. Aliás, era um trabalho que ela havia feito durante meses assim que se formou e que detestava com todas as forças, mas era também um visto, um salário, uma saída, a única saída. Quem ela achava que era para sonhar?

— Maria Clara?

Ela respirou fundo antes de dar a resposta que selaria seu destino.

— PUTAQUEOPARIU!

O monitor no qual antes via o seu rosto tinha se apagado. Na tela escura, seu reflexo turvo era ainda mais triste. Abriu a cortina e, pela janela, percebeu que as pás da pequena turbina eólica haviam parado de girar.

Antônio não precisava olhar na direção da falta de vento para entender por que a ferramenta tinha parado de funcionar. O ar estagnado e quente deixava o quarteirão sem energia. Desde que a bateria da turbina eólica, instalada em um ponto estratégico na propriedade vizinha, começou a falhar, seus poros aprenderam a antecipar o suor do trabalho. Quando a serra circular foi pouco a pouco encerrando seu movimento, ainda faltavam três estacas a serem niveladas.

Acostumado a compensar a falta de eletricidade com seu corpo, Antônio tirou a camisa, pois sabia que não se produz mil e seiscentos watts sem suor. Segurou a serra analógica com as duas mãos e retomou o trabalho.

O seu movimento era quase tão acelerado quanto o da ferramenta elétrica. O queimar nas mãos, a ardência das picadas, a sonolência, a urgência se convertiam em um ir-e-vir contínuo. Antônio depositava todo o seu peso no serrote, seu cabelo estava encharcado, e tinha nos olhos um brilho febril. Uma picada em seu pescoço pulsava, alimentada pelo vai e vem dos ombros, deixando a mandíbula ainda mais rígida. Sua corrente carecia de aterramento.

Seguiu assim por alguns minutos, até que a visão das pás tirou a sua concentração. Alguém tentava fazer com que a turbina voltasse a girar, apesar do ar estagnado. Só uma pessoa teria a pretensão de reproduzir a força dos elementos.

Depois de verificar que estava mesmo sem eletricidade para o wi-fi, e com o sinal de 5G instável, Maria Clara correu até a turbina eólica instalada perto do muro, no ponto mais alto do quintal. Planejava, com um impulso, forçar a inércia das pás; a haste da turbina era comprida demais para que pudesse fazer alguma coisa. Lembrou-se, então, de uma ferramenta que ela e o avô costumavam usar para colher as frutas mais altas do pé: um misto de cesto e gancho pregado ao final de um longuíssimo cabo. Era instrumento de precisão duvidosa, mas muito útil em tempos de frutas maduras e pássaros ávidos.

Foi até o pé de manga e mal pôde acreditar quando se deparou com a ferramenta ali, no mesmo lugar de sempre. Ao manipular a reminiscência do avô, porém, viu o chão se abrir sob os seus pés. Com um suspiro obstinado, retomou o controle.

Já embaixo da turbina, agachou-se para conseguir impulso e saltou com todas as forças, batendo nas pás com o cabo de seu colhedor. As hastes seguiram paradas. Repetiu o movimento mais uma, duas, três, quatro, cinco, quinze vezes, muito mais por teimosia do que por crença no resultado e, quando já estava exausta e sentia dor nos joelhos e nos ombros, uma lufada de vento repentina fez com que as pás voltassem a girar ao mesmo tempo que Maria Clara as atingia, lançando-a ao chão.

Com os cabelos cheios de grama e o corpo sujo de terra, ela até pensou em voltar à frente da tela, negar a derrota, implorar por uma chance, mas era tarde demais. Respirou fundo, contemplando a copa das árvores. Um sanhaço comia as pitangas miúdas que o pé insistia em gerar. Acostumava-se à ideia de desistir. Abandonaria a carreira, cederia ao declínio e isso seria quase um alívio, se não temesse tudo que seu corpo haveria de sofrer antes do fim.

Cedo ou tarde, teria que se levantar. Olhou para o lado, planejando o movimento, mas o que viu desolou seu rosto com uma lufada de lágrimas: o colhedor de frutas do avô não resistira ao ressecamento seguido da queda e se partira.

Percebeu-se mais uma vez pensando em planos para rasgar a própria pele, bater com a cabeça no chão, arrancar um tufo de cabelo, qualquer distração que a livrasse da culpa. Foi quando a campainha tocou.

— Cuidado, você pode se machucar. É melhor esperar o vento.

Antônio já havia calculado as palavras. Depois voltaria para casa e passaria um dia tranquilo a cavar buracos e serrar mourões. Sem peso na consciência, sem dramas. Um aviso amigável, uma gentileza de vizinhos, e de volta ao trabalho. Mas, quando ela não atendeu à campainha, soube que suas expectativas seriam frustradas.

Havia anos que ele não pulava aquele muro; mas, pelo jeito, o seu corpo insistia em guardar as lembranças dos velhos tempos. Enroscou a mão na unha de gato que cobria a parede, pegou impulso com os pés em um buraco no concreto e, quando viu, já estava lá em cima, de onde avistou Maria Clara estatelada no chão.

O muro tinha cerca de três metros e, para não se machucar, ele sabia que precisava mirar em uma pilha de troncos que encurtaria a distância do salto. Quando viu Maria Clara de longe, porém, não pensou nisso. Não pensou em muita coisa. Entendeu o que todos à sua volta diziam sentir: o medo do fim. Não um fim abstrato, genérico, mas o fim de um mundo específico, de um mundo dolorosamente específico. Um milhão de hipóteses inundaram a sua mente, logo este espaço tão árido de especulações, acostumado à estiagem do tangível. Já experimentava o efeito que a presença dela costumava ter sobre ele: sentia-se mais humano, sentia-se mais próximo da experiência que outras pessoas relatavam viver. Em suma, sentia.

Com o cérebro aguado, foram as pernas que tomaram conta e guiaram seu corpo na direção do de Maria Clara. Sem calcular o impacto que a queda teria em seus joelhos já não tão jovens, se lançou de lá de cima e correu na direção dela.

— Você está bem?

Ela assentiu. Em seguida, abriu os olhos inchados e logo voltou a fechá-los. Antônio conhecia bem esse desconvite. Viu os pedaços do colhedor de frutas espalhados pelo quintal e logo entendeu que ela se recuperava de mais de uma queda.

Sentou-se ao lado de Maria Clara. Fora do seu campo de visão, mas perto o suficiente para que ela pudesse ouvi-lo respirar.

Maria Clara foi sentindo a própria respiração se acalmar. Antônio ainda tinha o poder de fazê-la voltar a habitar as linhas do seu corpo. Saber que ele estava ali, acompanhar a sua respiração, partilhar do seu silêncio. Era como se houvesse entre eles uma memória emotiva: os sentimentos reconheciam o caminho. Especulou se haveria também uma memória muscular, mas abriu os olhos para não encarar o risco daquela conjectura.

Começou a se levantar devagar, evitando se apoiar onde doía. Acomodou-se em uma posição que eles conheciam bem, sentados, lado a lado, no topo da pequena colina de grama do quintal. Antônio não a encarou e ela viu em sua imobilidade um pudor, como se ela estivesse nua sem perceber.

Mas era ele que tinha o dorso nu molhado de suor e inchado por várias picadas de marimbondo. Em sua testa, uma marca de algo que parecia sangue, combinada com as olheiras de sabe-se lá quantos dias sem dormir, que o deixavam com um aspecto lúgubre.

— Você está péssimo — disse ela, como que para autorizá-lo a olhar em sua direção.

— E você parece que não consegue parar de pé desde que chegou.

Maria Clara não conseguiu segurar o riso. Antônio também não. Ela apontava hematomas em seu corpo e ele fingia que imitava a falta de jeito dela e isso os fez gargalhar a ponto de saírem lágrimas dos olhos e de já não saberem mais do que riam. Ela não pôde deixar de lembrar das tardes da adolescência em que se escondiam atrás das folhas de costela-de-adão para fumar maconha e ter ataques de riso um pouco como aquele.

Os espasmos foram se acalmando e ela se surpreendeu tentando lembrar qual fora a última vez que tinha dado uma gargalhada. Maria Clara se viu tomada pelo desejo de que ele ficasse ali. Faria de tudo para que Antônio não fosse embora, passasse o resto do dia com ela, trocando provocações, falando banalidades, partilhando silêncios.

— Vou pegar gelo pras suas picadas antes que derreta tudo no freezer — disse ela, se apoiando na perna que doía menos para se levantar.

— Não precisa, MC, já tô voltando pra casa. Tenho que erguer pelo menos mais umas vinte estacas hoje.

— Vou pegar gelo pras suas picadas — insistiu.

— Tá bom.

— Eu já venho.

— Não vou sair daqui.

Ela sorriu. Um sorriso aberto e destemido. Não se poupava, não os pouparia. Caminhou sem virar as costas enquanto ele a encarava também. Podia tropeçar de novo, não se importava. O chão não estava tão longe.

Quando a viu entrar na cozinha da chácara, Antônio deixou seu próprio corpo cair para trás e fechou os olhos. Só percebeu que havia adormecido quando acordou com o toque frio das pedras de gelo envoltas em um pano de prato percorrendo suas picadas.

— Não queria te acordar.

Ele abriu e fechou a boca, sem dizer nada. Não que faltasse o que dizer, mas não precisava. Agora que a temperatura do corpo baixava, ele sentia as ferroadas latejando, a ardência dos machucados da manhã.

Alguma coisa na presença dela o autorizava a estar ali. Não pensava na lista de tarefas, não temia o despejo, não se agarrava ao passado. Quando estavam juntos, só havia o instante. Aquela era a sensação mais perigosa de todas.

O gelo percorreu seu corpo, as pedras cada vez menores, os dedos dela cada vez mais próximos. Teve a sensação de que Maria Clara brincava com os gestos, desenhava figuras em seu torso. O cuidado se extrapolava em carinho. Devia ser só uma impressão.

Há quantos anos não se sentia tão relaxado? Poderia dormir ali mesmo. Os olhos estavam pesados, dava piscadas cada vez mais longas. Um pouco fora de si e, ainda assim, mais presente do que nunca, estendeu o braço. Ela reconheceria aquele gesto.

O toque úmido cessou e ele entreabriu os olhos só para ver que ela estendia o pano de prato na grama e se deitava em cima dele, apoiando a cabeça em seu peito. Não demorou muito para sentir a respiração dela pesada; também devia estar exausta. Deixou-se adormecer à sombra das árvores, em horas laborais, como quem deitava na cama de casa depois de uma longa temporada no exílio.

Parte II

Perfeito

CAPÍTULO 6

DIA -160

Metros debaixo d'água, Maria Clara não sabia em qual direção se mover para chegar à superfície. O indicador mostrava que seu oxigênio estava perto de acabar, e ela tinha quatro opções:

A primeira era escolher um destino e usar todas as suas forças para chegar até lá, mesmo correndo o risco de avançar em direção ao fundo, ou de ter seu caminho barrado por uma prateleira tombada naqueles corredores que não haviam sido projetados para o meio aquoso.

A segunda era se deixar afundar, tentar encostar os pés no chão e, em seguida, contorcer as pernas em um impulso. Havia nessa possibilidade o risco da pressão, uma atmosfera inteira a cada dez metros, de implodir seu corpo que tampouco era concebido para o habitat submarino.

A terceira era tentar driblar milhões de anos de evolução, procurar sacos fechados de salada higienizada e respirar dentro deles, como faria com uma máscara de oxigênio, conseguindo alguns segundos a mais para procurar a saída. Maria Clara sabia que era uma alternativa incoerente, mas as regras do *game design* prescreviam o equilíbrio. Não poderia exigir nenhuma missão sem oferecer os recursos necessários para seu êxito.

A quarta opção seria desistir de encontrar uma saída daquele labirinto feito de prateleiras tomadas pela subida do oceano Atlântico. Tal qual o mercadinho da orla, render-se ao fundo, deixando sua matéria se decompor em água salgada para tornar-se alimento de criaturas abissais. Se desse um pouco de sorte, teria o corpo devolvido à costa e explodiria como as baleias mortas, servindo de espetáculo lúgubre a banhistas desatentos.

Essa última possibilidade estava sintetizada por escrito em uma tela da interface que acompanhava os dizeres *Game Over.* Aparecia a cada vez que a personagem não encontrava a saída daquela fase do jogo, que Maria Clara balanceava, tratando de deixar o desafio viável, mas não fácil demais a ponto de perder a graça ou o didatismo.

Ao morrer em sua própria emboscada, porém, foi surpreendida pelo silvo agudo do erro que acreditava ter sanado. Tirou os óculos de realidade virtual com pressa para não acordar Luiza, mas viu que já eram oito da manhã.

Nos últimos dias, Maria Clara se distraíra trabalhando em "seus medos" enquanto aguardava a resposta da entrevista de emprego interrompida pela falta de eletricidade. Não cultivava expectativas, já que a empresa não respondia às suas tentativas de marcar uma nova entrevista desde a interrupção da última pela falha no abastecimento de energia.

Esforçava-se para não pensar em sair do país ou retomar a velha carreira. Sabia que era também só uma questão de tempo até que o relacionamento com Paul acabasse. Rendeu-se às madrugadas em claro, tentando sobreviver a inundações e infestações de pragas.

Com a testa marcada pelo dispositivo de realidade virtual, ela se olhou no espelho, mas, em vez de ver o próprio corpo em decomposição aquosa, achou sua pele brilhante, o cabelo formando ondas convidativas graças às semanas sem secador. Colocou uma roupa bonita, uma das últimas lavadas em uma máquina e com amaciante.

Sorriu para si mesma. Em seu reflexo, uma metade remava contra a corrente para alcançar a costa de uma terra que já nem existia, enquanto a outra deixava-se afundar, acreditando que flutuava. Tapou o espelho com a mão, censurando o descaso da imagem a sorrir com o próprio infortúnio. Cobria uma das partes sem saber qual. Com o gesto, viu uma nova notificação de e-mail em seu *smartwatch*: "Resposta à sua candidatura." Mas, antes que pudesse abrir a mensagem, o uivo de Ziggy fez as vezes de campainha e ela correu na direção do som.

Assim que abriu o portão, abaixou-se até ficar da altura de Ziggy, afagando sua cabeça. Em seguida, levantou o olhar para Antônio, que reclamou por ficar em segundo plano e ameaçou entregar o pote que trazia na mão para o cachorro.

Maria Clara recuperou o *Tupperware* com um beijo de bom-dia na bochecha direita dele. Ao inventário dos novos costumes, somou-se também o toque leve de Antônio em sua cintura, acompanhando o cumprimento. Ela o conhecia bem o suficiente para entender o cálculo por trás de seu gesto casual. Ele a conhecia bem o suficiente para saber que, se ela não se opunha, era porque havia, mesmo que mínima, uma abertura para que aquele contato evoluísse para outros.

Mesmo que naquele dia tivesse escolhido usar uma blusa que deixava uma nesga de pele acessível ao toque bem na altura da cintura, Maria Clara insistia em acreditar na mentira de que eram apenas amigos e nada mais.

— Tinha esquecido que você vinha hoje.

— Tinha? Não parece.

Maria Clara não conseguiu disfarçar o espasmo de um calafrio. Bastava um olhar demorado de Antônio e o seu corpo delatava qualquer farsa. Ele sorriu, triunfante. Era a vez dela jogar.

— Eu senti cheiro de café, ainda deve ter na garrafa.

Ela fechou o portão por trás de Antônio.

— Café? Jura? Temos a permissão da dona Luiza Almeida?

Maria Clara sabia que ele esperava a saída da irmã para ir até lá, prática conhecida dos tempos silenciados da adolescência. Caminharam juntos até a cozinha, trocando um silêncio prudente, e ela serviu dois fundos de café, iguaria raríssima naqueles tempos de plantios mais urgentes. Na xícara dele, colocou uma quantidade equivalente de açúcar sem nem perguntar. Claro que ainda lembrava. Notou, de canto de olho, o sorriso de Antônio, e virou as costas para que ele não percebesse o seu próprio, triunfante.

Ele pegou as duas xícaras e se sentou sob a sombra da mangueira, enquanto Maria Clara abria o pote contendo um pedaço do célebre pão de mandioca de Pat.

— Como está avançando a cerca?

— Como anda seu jogo?

— Você primeiro.

Antônio hesitou ao responder, balbuciou que estava fazendo uma pausa na lida. Ela estranhou; era raro ouvi-lo balbuciar assim, principalmente com uma questão tão simples. Era a chance dela.

— É bom fazer uma pausa. Assim sobra mais de você. — Então se pôs a cantar, propositadamente distraída: — *Um Tom pra cantar, um Tom pra falar, um Tom pra viver.*

Antônio arregalou os olhos, rindo da lembrança inesperada, e ela percebeu que ainda sentia prazer no poder inabalável de constrangimento que aquela canção tinha sobre ele.

— *Nova felicidade. Novo tudo de bom. Deixa-se cantar um Tom.*

O rubor no rosto dele não vinha só das horas de trabalho displicentes sob o sol. Antônio implorou que ela parasse, argumentando que sua ladainha fazia mal até para os ouvidos sensíveis de Ziggy. Maria Clara fez que não com a cabeça e seguiu em uma nota ainda mais alta e propositadamente desafinada:

— *Um Tom para todos nós.*

Ele então admitiu: havia pausado os trabalhos da cerca. Pensou na conversa deles, na efemeridade da solução, no descabido das horas de trabalho que a construção consumia, nas dores depois de um dia inteiro a plantar estacas que jamais floresceriam, na solução que Pat pesquisava para a produtividade do solo, no envolvimento da comunidade na proteção de suas terras. Mencionou também outra saída na qual ele vinha pensando, uma solução que envolvia Maria Clara e da qual, um dia, quem sabe, poderiam tratar.

— Mas você não me falou do jogo.

Maria Clara ainda tentava dar sentido à novidade nas palavras de Antônio, que admitia o impacto que ela tivera em sua decisão, especulava uma saída conjunta. Xeque-mate. Eram dois a se desarmar.

Tentou contar sobre seu progresso no projeto das madrugadas, que a fase da penúria alimentar com um *point and click* de identificação de PANCs já estava quase completa. Ele ouvia como quem perguntava, dando um ou outro conselho sobre a natureza das plantas, pedindo que esclarecesse este ou aquele detalhe.

— Então você desistiu de ir trabalhar no exterior? — Antônio nunca deixava espaço para entrelinhas.

— Falta uma só resposta.

— Você é boa demais pra deixar suas ideias para eles.

Ela sorriu e negou, mais por descrença do que modéstia. Antônio já estava de pé.

— Tenho uma coisa para você. Fecha os olhos.

Maria Clara hesitou. Avançavam uma fase naquele jogo a dois e ela teve dúvidas se teria os recursos necessários para vencê-la, mas, àquela altura, titubear era voltar duas casas, então ela acabou concordando e cobriu as pálpebras com as mãos.

Minutos depois, não ouviu os passos dele de volta e foi surpreendida pelo hálito morno, muito perto da sua nuca, dizendo:

— Pode abrir.

Antônio havia colocado à sua frente, na grama, um colhedor de frutas... aliás, o colhedor de frutas do avô que havia se espatifado semanas antes. Em uma colagem de contornos orgânicos, parte do cabo era agora um galho retorcido.

— Jacarandá? — perguntou ela, com os olhos fixos no objeto.

— Mas peguei um galho que já estava caído.

— É do... daquele?

Ele fez que sim. Maria Clara acariciou a madeira, lixada a ponto de ficar quase macia ao toque.

— Deve ter dado um trabalhão... Eu podia só ter trocado o cabo, quer dizer...

Em sinal de trégua, ele a poupou das palavras com um toque sutil em seu braço.

— O que quebrou, a gente conserta, MC. Deixa melhor.

Ela sorriu, segurando as lágrimas.

— Obrigada.

Ele se levantou, pegou o colhedor de frutas e começou a mirar na direção da manga mais alta e mais vermelha da árvore.

— Lembra a história dessa geringonça aqui? — Antônio a convidou a voltar à superfície com um assunto corriqueiro que absorvesse os perigos do silêncio.

Ele enganchou a ferramenta na manga madura, puxou-a com força e então guiou o objeto com cuidado, concentrado na tarefa de fazer com que o cesto descesse em linha reta e não deixasse a fruta cair. Pegou a manga, perfurou-a com as unhas, e a descascou meticulosamente para que nenhum pedaço de polpa se descolasse, deixando escorrer algumas gotas do suco pela mão. Maria Clara percebeu que salivava. Há semanas não comia uma fruta madura. Há anos, talvez, uma recém-colhida.

Ele a encarou como quem pedia licença e ela entendeu que se tinha se enganado sobre a superfície da conversa. Afundavam-se.

— Tem uma história?

Os gestos de Antônio se demoravam sobre a fruta, garantindo que não houvesse nem um resquício de casca grudado à carne. Mordeu-a com a boca inteira, lambendo os lábios para que nada do suco se perdesse. Tinha os olhos fixos no rosto dela como quem tentava desvendar uma frase em língua estrangeira.

— Você não se lembra da piscina?

Então, uma porta emperrada se abriu em sua memória, arremessando-a de volta àquela cena, vinte e quatro anos atrás. Ela se lançara à água para salvar o vizinho que se afogava, preso no fundo da piscina por um galho da mangueira após escalar a árvore para pegar alguns frutos. Lembrou-se da urgência, de não hesitar ou tentar chamar um adulto. Não precisava.

Desde pequena ela nadava muito bem. Aliás, quando pequena ela nadava muito bem. Costumava ter muito medo da água, então o avô a matriculara na natação. Ele dizia que todo perigo se enfrentava com as ferramentas certas. Quando foi que ela se tornou incapaz de confrontar seus medos fora de um *videogame*? Provavelmente no momento em que sua vida ruiu e a memória a desertou às pressas. Agora Antônio revelava uma lembrança dela mesma em que o avô existia para além do vazio. Quantas mais ele guardava? Maria Clara se deu conta de que tinha muita sede.

Como se ouvisse seus pensamentos, Antônio estendeu-lhe a manga, e ela mordeu a metade restante do fruto com tanta avidez que mal percebeu o gosto doce que avivava suas papilas. Precisou recalibrar os sentidos para conseguir ouvir a voz dele. Uma nova versão de si materializava-se na mesma boca da qual ainda escorria um resto do suco da fruta que ela mordia. Ele lambeu os próprios lábios antes de voltar a falar.

Maria Clara parecia sentir de novo o corpo que parara de se debater assim que ela o desvencilhara do galho e o puxara para cima. Lembrou-se das feições do garoto que tentou sair fugido quando atingiu a borda. Já do avô, que Antônio dizia ter corrido ao socorro das crianças, não lhe vinha nem o som dos passos.

— Nossa sina é ficar tirando e colocando o outro em perigo. — Antônio sorriu.

Ela olhou para o pé de manga ainda intacto na borda da piscina, com a marca cicatrizada do galho decepado pelo peso do menino, e, invertidos os papéis, lhe faltou ar. Antecipava o vazio.

— É estranho, eu não lembrava disso até você contar... não lembro de muita coisa...

— Não?

Antônio deu um passo em sua direção. Distraída com outros perigos, ela percebeu que tinha caído na armadilha e seus olhos estavam presos aos dele. Sem saber o que dizer, deu mais uma mordida no fruto e o suco lhe escorreu pelo queixo, mas ela não ousou limpar, como se qualquer gesto pudesse denunciá-la. Avançaram um pouco mais.

Eles se encararam, as respirações pesadas, os olhares brilhantes. Ambos sabiam o que viria depois. Se um deles se afastasse, talvez fosse o fim dos dois. Se ficassem, seria certo o fim de um deles. Maria Clara tinha os dentes cerrados e os olhos apertados, enfrentava um predador da mesma magnitude. Era uma briga de facas, eram duas bestas prontas a se matar, uma rinha de galos, um *fatality*, era uma luta de gladiadores, a final de um *battle royale*, era uma cena ordinária de amor.

— Acho melhor você ir pra casa.

Ela precisava de tempo para escolher: misericórdia ou sorte, ficar ou fugir. Tinha que acessar o destino notificado na mensagem ainda não lida em seus dispositivos para, só então, decidir qual golpe redimia seu desejo.

Antônio pegou o resto de manga de sua mão, mordeu e chupou toda a polpa enquanto fitava o fundo de seus olhos. Ela silenciou um espasmo. Então, ele devolveu-lhe o caroço, morno, roído e embebido em sua saliva, virou as costas e foi embora.

Hesitando entre ir atrás dele e passar tudo a limpo ou dormir pelas próximas vinte horas, Maria Clara se sentou na grama e fincou o caroço no chão, na esperança de que algo brotasse dali, mesmo sabendo que se esqueceria de regar.

Sentiu um calor repentino, como se só então seu corpo tivesse percebido que vivia de novo o mais quente dos veranicos.

Olhou para a piscina, coberta há anos com uma capa grossa de lona azul. Correu até ela, na esperança de se banhar, nem que fosse no limo do passado. O gancho ao qual a capa se prendia estava todo enferrujado e os nós, provavelmente ainda feitos pelo avô, apertados. Ela tentou desamarrá-los em vão e já tinha duas unhas quebradas e a pele dos dedos desgastada quando finalmente se rendeu à mensagem notificada pelo *smartwatch*.

De: wemakegames.es

Para: alma.MC

Assunto: Resposta à sua candidatura

É um prazer comunicar que…

Gestos suspensos, os nós permaneciam atados.

CAPÍTULO 7

DIA -160

Um golpe de facão e o coração foi desprendido da penca de bananas. Antônio levava a inflorescência para a cozinha quando viu Jéssica dobrando a esquina, seguida pelos gêmeos, que andavam de um jeito singular. A cada passo dobravam os joelhos a ponto de quase tocarem o chão, uma reverência. Depois, voltavam a ficar de pé. A mãe seguia seu ritmo, um andar altivo e ágil, sem se abalar pelo sobe e desce das crianças.

Ele riu, lembrando-se do DVD que havia mostrado aos gêmeos algumas semanas antes, com uma série de vídeos curtos e supostamente engraçados. Os esquetes eram em inglês, legendados, e Antônio chegou a achar que as crianças não tinham entendido nada porque passaram quase uma hora sem se manifestar. Era um tipo de humor peculiar, mas era também o seu favorito. Carcará e Pat nunca acharam graça; já Maria Clara, que o apresentou àqueles humoristas em um passado remoto, costumava explodir em risos quando um homem se escondia em um saco de papel desde que era mencionada a palavra "colchão" em uma loja de colchões. A cada vez que ele tentava explicar por que via graça naquilo, se enrolava em solidão de uma só cura.

Ficou grato por ter guardado aquele DVD pirata do *Monty Python*, já que a oscilação da internet inviabilizava transmitir um *streaming*, principalmente naquele dia em que se oferecera para cuidar dos filhos da amiga. Antônio ficava nervoso perto de crianças e, contrariando todas as expectativas dela, tinha optado por deixá-los em frente à TV. Os gêmeos permaneceram indiferentes até que chegou a vez do esquete do "Ministério do Andar Esquisito" e eles saíram, ao mesmo tempo, sem dizer uma palavra sequer, andando daquele jeito novo e soltando lufadas de riso. Aí então Antônio pensou que não existia nada mais mágico do que aquelas duas crianças ainda sem nome. Era uma pena que elas tivessem nascido logo quando tudo ruía. Era uma pena que ele tivesse deixado tudo ruir.

Acenou para Jéssica, que respondeu com um movimento de cabeça.

— Vim deixar os meninos com Pat.

— Elu foi pra cidade tentar vender umas coisas. Não te falou?

— E Carcará?

— Foi junto. Está na câmara... Como se isso fosse dar em alguma coisa.

Jéssica revirou os olhos. Os meninos sussurravam um no ouvido do outro e, quando Antônio tentou entender o que diziam, percebeu que era uma língua inventada, mas sabia que falavam dele.

— Que droga. Eu tinha conseguido um bico de faxina.

— Não acredito que a gente está aqui lutando para sobreviver e tem gente que não é capaz de limpar o próprio chão.

— Estou é lutando pra realizar o sonho do botijão de gás próprio.

— Usa nosso forno solar.

— E comida.

— Você sabe que sempre tem coisa aqui. Vou montar um cesto. Toma isso aqui por enquanto, refogado fica uma delícia. — Antônio lhe estendeu o coração de banana.

— Infelizmente, seu coração já não me basta mais, Tonho... — Ela devolveu o mangará. — Prefiro pão de saquinho.

Ele baixou o olhar sem responder. Jéssica soltou a mão dos gêmeos, que saíram correndo pelo pomar.

— Nem todo mundo se acostumou tão fácil, sabe?

Desmentiria se não soubesse que ela tinha razão. Às vezes, Antônio se pegava pensando que ele tinha sido feito para viver a decadência do sistema, moldado para pensar no manejo de plantas durante os meses de seca, fazer gambiarras analógicas, inventar maneiras de gerar energia elétrica, criar receitas com plantas que ninguém queria comer. Sua personalidade, seu modo de vida, seus conhecimentos estavam todos atrelados ao declínio. Não ousava dizer em voz alta, mas preferia ver tudo colapsar a voltar para o sistema em que havia passado a infância. Não sabia quem seria em tempos ditos "normais" e, para a sua sorte, não havia nenhum indício de que precisaria descobrir em um futuro próximo. Doía saber que as condições ideais para a sua existência eram as mesmas que aniquilavam os grandes mamíferos, mas era a sua verdade. Só lhe faltava saber encarar a miséria sem se deixar rasgar o coração.

— Como vão as coisas com...? — Jéssica apontou com a cabeça para a casa de Maria Clara.

— A gente é só amigo. Esse tempo já foi, você sabe melhor que eu. A gente tem uma história difícil. Além disso, a MC vai embora logo. Não veio pra ficar e, de qualquer jeito, tem um namorado lá na Europa.

— Você já ouviu falar naquela teoria de que, quanto mais desculpa a gente dá, menos convencido a gente tá de verdade?

— Por isso que eu odeio conversar com psicólogas.

— Meu diploma tem que ter uma utilidade, nem que seja fazer você passar raiva. Deixa de ser bobo, Tonho. Aproveita.

— Tempos de seca?

— Graças à terra eu não sou mais hétero, amigo, senão era mais essa penúria pra conta.

Foram interrompidos pelo barulho de um galho batendo contra o outro, seguido de um grito vindo de longe:

— *Touché!*

Ela lançou um olhar na direção dos gêmeos e gritou que não se matassem.

— Eu fico com os meninos. Vai trabalhar.

— Não deixa eles na frente da TV de novo.

— Pode deixar. Estou precisando de mão de obra.

— Amo muito meus filhos, mas eles têm duas mãos esquerdas.

— Eu sou canhoto.

— Sei que é mentira, mas obrigada. Passo aqui na volta.

Antônio já refazia o planejamento do dia para incluir as crianças nas tarefas quando se distraiu com o uivo de Ziggy, vindo de não muito longe dali. Sabia o que o chamado queria dizer. Do portão, Maria Clara acenava.

— Ela está claramente na sua. E você também — sussurrou Jéssica no ouvido de Antônio, e depois gritou para os filhos: — A mãe de vocês vai limpar privada de gente que deveria ter sido guilhotinada! Se comportem, praguinhas.

— Na natureza não tem praga, mamãe! — gritaram os gêmeos em uníssono, e Antônio riu com uma pitada de orgulho que tivessem memorizado, nem que fosse para provocar a mãe, a frase que ele insistia em repetir quando as crianças teimavam em incendiar as formigas da horta.

Maria Clara foi até eles e Jéssica a cumprimentou com um beijo no rosto, queixando-se de que precisava arranjar outra babá. Antônio sentiu uma pitada de orgulho ao ver a risada fácil que a amiga provocou em Maria Clara, como se tudo e todas as pessoas daquela terra fossem um pouco parte dele e ele mesmo a fizesse rir.

— Admito que fiquei espantada de saber que você tinha filho.

— Não era para eu ter tido, a lei estava prestes a ser aprovada.

— Sinto muito.

Jéssica deu de ombros.

— Chegamos perto, se não fosse por aquela onda de calor.

— Se não fosse por aqueles…

As duas fizeram uma expressão de repulsa. Foi impossível não se lembrar daquela sessão da Câmara transmitida ao vivo em que deputados-pastores proferiam que as milhões de mulheres protestando nas ruas tinham sangue nas mãos. As temperaturas altas, os corpos ressequidos, as enchentes — eles vociferavam —, uma punição divina frente ao sacrilégio pintado nos cartazes. Já outros congressistas, usando ternos bem cortados, palavras difíceis e um verniz de pragmatismo, afirmavam que "não podíamos deixar de fazer gente agora".

— Porque não é pelo deles que passa. — Jéssica fez um gesto formando um círculo apertado com o polegar e indicador.

Elas riram.

— E a gente se iludindo que podia ter direitos neste país…

— Não é só aqui, MC. Vai ser assim em todo lugar. Está sendo, já. Você devia ficar, vou sentir sua falta. E ele também…

Jéssica foi embora sem dizer mais nada, apenas lançando um olhar longo demais para cada um dos vizinhos.

Com o rosto em chamas, ele viu Maria Clara se aproximar sem esconder um sorriso empolgado ao vê-lo. Ela, que em todos aqueles anos não havia aprendido a disfarçar suas emoções, tinha a mais estranha, a mais boba, a mais bonita forma de andar quando vinha em sua direção.

Anos atrás, depois de ter julgado que conhecia bem Maria Clara, ele havia classificado em três categorias o seu jeito de andar: tocando o teto, quando estava empolgada; arrastando o mundo, quando estava deprimida; e, por último, tropeçando em si, quando distraída ou ensimesmada. Tinha até identificado um padrão: se, durante uma semana, ela andava tocando o teto, logo passaria a arrastar o mundo e, por mais de mês, tropeçaria em si. Este último o fazia se sentir muito só.

Agora, porém, o jeito de andar de Maria Clara não se encaixava em nenhuma das categorias. Ou era uma mistura das três.

Era um andar violento que arrastava consigo o mundo, mas em uma direção precisa; tropeçava em si, mas se levantava; tocava o teto e o atravessava, sobrevoando toda a cidade — um redemoinho de vento talvez fosse a imagem mais próxima, um tornado feito de carne e osso e algum sentimento difícil de identificar. Ela parecia ganhar intensidade conforme se aproximava. Tremiam as facas penduradas nas paredes, mugiam as vacas clarividentes da desordem. Entristeceu-o por um segundo não tê-la visto se agigantar ao longo dos anos.

— E se eu ficasse?

Parada alguns centímetros à sua frente, Maria Clara tinha os olhos brilhantes enquanto lhe entregava o pote vazio do pão da manhã. Ele a encarou, tentando entender por que vinha falar daquilo agora. Ela era tão imprevisível que, mesmo a conhecendo fazia mais de vinte anos, tinha a impressão de descobri-la de novo e de novo — um dia da marmota ao contrário, em que cada amanhecer reservava um ineditismo. Desde sua chegada, ele havia se esquecido de envelhecer.

— Você *quer* ficar? — Tentou manter o tom sereno.

— Sei lá, quero, não quero, talvez. Não sei.

Ela balançou a cabeça como se levasse tapas cenográficos das circunstâncias.

— Ahh! — Eles exclamaram em uníssono e riram.

Era um velho hábito de Maria Clara hesitar entre dois polos e uma brincadeira comum a de interromper o seu movimento frenético com um grito.

— Você não devia ficar só porque não tem outra opção.

O rosto de Maria Clara nublou-se.

— Não é isso, eu tenho, eu… Talvez seja hora de admitir que aquela vida de antes não existe mais.

Ele deu um passo para trás para se livrar dos efeitos daquela fala que secretamente esperava e temia desde o reencontro. Era a primeira vez que Maria Clara vislumbrava fazer parte de uma realidade para além dos pasteurizados, renderizados e alopáticos. Mantinha, porém, o hábito antigo de encarregá-lo das próprias decisões.

Sabia que ela estava empoleirada na fronteira entre dois sins, um empurrãozinho, para um lado ou para o outro, decidiria a sua sorte. Em momentos como aquele, o equilíbrio sutil entre eles se convertia em partículas visíveis em estado de caos e qualquer coisa que ele dissesse poderia determinar seus destinos. Ela buscava nele uma certeza, a única coisa que Antônio se recusava a lhe dar. Já levava um mundo superaquecido sobre seus ombros, não havia espaço para garantias, tampouco poderia atestar a possibilidade de qualquer futuro naquele rincão desprovido, mas todas as frases que lhe vinham à garganta contrariavam o bom senso.

Olho no olho, nenhum dos dois se mexia. Quando ela se tornara tão boa naquele jogo? Ela respirou fundo. Ele prendeu a respiração.

Não era a primeira vez que percebia os movimentos dos dois simbióticos, como criaturas feitas para viver consorciadas, sintrópicas, parasitadas. Quando Maria Clara estava lá, Antônio se enchia de uma ternura dolorosa. Sentia que, se todas as pessoas, animais, plantas, tivessem encontrado em um ou mais seres o que eles encontraram um no outro, a Terra viveria em perfeito equilíbrio ou se destruiria de vez em uma espetacular entropia.

E, embora tenha sido Maria Clara que rompeu o silêncio, aquelas palavras poderiam ter saído da boca de Antônio:

— Alguma coisa mudou nesses últimos dias.

Ele a viu se aproximar. Colocou os braços em torno da cintura dela, que se pendurou em seu pescoço. Ela o encarava com olhos de dúvidas e Antônio soube que precisava se assegurar de que ela não permaneceria ali por causa dele. Diante da promessa de tempos escassos, não poderia carregar o peso de arrastá-la para o fim do mundo. Foi o que ele disse.

Ela assentiu. Ou ele achou que sim. Sua atenção estava mesmo concentrada nas mãos dela, frias, invariavelmente frias, percorrendo a pele dele, fumegante sob a camisa de algodão.

Antônio a envolveu um pouco mais. O toque de Maria Clara desenhava rastros, trilhas, sulcos, rios em suas costas suadas. Ele aproximou o próprio rosto do dela, que estava macio e quente. Deixou suas bocas se encostarem, menos em um beijo do que em reconhecimento de território.

A respiração dela era pesada, concentrava todos os seus esforços naquele percurso úmido. Maria Clara abriu aos poucos os lábios. Ele rememorava como a sua boca era pequena, abrigava uma paz dormente que parecia acordar ao seu toque, revelando uma bioluminescência secreta.

O beijo era ainda uma descoberta quando tiveram que se separar ao som do grito de um dos gêmeos, que vinha de longe. Entreolharam-se e saíram em disparada. Antes de se afastar, porém, ele acreditou tê-la ouvido sussurrar que havia sentido sua falta, mas devia ter sido coisa da sua imaginação.

Os gêmeos tinham a cabeça erguida para o céu e os olhos bem abertos. Antônio e Maria Clara se entreolharam, as testas franzidas. Aquilo não era bom sinal e ele não queria acreditar que a concretização dos seus medos era colateral à realização de seus desejos.

— A última vez que...

Mas ele não completou a frase. Seria injusto revolver as feridas que os dois se esmeraram tanto para ignorar.

— Tio, não deixa aquilo chegar aqui que sou alérgico a abelha — desesperou-se um dos gêmeos.

— Você nunca nem viu abelha — rebateu o outro.

— Mas sei que sou alérgico.

— Você tem medo de tudo. E isso é um *drone*.

— Mas não é como os outros — sussurrou Antônio.

As crianças, porém, logo superaram aquele objeto confundido com as abelhas de algum desenho animado, já que as melíferas não viviam mais fora de suas áreas de preservação há anos. Converteram o medo em uma batalha inventada com galhos de árvore, em que um era a colmeia e o outro, o atiçador.

Eram os dois adultos que agora vigiavam o céu, perplexos. Antônio poderia ter ficado ali por horas, estático. Preferia queimar as retinas a ter que lidar com aquele objeto voador ou com o destino previsível anunciado por sua estrutura reforçada por uma carapaça brilhante e suas hélices robustas. Era um modelo de drone que ele conhecia bem, provavelmente desviado do exército ou comprado sem licitação em alguma vereda da *deepweb* por um valor superfaturado, recuperado por sua indestrutibilidade ao sobrevoar as terras produtivas ocupadas.

Ao seu lado, Maria Clara protegia os olhos dos raios de sol, mas não encarava o objeto. Olhava fixamente para Antônio, que parecia intrigá-la muito mais. Ele se perguntou se, no passado, ela também tinha ouvido os drones. Talvez ela sequer tenha ficado sabendo dos rastros de sua passagem — era a primeira vez que aquela hipótese lhe vinha à mente. Não ousaria perguntar.

Se o objeto celeste fosse uma estrela-cadente, ele teria desejado apagar aquela parte de sua história. Fecharia os olhos e pediria que, em supernova, o astro deglutisse aqueles meses de assombro e eles pudessem começar do zero, sem traumas e feridas. Mas não era para ele que o céu anunciava boas novas. Por isso, manteve os olhos abertos.

Embora Maria Clara estivesse ao seu lado, ouviu sua voz dizer ao longe:

— Meninos, estão a fim de uma brincadeira diferente? — E depois cochichar para ele: — Vai ficar tudo bem.

Antônio não aquiesceu, mas seu silêncio foi suficiente para ela assumir o controle da situação. Mal terminou a frase e os gêmeos já tinham derrubado os pedaços de madeira no chão e a encaravam com expectativa.

Enquanto ela descrevia as regras do novo jogo, ele seguiu observando o céu como se não estivesse mais naquele tempo. O zumbido do drone o arremessava ao passado com tamanha violência que parecia de novo quebrar alguns de seus ossos. Estava de volta ao segundo em que entendeu que não sabia viver longe daquele solo; à ladeira em que aprendera que, se pedalasse bem rápido, o ar gélido do começo da manhã cuidaria de desinchar os seus olhos; ao ano em que achou que ia morrer mais de uma vez, quis morrer mais de uma vez, mas não morreu; e, como não estava morto, precisou achar um jeito de seguir vivendo — mas o sussurro das hélices nunca deixou seus ouvidos.

Há mais de uma década, o silvo metálico havia anunciado a invasão das suas terras e todo o infortúnio que veio depois. Antônio nunca mais seria o mesmo. Vivia acompanhado de uma sombra que parecia ofuscá-lo por inteiro. Era sutil, como uma sombra deve ser. Às vezes, passava despercebida, e, nas horas mais claras, parecia quase haver sumido. Mas nunca desaparecia por completo.

Às vezes, ele se perguntava se alguém mais percebia a sua sombra ou se ela se formava só para ele. Ninguém dizia ter reparado, mas todos pareciam tratá-lo de um jeito diferente desde que ela surgira. Até que Maria Clara voltou, e aí ele teve certeza não só de que a sombra estava lá, mas de que ela, sim, conhecia seus contornos exatos. Achou que cedo ou tarde a escuridão a espantaria, mas talvez estivesse enganado. Depois de mandar os meninos correrem para o galpão para se armarem, ela se aproximou dele com cuidado, mirando bem no meio da sua sombra.

Quando Antônio a encarou de volta, ela deu um passo cuidadoso em sua direção. Com as mãos frias, acariciou as arestas da penumbra com cuidado para não alvoroçá-la. Maria Clara entendia de sombras, mas, ao contrário dele, não se preocupava em exterminá-las. Faria teatros e criaria figuras agigantadas na parede branca até que sombra e forma se tornassem uma.

— Você se lembra de onde guardou os estilingues?

— No lugar de sempre.

Maria Clara sorriu e o puxou na direção dos meninos. Ele a seguiu com um passo lânguido, preferindo ficar um pouco para trás e, enquanto avançava, soube que tinha o andar mais estúpido de todos, o que se dirigia à própria condenação sem cogitar a fuga. Insensato mesmo seria que seus passos não acompanhassem os dela.

— *This is Pedreiraaaa!* — urrou Maria Clara, dando um chute no ar, e logo foi copiada pelos gêmeos. Os três riam.

Antônio, então, se pôs a correr.

CAPÍTULO 8

DIA -160

— Escolham suas armas!

Maria Clara animava-se com frases de efeito. Daquela vez, falou com voz grave e caricata, simulando um momento canônico de jogos que Antônio e os gêmeos desconheciam, mas ela já não se importava.

Enquanto vivia aquela cena, teve a certeza de que poderia existir por mais três mil anos e jamais a esqueceria. Se cientistas do futuro abrissem o seu cérebro, aquela memória ainda estaria lá, rodando e rodando como o ano passado em Marienbad ou a lâmpada perpétua que não foi submetida à obsolescência programada.

Riu dos meninos que escolheram como armas as coisas mais bobas que encontraram no galpão: uma bota velha, a ossada de um baiacu, uma cópia de um quadro de Miró assinado por Antônio quando criança. Ela se ouviu falar:

— A vida é fácil.

Quando não era bem isso que queria dizer, mas pouco importava, as palavras ali eram só mais um elemento da paisagem.

Quase se esquecia da mensagem em sua caixa de entrada exigindo uma resposta, um "obrigada pela oportunidade, embarco ainda esta semana, onde é que eu assino?" para acabar logo com aquilo. A espera, porém, havia agido na massa de seu desejo, feito embolorar algumas partes, crescer outras, e o sim já não parecia uma evidência, enquanto o não era uma daquelas iguarias que, se mal cozidas, podiam matar.

Com um movimento performático, Antônio levantou uma rede de pesca. Os olhos de Maria Clara e também os dos meninos brilharam quando viram o que estava embaixo. Cada criança pegou um estilingue e ela, depois de certa hesitação, a arma de chumbinho. Antônio apostou que pegaria o drone usando apenas a própria rede e ela acreditou, porque se sentia feliz e, se aquilo era possível, todas as outras coisas do mundo eram também.

Às vezes seu braço esbarrava no de Antônio e sorriam um para o outro. Enquanto ele separava quatro chapéus, para que não se queimassem no sol a pino, ela apoiou a mão em seu ombro de uma maneira que dizia: *estou aqui, não vou sair daqui*. Ou ainda dizendo: *por favor, não saia do meu lado*. Tinha diferença?

Antônio talvez não tenha percebido o caricato da situação enquanto andava de um canto para outro do depósito, discursando antes da batalha. Precisavam a todo custo derrubar aquele drone antes que registrasse a topologia total do terreno ou que descobrisse a nascente entre as árvores nativas, preciosa para os mercadores de carbono e especuladores. Insistiu que o drone não poderia filmar o rosto deles. Interceptar objetos voadores não tripulados tinha virado crime desde que a atividade se tornara diversão popular.

Distribuiu balaclavas: ninguém levava o jogo tão a sério quanto Antônio, era impossível não se hipnotizar. Ele fez questão de amarrar a máscara de Zorro que havia separado para Maria Clara, resquício de algum carnaval passado e, quando terminou um nó triplo, encostou os lábios em seu pescoço antes de disparar Pedreira acima.

Andaram os quatro em silêncio até o paredão de pedra, furtivos. A subida, em qualquer outro momento, teria deixado Maria Clara cansada e sem fôlego, mas ali, tomada pela adrenalina, só sentia o coração bater em expectativa aventuresca. Andaram rápido, mas atentos para não tropeçar nos pedregulhos que escorregavam morro abaixo.

Cada um de seus passos levantava uma poeira seca que entrava pela garganta, mas ela evitava tossir porque não queria que o inimigo a ouvisse e também porque, naquele tipo de cena, o herói nunca tossia. E, naquele momento, eram heróis.

Enquanto subiam, às vezes olhavam para o céu para checar a localização inimiga, mas o drone gigantesco parecia ter ido embora. Ninguém comentava a hipótese, pois seria um fim anticlimático demais para uma missão tão promissora.

Já estavam quase no topo quando Antônio se virou com o dedo em riste, pedindo silêncio. Tudo aconteceu muito rápido, mas Maria Clara percebeu a cena toda em câmera lenta.

Primeiro, ouviram o sussurro de quinhentas abelhas e, apesar da urgência da situação, seus olhos se encheram de lágrimas: há anos não ouvia o zumbido do inseto. A realidade logo lhe roubou o foco. O drone se aproximava da nascente, que tornaria o terreno objeto de desejo ainda maior, suscetível a toda sorte de ataque.

Maria Clara não foi a única a notar a iminência; um dos gêmeos pegou uma pedra, silenciosamente colocou-a em seu estilingue e apontou na direção do drone que, àquela altura, tinha a câmera virada para o outro lado.

Antônio mostrou a palma da mão, indicando que ainda não era hora, mas o menino atirou a pedra, que bateu de raspão em uma das hélices e fez com que o objeto virasse sua câmera na direção deles. Antes que pudessem se organizar, o drone passou a persegui-los, transformando-os em alvos súbitos daquela expedição.

— Cubram o rosto! — Antônio baixou a própria balaclava.

Maria Clara se escondeu atrás de uma árvore e tentou identificar a localização de seus companheiros. Não se tratava mais de uma brincadeira. Suas pernas tremiam frente ao perigo. Na última vez que se sentira tão viva, as abelhas ainda não estavam extintas.

Em seu esconderijo improvisado, ela olhou em volta. Os amigos pareciam a salvo. Antônio recolhia pedregulhos atrás de um rochedo, vigiando ora o inimigo, ora as crianças, que correram para se refugiar na casinha de ferramentas sem porta, e ora ela mesma, que precisava se lembrar de manter o foco e não derreter sob seu olhar.

Com seus acessórios, Maria Clara era um vingador mascarado, Antônio parecia mais um lutador de *lucha libre*, enquanto os meninos tinham sorrisos de caveira impressos no lugar dos lábios.

Depois de uma curtíssima trégua, o drone se pôs a perseguir as crianças e a mulher, e não surpreendeu ninguém que o objeto fosse movido pela velha lógica de salvar navios a despeito de seus náufragos.

Os meninos corriam de costas, desviando-se de arbustos e árvores, atirando pedras. O drone chegava cada vez mais perto deles com o objetivo claro de fazer com que caíssem ou enroscar as hélices nas balaclavas que cobriam suas identidades. Fosse lá quem comandasse a máquina do outro lado, a pessoa tinha habilidades e intenções. Aproximava-se quando eles armavam o estilingue e se afastava quando eles lançavam a pedra. Então, sem dizer uma palavra, os gêmeos se organizaram para colocar o projétil no elástico e lançá-lo de maneira alternada, evitando as investidas da máquina até chegar ao refúgio.

Maria Clara se distraiu por um instante observando aquela dança até que os gêmeos estivessem a salvo na cabana. Então, começou a armar a carabina. Como se notasse a aproximação do perigo maior, o drone decidiu trocar de alvo e avançar em sua direção. Ela parou e respirou fundo. Ao apoiar a arma nos ombros, porém, sentiu uma vertigem já conhecida, a mesma que a acometia sempre que repetia os gestos do passado.

Foi o avô quem lhe ensinara a atirar com chumbinho depois de ela insistir muito, influenciada por alguma heroína da adolescência. Mas naquele momento, frente à ameaça, percebeu que não se lembrava mais das lições. Seus olhos se turvaram, estava condenada a padecer de amnésia. Mirou no drone. Nada.

Os gritos pediam que ela se apressasse. Fortalecido por sua inação, o objeto agora estava muito perto e a ameaçava feito uma mutuca gigante que ela tentou espantar com a cabeça baixa enquanto usava a arma de bastão. Ela viu os pés dos meninos correrem em sua direção e gritou para que voltassem ao esconderijo.

Soube que perderiam aquela batalha por sua culpa quando o drone recuou e ela ouviu a voz de Antônio dizendo que corresse para longe. Ao erguer a cabeça, percebeu que ele segurava uma das hastes com as mãos nuas. Maria Clara se afastou e olhou a tempo de ver a máquina avançar violentamente e ele soltá-la com um grito. Com sangue escorrendo do antebraço, ele tentou sem êxito capturar de novo o objeto que o ameaçava.

Uma das hastes havia se enroscado no topo da máscara colorida que protegia a identidade de Antônio. A farra estava prestes a acabar. Quanto mais ele tentava se livrar do drone, mais se machucava com a investida.

Maria Clara respirou fundo. Posicionou-se firmemente sobre os dois pés, um à frente do outro. Ergueu a carabina sobre um dos ombros.

"Concentre-se como se não precisasse agir neste instante."

Não. Não era isso que o avô dizia. Tentou mirar, mas suas mãos tremiam.

"Você pode levar o tempo que quiser, mas não demore."

Não, aquela frase nem fazia sentido. No que ela e o avô miravam? Latas? Pinhas em movimento? Ela mergulhou naquele vazio enquanto, ao longe, percebia o drone cada vez mais perto do objetivo de desmascarar Antônio. Com olhos anuviados, mirou no centro do objeto, temendo que a bala de chumbo acertasse Antônio no lugar do inimigo e já dando por certa a derrota.

"Aja com a urgência de quem tem todo o tempo do mundo."

As palavras dispararam de sua boca quando apertou o gatilho. Era isso! A voz do avô, e seu rosto também, seguiam fundidos ao breu de sua memória, mas aquela frase não. Resgatá-la com aquele disparo obstinado foi muito mais do que ela havia conseguido nos últimos dias tentando evocar qualquer lembrança. Talvez ainda houvesse uma perspectiva de passado naquela volta para casa.

Observou a bala de chumbo se mover em câmera lenta e acertar a lente do drone, que perdeu o rumo por alguns segundos. Assim que se viu a salvo, Antônio lançou a rede de pesca sobre o objeto, a segurou pelas pontas, girou-a no ar e espatifou o inimigo no chão, pisoteando-o mais de uma vez, mesmo já tendo ficado claro que o drone não voltaria a voar.

Uma vez passado o zumbido, a Pedreira ecoou um silêncio da época em que ainda era só montanha. Foi Maria Clara que fez soar o primeiro grito, gutural, vitorioso e correu na direção de Antônio. Os meninos a seguiram, rindo, entusiasmados.

Ela foi a primeira a chegar. Só então ele tirou os olhos da máquina, com um sorriso de quem tinha acabado de acordar. Ela se agarrou ao pescoço de Antônio e o beijou sem pudor, entregue e calculista. Aproveitaria daquela catarse para fazer o que vinha desejando em segredo de si mesma.

Não deixou tempo para que ele pensasse, discordasse ou fugisse. Queria que todos os seus dias fossem assim: aventurescos, instintivos, que o amor se posicionasse na linha tênue entre a vida e a morte para que não houvesse espaço para a dúvida.

Ela mal sentiu o gosto daquele beijo que inundou os espaços drenados pela falta. Qualquer sentido se aguçaria depois. Os lábios dele a acompanharam sem fazer perguntas. Ao ritmo de tambores de vitória silenciosos, também celebravam o reencontro. Cada pedacinho de seus corpos sabia voltar para casa.

Afastaram-se rindo. Os meninos se aproximaram e todos se cumprimentaram batendo as mãos, relembrando os melhores momentos da batalha.

— O que está acontecendo aqui? — Jéssica despontou subitamente.

Os quatro se entreolharam e depois olharam para o drone caído no chão.

— Eita! De novo, não. Foi a prefeitura? Ou os empresários?

Antônio deu de ombros.

— Bom, bem feito pra eles. Tapem os ouvidos, meninos! — Os gêmeos obedeceram de imediato. — Especuladores filhos da puta!

Jéssica desviou o olhar dos drones e checou se os gêmeos estavam intactos, enrolando uma toalha úmida no pescoço deles para protegê-los do calor. Eles logo transformaram o cuidado em capas e saíram voando ao redor dos adultos. Jéssica havia recebido uma notificação avisando dos baixíssimos índices de umidade do ar combinados a altos índices de UV e desistido da jornada de trabalho para buscar os filhos, já intuindo que Antônio não teria visto o alerta. Esticou as duas mãos vazias e, como ímãs, os meninos foram se unir a elas.

— Se divertiram, praguinhas?

Os gêmeos colocaram as máscaras de volta ao mesmo tempo, exibindo um sorriso esquelético de orelha a orelha e fazendo poses vitoriosas. Jéssica sorriu enquanto franzia o cenho. O dia podia até ter sido salvo, mas não estava ganho. Despediu-se com um gesto resignado enquanto os meninos já corriam ladeira abaixo, fabulando epopeias à altura do que tinham acabado de viver.

Antônio e Maria Clara acenaram de volta. Quando Jéssica e as crianças lhes deram as costas e não havia mais drones ou aventuras, tudo o que queriam era estar a sós.

Ela ainda não podia acreditar nas próprias façanhas: o tiro, a lembrança, o beijo, mas não estava mais tomada pela febre da vitória. Viu que ele se aproximava devagarinho, afastando uma mecha de seu rosto. Todo o seu corpo tremeu, embora o calor do ar fosse insuportável.

Maria Clara ergueu os olhos sem saber o que buscava no céu. Há muito não experimentava tamanha intensidade e se perguntou se ele sentia o mesmo. Sabia que ele sentia. Hesitou.

Aquele momento ficaria registrado na memória dos dois para sempre e desejou que ele pudesse cobrir todos os outros que marcavam suas peles feito tatuagens indesejadas.

— A gente devia se proteger do sol.

Antônio caminhou até a cabana, olhando para trás como um convite. Maria Clara percebeu que seus pés cabiam perfeitamente nas pegadas que ele deixava na terra, qualquer desvio parecia um disparate. Ela o seguiria até o fim do mundo. Ela o seguia.

CAPÍTULO 9

DIA -160

Antônio baixou os olhos sem saber o que buscava no chão. Guiados por uma certeza febril, seus gestos não estavam mais inscritos em uma trajetória controlada. Perguntou-se se ela sentia o mesmo. Resistiu.

Todo primeiro passo prometia o abismo quando a própria história ensinava que o mais seguro era se fechar em si e esperar a tormenta passar. Mas ali não havia a fúria de qualquer elemento: eram só dois humanos carregando suas dúvidas. Ainda assim, ele hesitou em se render à fé cega no contato de seus corpos.

Todo primeiro passo arrastava o abismo quando não era mais o primeiro, assim como acordar todos os dias era muito mais custoso do que nascer. Não. Aquele dogma ele havia inventado para se proteger, para se esquecer de que acordar ao lado de Maria Clara era fácil. Sempre foi. Amá-la era natural como eram as estações, as abelhas, o trabalho, as montanhas, tudo que era belo e agora morria.

A proximidade de seus corpos amalgamou o tempo presente à memória de quando tinham vinte anos. Desperto muito antes dela, costumava acordar Maria Clara com aquela canção que queria *tudo viver ao teu lado com o arco da promessa no azul pintado pra durar*, pensando ser a coisa mais bonita que alguém já disse.

Durante aqueles meses em que viveu ao lado dela, o planeta todo se perguntava o que acontecia lá fora, mas ele não. Sempre havia entendido o que a maioria se recusava a ver, menos por clarividência do que por dedução causal. Já da porta para dentro, tudo era mistério. Antônio sentia cada segundo com tanta intensidade que se viu obrigado a abdicar de qualquer discernimento. Rendeu-se àquele estado e passou a chamá-lo de vida.

Achava que assim seriam todos seus dias a partir de então, dormir e acordar querendo estar perto de alguém. Despertava cedo, cuidava das plantas, estudava um pouco e preparava o café sem fazer barulho só para voltar para cama às nove em ponto. Aí então desligava o despertador de Maria Clara e a acordava com um beijo no pescoço, com a fumaça saindo da xícara ou com uma canção que evocava as estações.

Ao se lembrar daquelas manhãs, os olhos de Antônio se encheram de lágrimas. À memória de que eram fáceis e naturais e bonitas e cíclicas as coisas da vida somava-se a fatalidade dos tempos em que ele precisou calcular, relativizar e sacrificar o seu amor. Foi arremessado ao momento em que queimaram sua horta, em que a Amazônia tornou-se savana, em que um vírus evitável matou seu amigo, em que o litoral sul foi invadido pelo Atlântico, em que os animais do Pantanal aprenderam a mendigar comida, em que Maria Clara partiu sem se despedir. Dias distintos no calendário, mas que compunham juntos um marco difuso do momento em que o mundo, que já acabava aos poucos, passou a acabar de uma vez.

Nos últimos anos, Antônio achou que houvesse perdido a capacidade de se sentir transbordar quando cantava uma música do Milton, ou via um pássaro novo, ou descobria uma flor selvagem, ou constatava o brotar de um rio. Nunca havia tentado nomear aquele sentimento. Não precisava. Era uma força que o convencia de que tudo estava em seu lugar e que, naquele instante, o tomou como se nunca tivesse desaparecido.

Ouviu Maria Clara chamar seu nome e então retornou à realidade do cadáver exposto do drone, da renovada ameaça às suas terras, dos cortes em sua pele, do calor, fazia tanto calor.

Ele ainda hesitou em dar o próximo passo. Esperava um sinal, uma tempestade improvável que completasse o cenário de um beijo na chuva, como em todos aqueles filmes a que assistiram juntos durante a adolescência. Mas não chovia. Não choveria tão cedo. Naquele cenário, eram só eles dois e uma história mal resolvida, a natureza não faria parte daquilo, se é que um dia havia feito.

Foi então que ela veio em sua direção e o abraçou, acariciando suas costas como se nunca tivessem sido interrompidos pelo drone. Os dedos tranquilos, apesar da euforia em seus corpos. Ele decidiu se esquecer de que a abundância ao alcance das mãos costumava se traduzir em armadilha. Rendeu-se e a cerrou entre seus braços até que não houvesse espaços vazios entre os dois.

Seus dedos passearam pelo corpo dela, reabitando uma terra devastada. Era Antônio que voltava ao país de origem, desbravando lugares conhecidos, percebendo a pele dos ombros, costas e braços dela muito mais espessa, o suficiente para que não se preocupasse em arranhá-la com suas palmas ásperas. Com ossos protuberantes, o corpo dela era acidentado, revelava subterrâneos aquosos a cada um de seus toques.

— Posso?

Ele baixou a alça do vestido dela, que consentiu, abrindo, um por um, os botões de sua camisa.

Deixaram as armas no chão.

Ele beijou o pescoço de Maria Clara antes de carregá-la até a sombra da casa de ferramentas. Ela o beijava e mordia com urgência, o contato dos tecidos cada vez mais denso.

Desamarraram as máscaras enquanto entravam na cabana. O céu ardia e eles descobriam as novidades de seus corpos. A natureza era tão parte daquilo como sempre foi, mas estava mudada: feroz, devastadora até, e, ainda assim, ele se entregou.

Quando seu corpo tocou o dele, Maria Clara sentiu todos os seus músculos se esparramarem. Durante anos, tinha corrido atrás de uma garantia de sobrevivência, e ali, toda a sua pele soube que não havia lugar seguro: Antônio era sua terra prometida, o único habitat no globo apto à sua sobrevivência, um *bunker*, uma casa cheirando a jantar no fim do dia em que ela poderia tirar o sutiã e os sapatos. Fugir seria a única opção sensata.

Com as mãos dele passeando por seu corpo exposto, Maria Clara soube o que desejava pela primeira vez em anos e seu querer era distinto de tudo que entendia por sobrevivência. Os mapas traçados para o futuro, as metas cuidadosamente estabelecidas, a versão de si meticulosamente lapidada, nada disso cabia. Antônio era uma pedra no meio do caminho da sua rota de fuga, ali ela queria se deitar e ficar estirada ao sol.

Agarrou-se ao pescoço dele quando Antônio a ergueu do chão. Em vez de se debater ou de correr para longe, suas pernas, mancomunadas com o seu desejo, enlaçaram a cintura dele. Amar Antônio era uma insensatez. Nunca achou que tivesse escolha. Naquele instante, soube que não tinha.

A casinha de pau a pique garantia um pouco de frescor. O corpo dele a pressionava contra uma das paredes, ainda a erguendo pela cintura. Mesmo cativa, ela poderia sair dali quando quisesse. Seria só uma palavra, mas sua boca estava ocupada em sugar todos os poros de Antônio, matando uma sede antiga.

Quando ele a pousou no chão, Maria Clara entendeu que não apenas seu corpo se rendia; Antônio a fazia acreditar que tinha uma alma, qualquer coisa que se dissiparia na hora de sua morte. Todos os seus vinte e um gramas estavam eriçados, encantados. Seu espírito brotava em primeira chuva.

Ela deixou cair a pochete, além do vestido. Esperou que Antônio terminasse de se livrar da camisa e parou para admirar seu torso nu por alguns instantes. Ela havia conhecido aquele corpo de cor, e agora se deparava com novas cicatrizes, marcas, músculos. Queria perguntar a história de cada um daqueles acidentes, mas havia urgência.

Desabotoou com pressa o jeans surrado dele e, quando sentiu suas peles uma contra a outra, emitiu um suspiro tão profundo que Antônio se interrompeu para perguntar se estava tudo bem. Apressou-se em responder que sim, porque não queria que ele se importasse se estava tudo bem, queria que fizesse dela o que bem entendesse, porque ela faria o mesmo.

Ele a ergueu de repente e deitou-a de costas no chão fresco de cimento queimado, em um gesto que Maria Clara conhecia bem. Antecipando a despedida de suas bocas, deram-se um beijo profundo enquanto suas mãos brincavam de mostrar que ainda conheciam bem as alavancas do desejo um do outro.

Foi então que o beijo de Antônio se separou da sua boca, lembrando-se de que tinha outro lugar para ir, e percorreu todo o caminho até suas coxas. Não tinha pressa, sabia onde chegar.

Ela acariciou o cabelo dele, abundante à altura de suas mãos. De olhos fechados, não precisava entender se ele a tocava com a língua, os dedos, a boca toda, ou se ele mesmo havia se tornado uma criatura feita apenas de lábios e mãos que a preenchiam por inteira e a faziam faiscar. Puxou com força os fios para ele entender que precisava parar e, ainda assim, continuasse. Quando seu corpo todo tremeu pela segunda vez, ela o encarou e percebeu que ele a olhava de volta; estivera aquele tempo todo a observá-la.

Impunha-se a urgência da proximidade: seu rosto no dele, o corpo dele no dela, todos os poros em justaposição. Maria Clara abriu a boca, mas, antes que dissesse qualquer coisa, Antônio já estava ali. Achou que poderia despedaçar-se a partir daquele toque, mas seguiu inteira, cada vez mais inteira, preenchida por gestos conhecidos e novidades que a fizeram sorrir e sentir uma alegria que não era mais descabida. Tinha seu lugar.

Lembrou-se de que estava sob custódia quando ele a virou de bruços sem esforço nenhum e voltou para dentro dela com uma força sutil que correspondia à cadência do seu desejo. Aquele toque a impediu de pensar em qualquer outra coisa e ela faria de tudo para que durasse para sempre.

Antônio cravou os dedos em seus ombros e se fez ainda mais presente. Era como se ocupasse todo o seu interior, até que, de repente, ela já não existia. Era feita de poeira de estrelas, brilho, cintilância, e também nunca fora tão carne.

Instantes depois, quando percebeu que Antônio não mais a preenchia, sentiu uma falta dolorida do corpo dele. Foi tomada por um medo súbito de que ele a abandonasse ou morresse, ou simplesmente deixasse de fazê-la se sentir daquele jeito. Aquela antecipação da escassez lhe pareceu muito mais severa do que a falta dos últimos anos. Não entendia como vivera sem ele. Temia ter que viver sem ele. Percebeu que uma lágrima escorria do seu rosto. Não flutuava mais. Agora que tinha de novo Antônio a seu lado, só podia conjecturar um novo abandono. Despencou em desamparo, os próprios destroços amortecendo a queda.

Tentou sorrir. Talvez tenham sido os segundos que ele levou para corresponder que fizeram Maria Clara se arrepender por muito tempo do que diria em seguida.

Ali, deitado ao lado dela naquele chão de cimento, Antônio sentia-se capaz de plantar uma floresta inteira com as próprias mãos, cavar um rio, resfriar o planeta com seu sopro para compensar os acordos internacionais esvaziados. Até que identificou na súplica do sorriso de Maria Clara um assombro conhecido. Foi arremessado à realidade das lágrimas que escapavam do rosto dela. Não poderia salvar o mundo. Sequer era capaz de proteger quem mais amava do desastre que insistia em acometê-los.

— Não sei se a gente devia ter feito isso — disse ela.

Antônio, que até então sentia que tudo estava em seu lugar, soube também que aquele lugar, por mais que o cultivasse, preservasse, cercasse, vigiasse, estava fadado à ruína.

Desvencilhou seu corpo do dela e se levantou com um salto. Seria melhor que tudo viesse abaixo de uma vez.

— Melhor esperar o sol baixar para sair.

Maria Clara precisava ganhar tempo, habitar de novo a própria pele, achar uma forma de voltar ao passado, alguns minutos que fosse, antes de estragar tudo, mas já não conseguia pensar, fazia calor, tanto calor e ela, ao mesmo tempo, tremia, abraçada às próprias pernas para conter o calafrio temporão. Como deixou tudo escapar tão rápido?

Antônio vestia-se no outro canto do casebre. Tão longe dela quanto aquele cômodo diminuto permitia.

Ela recolheu as próprias roupas e pegou o celular, deixando o olhar repousar por alguns segundos na tela, na notificação que a esperava desde a manhã. Precisava se assegurar de que ainda tinha uma rota de fuga.

A intenção do olhar dela não escapou a Antônio.

— Você vai embora de novo, não é?

CAPÍTULO 10

DIA -160

Passado o horário de pino, os seus raios entraram pela janela, tomando a transparência como convite. Foi assim que se interessou por aqueles dois humanos, tão ocupados com os próprios dramas que ignoraram a sua presença.

O sol vinha desfrutando de uma estadia cada vez mais convidativa naquele planeta. Durante séculos, seus habitantes abriram frestas para que ele passeasse por campos e peles e hoje, em especial, sentia-se abundante, majestoso. Mas a alegria imponente de seu calor não era sem ambiguidade.

Antes, os humanos repousavam para que ele os lambesse, dourasse e às vezes até cozinhasse com Coca-Cola ou óleo de coco. Depois daquele contato, diziam estar mais belos, fortes e animados. Exibiam suas peles marcadas com orgulho e ele também se envaidecia, pois na Terra era recebido por criaturas que contavam com seu calor para germinar culturas e secar roupas. Em oposição à indiferença enfadonha dos outros planetas, ali até aproveitavam seus raios para gerar energia e mover máquinas que perfuravam os solos para gerar mais energia ainda. Sentia-se cada vez mais parte daquele ar, daquelas criaturas que tinham tanta pressa e, ainda assim, às vezes interrompiam suas vidas só para expor seus corpos a ele.

Mas tudo estava diferente: escondiam-se à sua passagem, amaldiçoavam seu calor. Cada vez que se aproximava, escaldante e massivo, quem antes abria caminho passou a fechar janelas, cobria-se com tecidos e suplicava por clemência, mesmo que ele não soubesse que mal fazia.

Aquela data em específico costumava ser um dia de festa, em que alguns humanos se vestiam de cores para celebrar a proximidade dos seus raios no trópico setentrional. As terras populosas do Norte já tinham sido suas favoritas. Os festivais, porém, deram lugar à morte desenfreada em solos que não sombreavam, águas que não refrescavam, balas que não desviavam. Não muito longe dali, uma explosão nuclear havia rivalizado sua potência e, em todas as línguas daquelas terras, culpavam seu calor e pediam piedade. Ele até desejou ser menos invasivo, ardente, inflamável, mas já não podia. Aquele convite também o amaldiçoava. Como não sabia fechar os olhos, desviou a atenção para o Sul.

Quando entrou pela janela do casebre de pau a pique da Pedreira, teria ficado ainda mais confuso se soubesse ler, pois ali também a tela de celular que refletia seus raios alertava os cidadãos contra a sua presença. Por sorte, não sabia, e se distraiu com duas pessoas vivendo mais um daqueles dramas terrestres, que ele não se cansava de assistir.

Maria Clara segurava o celular à sua frente, ocultando parte da visão do corpo de Antônio. A faixa de calor os dividia como uma muralha. Ao observar a trama, o sol se arrependeu de não ter prestado atenção naqueles humanos durante as últimas horas, mas desconfiava da origem da tensão.

Era uma qualidade do sol saber dividir sua atenção entre anedotas. Enquanto aquelas duas pessoas refugiadas na cabana fundiam o ardor ao silêncio, voltou-se para um carro que estacionava não muito longe dali. Seus raios resplandeciam sobre o capô e faziam brilhar a fina camada de estio.

Com o rosto coberto por uma máscara de tecido repulsor de raios ultravioleta, Luiza bateu a porta do veículo e correu até sua casa. O sol, se pudesse, se contorceria de desgosto ao se deparar com aquele odioso acessório da moda enquanto ela entrava gritando pela irmã, mas ninguém respondia. Luiza fez então um movimento sutil com os ombros, que passou despercebido para ela própria, mas não para o sol e sua base de dados de reações humanas. Conhecia bem as minúcias da decepção.

Ela correu para a metade da casa que estava exposta ao calor da tarde, fechando todas as janelas para impedir sua entrada e amaldiçoando a irmã por ter saído sem fechar nenhum cômodo. De dentro dos quartos, esticou o braço pela grade até o limite do alcance e, com a ponta dos dedos, soltou o pequeno gancho que mantinha as venezianas abertas para então puxá-las. Primeiro fechou o próprio quarto. O do avô raramente era aberto. Por último, foi até o de Maria Clara, prendendo o ar, já que os lençóis da irmã exalavam um cheiro azedo. Contrariando sua previsão de eficácia, precisou respirar mais de uma vez, lutando contra a veneziana empenada que deixava passar um feixe de luz.

Luiza entendeu que não ganharia aquele braço de ferro com o sol, que insistia em se infiltrar no quarto da irmã. Prostrou-se na cadeira *gamer* descascada pela claridade e, como quem não queria nada, mexeu no mouse sobre a escrivaninha, fazendo com que o monitor se acendesse. O sol incidia na tela e o encontro de claridades a fez piscar, mas não ofuscou a curiosidade pela vida da irmã, que raramente lhe dirigia a palavra sob a luz do dia.

Teria que ser rápida. Caso fosse descoberta, aquilo geraria mais uma briga sussurrada com verdades passageiras que se condensariam em autojulgamento. As discussões com Maria Clara eram as mais dolorosas das quais ela se lembrava. Com silêncios e pequenas cortesias, tentavam evitá-las a todo custo, mas, quando o conflito acontecia, tatuava nela cicatrizes distorcidas. Luiza não tinha quem mais lhe devolvesse uma versão de si. Há tempos havia se separado de Jéssica por diferenças políticas, o pessoal do cartório não era muito de conversa, nunca tivera paciência para qualquer atividade social, muito menos para aplicativos de relacionamento. Passava dias e noites imersa em uma solidão muito mais corriqueira que a da irmã, sem vocação que a justificasse. Era então natural que tomasse as ofensas enunciadas por Maria Clara durante suas brigas como verdades. Apesar disso, ela apreciava ter de novo a sua companhia. Conforme os anos iam se passando, as ausências se tornavam presença tediosa.

Sua mão tremeu sobre o mouse. A pasta ainda aberta da noite anterior deixava a vida secreta da irmã a uma espiada de distância. O sol motivava-se pela mesma curiosidade que Luiza; afinal, com seus hábitos notívagos, era como se Maria Clara quisesse se esconder dele também.

Ela fez menção de abrir um arquivo executável que a levaria ao jogo da irmã, mas se distraiu com outra subpasta do disco F: *Backup_Gian*, que parecia guardar um segredo ainda mais assombreado. Hesitou. Sabia que estava a um clique duplo de um caminho sem volta. O sol ardeu um pouco mais forte entre seus dedos.

Ao ocupar o silêncio entre Maria Clara e Antônio, o sol lembrou-se de uma conversa alguns dias antes. Em um escritório com ar-condicionado no verão barcelonês, Paul se esquivou das perguntas daquela humana sobre qualquer tipo de compromisso formal que pudesse lhe conferir um visto, até que cedeu:

— Consegui a entrevista pra você. Acho que minha dívida está paga.

E desligou o telefone enquanto se desviava também dos raios de sol absorvidos pelas paredes de vidro que pássaros confundiriam com o ar se já não estivessem mortos ou exilados pelos quarenta graus caniculares da primavera em Poblenou.

Na Pedreira, o sol se punha alaranjado sob o olhar de Maria Clara. A chegada da noite consumia também o seu impasse. Fosse lá qual fosse sua decisão, ir ou ficar, era naquele momento que precisava tomá-la. O calor se espalhava por toda a cabeça, pescoço, tórax, pernas. Ela fechou os olhos, banhando-se no ímpeto daquela ardência, consciente de que, a qualquer instante, poderia desmaiar. O sol ocupava seu corpo com uma febre que era ânimo e abatimento.

Maria Clara rendeu-se à notificação.

É um prazer comunicar que...

Respondeu à mensagem com os olhos cravados nos de Antônio.

— Eu ficaria... por você — disse, assim que terminou de digitar.

Ele riu de um jeito que também condenava. Ficou de cócoras, como se as ideias lhe pesassem e falou com os olhos fixos na parede atrás dela. Ela se aproximou para poder ouvi-lo.

Ouviu o discurso dele entre lacunas de dispersão. Antônio dizia algo sobre a vida dele não ser um jogo, uma estética, nem sequer uma decisão... Era uma nova forma de existir e ele a cultivava... Melhor do que a escassez definitiva... Ilusão... Ela, videogame. Ele, almoço... viver... completamente diferente... Antes... aquilo, sim... fim...

Maria Clara não conseguia se concentrar no que ele dizia. Sua compreensão, liquefeita. Perdeu-se em um misto de raiva e impotência. Antônio desdenhava da decisão mais difícil que a vida insistia em lhe impor. É claro que tinha medo de ficar. Ninguém, nem nada, lhe ensinara a lidar com aqueles extremos. Os filmes, os jogos, as canções, alguns até tentaram, mas nenhum prenunciou o que seria sentir aquele calor que paralisava e achatava enquanto a sobrevivência carecia de todos os seus gestos e relevos. Ninguém previu o contrassenso de precisar de tempo para aprender o que fazer, tempo para entender como se ocupar, tempo para tonificar os músculos, tempo para reorganizar as lógicas enquanto tudo, absolutamente tudo, era urgente.

Um último raio de sol tocou a perna de Maria Clara. Ela respirou fundo e focou a mancha brilhante sobre sua própria pele, que desanuviou também sua atenção. Antônio ainda murmurava.

Ele tinha achado, ele tinha sido burro a ponto de acreditar que construiriam algo novo juntos quando discursaram na assembleia do C.C.A.P., ou quando ela atirou naquele drone, mas claro que não, que bobagem. Seus mundos não se misturavam e na primeira noite mal dormida por falta de ar-condicionado, no primeiro calo na mão, na primeira vez que os olhos dela se turvassem por falta de proteína, ela se arrependeria, mas já seria tarde: ele a teria desviado de um caminho seguro, ou um pouco mais seguro que fosse... e ele não podia, até queria, mas não tinha condições de garantir nada. Uma corrente marítima podia mudar de direção e lá estariam eles, entregues ao acaso. A imprevisibilidade agindo sobre si mesma em progressão infinita. Ele sabia que ela precisava de garantias, mas pediu desculpas, não podia, não tinha... Claro que queria que ela ficasse. Quando ela estava lá, não tinha que se esforçar para lembrar por que a vida devia seguir. Mas que ela não lhe pedisse para decidir. Isso, não. Não podia arcar com as consequências, a culpa do que aconteceria se ela ficasse. Não pediria a ela para ficar.

O ar parado não levava embora os não ditos que fermentavam naquele cômodo, cozinhando e fazendo dobrar, talvez triplicar de tamanho o ódio que ela sentia de Antônio. Custava a acreditar que ele a tinha resumido à própria impotência, comparado àqueles que precisavam a qualquer custo de uma garantia, insinuado que sua necessidade era incompatível com o próprio desejo. Crescia nela também o ódio que sentia de si. Antônio estava certo. O sol, enquanto isso, julgava serem bonitas as pessoas cozidas em fúria, assim, quase flamejantes.

— Você vai me abandonar de novo — respondeu ela, febril.

— É só você que tem escolha.

Antônio abriu um sorriso e o sol reconheceu a expressão dos humanos quando queriam gritar.

O ocaso chegaria sem que o sol conhecesse o desfecho daquela história. Refletido nos olhos de Luiza, não conseguiu identificar os contornos da imagem que ela via no computador, a retina nublada pelo marejo.

Luiza cogitou ligar para a irmã, mas desistiu. Talvez fosse melhor nunca dizer em voz alta o que tinha acabado de entender.

O sol, então, percebeu que ela atravessava uma daquelas metamorfoses que o faziam amar tanto os humanos, ou pelo menos a maioria deles. Podia sentir as partículas em torno dela mudando de forma, seus sentidos se reorganizando em torno dos olhos, ouvidos, nariz, boca, pele e, por mais que ainda parecesse a mesma, os fragmentos no seu entorno transfiguravam-se. Em resposta, o que havia de invisível em sua própria matéria se reacomodou também.

Ele se perguntou o que tinha gerado aquele movimento sublime, o que Luiza tinha visto naquela tela no sentido oposto de seus raios. Quis ficar mais um pouco, mas o giro da Terra se impunha também sobre ele. Não se preocupou tanto. Sabia que qualquer coisa que Luiza tivesse visto seguiria moldando seus dias a partir de então e ele logo descobriria: os humanos não sabiam guardar segredos.

Em cima da montanha, seus raios paralelos ao chão perderam Maria Clara de vista, assombreada dentro do casebre. Já Antônio acompanhava os movimentos do sol e ia se pondo Pedreira abaixo. Sob sua pele, o sangue ainda fervia a pino.

O astro se contemplou espelhado uma última vez no facão sempre polido de Antônio, projetando uma imagem doída até para quem já havia visto de tudo: o coração da bananeira fincado ao próprio tronco em um gesto desesperado de desamor.

Já despertavam as súplicas do outro lado do mundo.

Parte III

Presente

CAPÍTULO 11

DIA -18

De: alma.MC

Para: antoniofms2k3

Antônio,

É um dos primeiros dias de calor ameno por aqui. Não sabia como começar a te escrever, então falo do tempo, embora seja raro para nós mencioná-lo. Achava que era porque tínhamos mais a dizer, mas agora entendo que tocar no assunto seria tratar da síntese do que nos separa.

Você talvez não acredite em mim, mas ultimamente venho me perguntando o que aconteceria se minhas ações fossem distendidas até as últimas consequências. Se todo mundo vivesse, agisse, comesse, consumisse como eu, o planeta se arruinaria tão rápido? Seria ainda pior? Não precisa responder. Você talvez não acredite também que tive uma boa razão para ir embora sem te avisar. De novo…

Hoje, vou a pé para o trabalho pela primeira vez em três meses. Venho me organizando para isso há dois, mas sempre acabo saindo atrasada e, no final, pego um carro de aplicativo. Nem é uma caminhada tão longa assim — uns trinta minutos, quarenta, se eu escolher passar pelo Passeig de Gràcia, o que vou fazer nesta manhã. É estranho que as ruas não estejam mais cheias de turistas como na primeira vez em que vivi aqui. Naquela época, eu pedalava com cuidado, até mesmo pela ciclovia, para não atropelar uma família deslumbrada ou um grupo de jovens intercambistas que fingiam interesse por aqueles prédios antigos, quando se atraíam mesmo era uns pelos outros.

Agora os estudantes podem contemplar seus corpos em paz porque Barcelona já não se exibe para eles. Os turistas são raros, afinal, a entrada dos não europeus está vetada de vez e não sobrou muito a ser visto. Você ficou sabendo que as construções de Gaudí foram vendidas a bilionários pelo governo da Catalunha? Foi o jeito de financiar as fronteiras abertas para os refugiados das secas do Sahel, opondo-se ao Mercado, à União Europeia, ao resto da Espanha. Não demorou muito para o governo local ser deposto, acusado de independentista radical e, enquanto a população imigrante era jogada de volta no Mediterrâneo, o dinheiro da venda dos monumentos ia para o governo central de Madri, e depois para a União Europeia e depois para o Banco Central e depois, suponho, de volta para os bilionários. "No es habilidad poca saber nadar y guardar la ropa", é o que dizem aqui, erguendo os ombros. Acho tudo muito triste, mas, como todo mundo, fico restrita a esse gesto. Vivemos encolhidos.

Na caminhada, passarei pela Casa Milà. Aqui também, La Pedrera está sendo pilhada de sua essência. Sua fachada é coberta pela publicidade de uma joalheria francesa. Desenharam um céu estrelado para lançar a nova coleção "Constelação de pérolas". O slogan talvez te fizesse rir: "Duas estrelas nunca são iguais." Os adornos do edifício foram pintados e agora simulam um colar. Logo abaixo, está escrito em letras cursivas "Nos preocupamos com os oceanos e sabemos que você também. Ao privilegiar o uso de pérolas de tamanhos e formatos distintos, o desperdício de recursos é menor", ou algo do tipo. Eu já posso te ouvir dizendo: "É sério que a gente destruiu o planeta pra fazer uma coisa cafona dessas?" Eu riria. Você, não.

A publicidade, é claro, está coberta por pichações. Algumas dizem "hippies mentirosos" e outras apenas "greenwashing". Uma dialética curiosa se não estivéssemos em contagem regressiva.

Tentei tirar uma foto, mas logo fui censurada por um dos policiais dos Mossos d'Esquadra, por isso espero que você se contente com a minha descrição. Não era, porém, a propaganda da joalheria que me proibiam de registrar, mas o que estava a seus pés: pessoas dormindo na calçada ou em barracas, venda de crack como se fosse refresco, crianças descalças. A princípio, eu não entendi por que, já que a degradação não é novidade na Europa. Até que olhei de novo. Não censuravam o desamparo, mas seu matiz.

A babel da miséria não é mais composta só de línguas árabes e africanas. Também se fala castelhano, e não o cantado da América do Sul. O s é pronunciado entre os dentes à moda madrilenha, ou se perde nas cordas andaluzas. Isso quando não se fala catalão, basco, galego até. Embora os jornais teimem em associar a escassez aos estrangeiros, a privação não tem mais terra natal. Pouco a pouco, vai se formando a nação dos desprovidos.

— Há, porém, quem siga comprando pérolas.

Às vezes eu me pego inventando conversas com você.

Aqui talvez a derrocada demore mais para chegar. Ou melhor, uma parte maior das pessoas poderá fingir por mais tempo. Cidades inundadas foram reconstituídas no continente, plantam-se uvas de champanhe na Escócia. Será que viveremos para ver os valores invertidos? Não só entender como absurda a velha forma do viver, mas também existir fora dela, saberemos? Estar aqui me faz pensar que não. Mas, ao seu lado, alguns meses atrás, eu tive certeza de que sim, e quis pagar para ver, juro que quis. Estava pronta para largar tudo até perceber o quanto me ancorava em você. E quanto mais você foi se entranhando na minha vida, mais a projeção da sua ausência me desesperava. Eu me vi de novo dependente de um recurso não renovável e não seria justo pedir que você fosse fonte ininterrupta de uma paixão ávida, de um vazio que não se sacia. Não quero te amar como quem consome.

Depois daquele último dia confinados no casebre, eu terminei com Paul. Sei que você não entendia essa relação. Nunca te contei que ele salvou minha vida quando desembarquei aqui pela primeira vez, logo após você ter ido embora e eu ter ido embora para ainda mais longe. Não me sai da cabeça o azar de ter vivido um desencontro trágico, shakespeariano quase, em pleno século XXI.

Mas nós não falamos sobre aquele dia.

E, se tem uma vantagem em termos nascido para a extinção, é que nunca jamais vamos precisar falar. Você já parou para pensar em todas as coisas terríveis que vão morrer com a gente? Às vezes eu admito que essa ideia me alivia. Mas tinha que acabar tudo de repente, não se arruinar assim, aos pouquinhos, diferente do que Hollywood nos prometeu.

Venho pensando muito naquela época em que a gente ainda não era a pior coisa que aconteceu um para o outro. Ou a segunda pior, o que já é bem ruim.

Mas nós não falamos sobre isso.

Essa noite tive um sonho daqueles que você me mandaria anotar dizendo:

— Isso vai dar um jogo incrível.

Mesmo sabendo que você odeia jogos, que talvez seja a pessoa mais impaciente para pular as plataformas do Mario e quase quebrou o controle do meu Nintendinho umas dezenas de vezes, eu anotava porque eram as minhas melhores ideias. Você sempre soube muito sobre tudo. Foi numa dessas notas que nasceu o projeto de jogo que me trouxe para longe de você pela primeira vez.

Desde que nos reencontramos na Pedreira neste ano, juntou-se ao meu inventário um novo tipo de tristeza: a de sermos pequenos e o fim, inevitável. Fico pensando que estamos, eu e você, sujeitos à espiral do abandono como em um carrossel de cavalos desembestados. O medo da dor é nosso moto-contínuo.

Mas eu falava do meu sonho. Estava na praia e as águas subiam e subiam, até que me alcançavam na areia e me levavam. Eu não resistia, boiava tranquilamente. Cheguei até um lugar que soube ser Cabinda porque era logo do outro lado do oceano e falava-se português. Entendi que me mandavam embora dali, que aquele não era o meu lugar. Então eu mergulhava de novo nas correntes marítimas, como quem sobe em um ônibus circular, e era levada sabe-se lá para onde, uma praia que também não me abrigaria.

Por ter deixado de pertencer, talvez meu mundo nunca se acabe — foi o que senti nas duas vezes em que deixei a Pedreira. Talvez a Terra se aqueça e todas as espécies sejam aniquiladas e eu siga vagando, porque o colapso também se esqueceu de mim. Existo em um não-lugar tão solitário que foi abandonado até pela extinção.

Na primeira vez em que encontrei Paul, eu estava sozinha nas ruas de Barcelona. Era agosto, já se passaram doze anos. Eu tinha acabado de me mudar para cá às pressas, para aquele intercâmbio que não tive coragem de te contar que me candidatara. Eu nunca tinha pisado em um país estrangeiro e sair do avião foi como acordar. Era um verão canicular muito mais quente do que os de costume. Era também o primeiro ano em que não havia mais costume.

O hostel em que passei a primeira noite não teria mais camas livres pelos próximos dias, então fui convidada a me retirar. Carregava todas as minhas malas e tentava descer as escadas da estação de metrô sem ter para onde ir. Claro que eu não havia feito nenhuma reserva e todos os albergues do bairro estavam lotados em plenas férias de verão.

Nas semanas antes de embarcar, eu não pensava na viagem, você sabe bem, preferi me afastar de qualquer vestígio de realidade e, de repente, lá estava eu, sozinha num metrô estrangeiro, precisando encontrar um lugar para ficar.

Paul me viu e se ofereceu para carregar minhas malas e depois perguntou de onde eu vinha e depois perguntou por que eu chorava e depois perguntou se eu precisava de um abrigo e eu precisava, não tanto do calor, mas de mim mesma. Precisava a todo custo reconstruir a minha vida, apesar da vontade de acabar com ela.

Eu disse que sim. E fui dizendo que sim. Já de volta a São Paulo, eu o ajudei a encontrar um trabalho com jogos e ele me ajudou a aperfeiçoar minhas soft skills; eu o ajudei a parecer mais criativo e ele me ajudou a parecer mais assertiva. O tempo foi passando e a gente foi vivendo esse amor utilitário.

Mas alguma coisa em mim hesitava e eu sabia que ele sabia. Porque, embora essa fosse uma definição prática de afeto, eu não queria um relacionamento que me forjasse feito uma escola de elite. Tinha experimentado um amor que me apresentou para versões desconhecidas de mim, ampliou as arestas de quem sou e me fez acreditar que, vivendo assim, expandida, eu curaria o mundo de toda mazela. Queria aquilo que nós dois sentimos antes de estragarmos tudo.

Ele sempre desconfiou, é claro, mas ficar comigo era prático e ele nunca terminaria e eu nunca termino nada. Mas quando Paul me mandou uma mensagem há alguns meses, dizendo que eu tinha sido aprovada para trabalhar na empresa dele e que agora estávamos quites, agradeci e disse que só aceitaria se a gente terminasse. Ele não negou, é claro, e eu peguei um dos últimos voos antes que as fronteiras se fechassem.

Não sei se a história se repete, mas a primeira vez que parti foi uma tragédia. Quando entendi tudo, já era tarde demais. Só meses depois eu soube da expulsão, da violência. Ainda assim, não te procurei. Voltar seria embarcar no eterno retorno da pior dor que já sofri. Acho que você nunca me perdoou por isso. Eu nunca me perdoei por isso. Já você, eu nunca culpei. Minha reticência não é mágoa, mas medo. Medo e desejo. Principalmente medo.

Espero que me perdoe um dia, Antônio. Você ainda é a pessoa que guarda a melhor versão de mim. A melhor versão de quem mais amei também. Você ainda consegue ser a criatura mais fascinante que já pisou em um planeta que produziu coisas incríveis como o polvo-gigante-do-pacífico e os tigres albinos.

O apartamento em que moro aqui no Barri Gòtic não tem janelas. O único cômodo pelo qual entrava alguma luz foi transformado em dois quartos para mais duas pessoas com quem divido um banheiro.

Eu consegui o que queria: um emprego em uma empresa de jogos, antidepressivos na prateleira do mercado, uma ilusão de continuidade. A minha vida se tornou um corpo na UTI, tendo seus dias prolongados por respiradores artificiais. Remédios e máquinas garantem a eletricidade pulsando em seu corpo, se alimentando do que é vital, a alma presa em algum purgatório assepsiado que nem devia existir.

Aqui na Europa, ou no que sobrou dela, tenho meios para me juntar àqueles que tentam manter o nosso antigo modo de vida em criogenia, esperando que os outros povos definhem para colonizar os seus países e começar tudo outra vez. Ou talvez queiram se isolar pelo tempo necessário para criar uma nova linhagem de ser humano.

Enquanto isso, fazem jogos para celular, chamam carros pelo aplicativo, pedem combinados de sushi feitos de arrasto em costas alheias. Seguem como se o mundo não se encolhesse, como se não estivessem também sujeitos à penúria. Como se não estivéssemos, aliás, já que agora sou também parte dos que pensam ter se salvado. É o que eu queria. Cabe a mim me acostumar.

Não te contei que, no sonho, era você que me lançava às águas.

Que fui eu quem disse: me empurre.

Que enquanto me condicionam abandonos, melhor vivermos separados.

Talvez aqui eu não veja o declínio da velha civilização. Ainda assim, não há um dia em que eu não durma e acorde desejando viver o fim do mundo com você, Antônio.

Ou melhor, o renascer de um mundo.

Um mundo que não tenho coragem de construir.

Um mundo que exige seus braços livres do peso que seria eu.

Sigo à deriva.

Serei obrigada a pegar um carro de aplicativo de novo.

Me demorei porque não existe um jeito fácil de dizer que te amo, e por isso não volto mais.

MC.

CAPÍTULO 12

DIA -15

Sempre ver o copo meio vazio. Antônio era acusado como de um crime, mas injustamente. Via o copo inteiro vazio, um recipiente a ser preenchido com o que ele bem quisesse beber. Recusava-se a matar sua sede com qualquer líquido e tinha na própria obstinação uma rara incidência de sorte.

Naquela manhã, como em todas as outras, pulsavam nas veias de seus braços cinquenta litros de água fresca divididos em dois baldes transbordantes. Marchando Pedreira abaixo, não podia deixar de pensar na falta que aquele peso fazia em seu colo, mas também sabia que a sua própria intransigência e a hesitação de Maria Clara jamais se misturariam.

— Deixa o seu aí em cima, eu volto para pegar.

Carcará não respondeu. Seguiu caminhando no ritmo dos passos do filho, mesmo seus músculos tremendo com os vinte litros de água que antes carregava todos os dias sem dificuldade. A falta de chuva, aliada ao calor temporão, minguava a colheita e debilitava seu corpo.

Há algumas semanas, Antônio havia tomado o lugar da mãe à mesa, servindo e dividindo a comida em três partes idênticas. Insistia que todo mundo tinha que se alimentar, ninguém ali era escorpião. Carcará, porém, sempre tinha uma desculpa para deixar os restos para a janta e, na hora do jantar, ela se recolhia mais cedo, ordenando que os filhos dividissem as sobras. Seus pretextos eram pouco convincentes: fazia muito calor, ou se lembrara de um compromisso, ou lhe doía o estômago, ou tinha se enjoado de tal ou tal ingrediente. O último argumento, Antônio não tolerava.

— Para quem já passou fome — replicava —, não tem almoço ruim, o ruim é não ter almoço.

Foi então que ele passou a apelar para os escorpiões. Quando era menino, lá com seus seis anos, Antônio procurava restos de tijolo no quintal, com os quais construiria um estábulo para suas vaquinhas de chuchu. A mãe sempre o alertava para a presença de escorpiões, e a sombra do encontro com o temido animal estava em cada um de seus gestos cuidadosos e ligeiros. Pegava os pedaços de telha e blocos com os dedos em pinça, verificava os dois lados com cuidado e só então os recolhia.

Era uma tarde de setembro com nuvens carregadas e faltava apenas um telhado para o abrigo ficar pronto. Tinha pressa, afinal a vaquinha também merecia ser protegida das chuvas da primavera. Vasculhava o terreno baldio ao lado da casa quando viu um pedaço de tijolo que alguma caçamba despejara por ali recentemente. Era um quadrado alaranjado do tamanho exato do seu celeiro, que reluzia adornado por sóis microscópicos. Sem pensar duas vezes, correu na direção da pilha e pegou o bloco com a mão cheia, mas logo deu um pulo para trás e o soltou. Seu medo se concretizou na forma de um escorpião. Esfregou o corpo em um gesto instintivo, para garantir que o bicho não estivesse, ao mesmo tempo, sobre sua pele.

Passado o primeiro susto, ele se aproximou do animal devagar. O escorpião não parecia a ameaça mortal da qual a mãe tanto falava. Pelo contrário, estava colonizado por criaturas menores, pequenas larvas com patas proeminentes.

O menino correu de volta para casa, deixando o telhado para trás. Sentou-se à mesa do almoço de braços cruzados. Pela primeira vez na vida não teve apetite para o macarrão alho e óleo da mãe. Quando Carcará perguntou o que o aborrecia, ele tentou explicar sua ojeriza. Ela reconheceu uma cena que já tinha visto em seu quintal e então explicou que alguns escorpiões, quando estavam velhos, fracos e não encontravam comida, se deixavam devorar pelos filhotes, para garantir a linhagem.

— São as mamães?

Antônio arregalou os olhos, ainda mais atormentado pela explicação. Carcará ergueu as palmas das mãos, indicando que não sabia, e em parte era verdade, mas em parte ela tinha certeza de que sim, só poderia ser. Quando percebeu que o filho não tocaria na comida, completou o gesto, abanando o assunto para longe, e o encerrou com uma frase que entraria para o léxico familiar.

— Aqui ninguém é escorpião. Todo mundo come e fica forte pra jamais ser devorado.

Mais tarde, alimentado e com a coragem recuperada, Antônio voltou até a pilha de entulho. Munido de um par de galochas e de luvas de borracha, se aproximou pé ante pé do lugar em que estava o bicho. Queria olhar aquela imagem por tempo o suficiente para que ela deixasse de ter tanto poder sobre ele. Ao chegar lá, porém, não havia nem sinal dos restos. Ele então se conformou em recuperar o telhado para que a vaca Chuchilda não apodrecesse com as chuvas.

Antônio teve muitas vaquinhas depois daquela. A frase permaneceu à mesa, embora Pat fosse acusade de escorpianismo com muito mais frequência do que ele, que raramente perdia o apetite. Anos mais tarde, Maria Clara riria da cena, já que Antônio era do signo de escorpião, como assim ele não sabia? Mas isso foi em outra época, tempos em que o simples olhar de Carcará dobrava montanhas e ela não se deixava escorrer em baldes caídos, rolando Pedreira abaixo.

Antônio pousou os seus vasilhames no chão íngreme e correu para evitar que os da mãe chegassem até o pé da encosta. Pediu que Carcará esperasse ali, foi até a bica e voltou a enchê-los. Desceu equilibrando os quatro recipientes, cuidando para que a água não transbordasse com sua caminhada. Ela tentou mais de uma vez pegar o peso que lhe era devido, mas Antônio fingiu que não viu e seguiu andando em um passo mais lento do que o de costume para que a mãe pudesse acompanhá-lo sem esforço.

Quando chegaram ao pé da descida, inventou uma desculpa qualquer para fazer a viagem seguinte sozinho e Carcará não contestou. Antônio verteu os baldes em um tonel de plástico sem fazer atenção aos vincos na mão — o que mais lhe doía era o apagamento obstinado da mãe, sua falta pulsando como a cãibra de um músculo exaurido.

Ergueu a cabeça quando ouviu um rugido de água corrente e olhou na direção do som. Com os braços tremendo e os ombros erguidos, a mãe entornava a água de um dos baldes maiores no tonel. Apesar da força concentrada nos braços, os olhos dela miravam os do filho. Com aquele gesto, Antônio sabia, ela se aferrava à própria renúncia e não havia nada que pudesse fazer. Ele a encarou também. Assim ficaram até que a última gota de seus esforços silenciasse.

Carcará lhe entregou o balde com as mãos firmes e só lhe largou do olhar quando ele já enfrentava a subida. Tinha sido só a primeira de três viagens até a bica.

Antônio estava na metade da segunda subida do dia quando Pat se juntou a ele, correndo, sem menção de perder o fôlego. Entregou-lhe os baldes menores, ignorando os protestos delu, que afirmava poder carregar metade dos setenta litros de água sem maiores dificuldades e mostrava o próprio muque.

— *No pain, no gain.*

Riram daquela que era uma de suas brincadeiras favoritas: repetir até expor o ridículo de certos bordões obsoletos por seu descolamento da realidade. Antônio teria complementado a piada dizendo que o de hoje estava pago se o riso não antecipasse a nostalgia. Sabiam que aquelas trocas estavam com os dias contados.

— Recebi uma mensagem de Assunção ontem, Tonho. Me aprovaram.

Sem perceberem, reduziram o passo, fazendo do próprio andar *leitmotiv* da melancolia. Antônio apenas fez que sim com a cabeça durante a metade da subida que faltava. Pat conhecia bem o irmão para saber que o melhor que tinha a oferecer era o silêncio. Embora Antônio fosse a pessoa de raciocínio mais rápido que conhecia, era como se as emoções lhe entrassem por outro canal, ou ele sofresse de um tipo de intolerância; sua digestão era muito mais difícil.

A água da nascente parecia fluir mais lenta do que de costume e eles a observavam escorrer nos baldes em uma daquelas pausas que eram, para Antônio, a parte mais penosa da lida.

— É por minha causa? — Antônio encarou o balde que segurava sob a pequena queda d'água.

Pat se levantou para recolher o recipiente que transbordava nas mãos dele.

— Lembra aquela couve que a gente plantava do lado da cozinha e, do nada, parou de crescer? — Elu se demorou na escolha das palavras. — Eu espalhei semente no quintal inteiro. E aí, perto da pitangueira, ela foi que foi uma beleza. Precisava mudar de lugar pra alcançar o tamanho que tinha.

Sem se deixar convencer, Antônio desejou mudar o passado com a força do pensamento. Sentiu inveja daquela nascente que podia verter sem discrição. Ele próprio já não tinha lágrimas para a despedida que, àquela altura, só poderia ser definitiva — ninguém que partia para tão longe tinha a garantia de voltar. A culpa o drenava.

Desde criança, Antônio expandia cada cicatriz em carapaça. Ainda levava as marcas da última expulsão, em que se excedera pensando proteger Pat e Carcará de um mal que também o afligia. O que ele ignorava era que sua armadura não era tão larga e, ao tentar ser escudo de todos à volta, desnudava-se. Não conhecia outra sina. Entendeu que Pat se afastava para não precisar mais se encolher atrás dele, para protegê-lo também. Não era o que faziam todos: condená-lo à solidão para que enfim soubesse vestir as próprias defesas? Ao menos Pat talvez fosse feliz.

Ainda em silêncio, Antônio nem se deu conta de que já havia descido a ladeira. Quando terminaram de verter a água no reservatório, elu pegou em sua mão.

— A couve não culpa o solo que um dia fez ela crescer.

Antônio apertou o ombro de Pat contra o dele em um abraço desajeitado. Lado a lado, poderia esconder que falhava em sorrir. Depois, recolheu os baldes e correu Pedreira acima uma terceira vez. Disse que preferia ficar só, mas a verdade era que já tinha companhia para a subida.

Os baldes já estavam cheios quando Antônio se sentou aos pés do jacarandá no alto da Pedreira. Releu cada uma das frases na tela do seu celular, mas agora com a calma do dever cumprido.

Quando era pequeno, diferente da maioria das crianças, não gostava de assistir aos mesmos filmes de novo e de novo. Não devia ter mais do que quatro anos, mas ainda se lembrava da descoberta que fez ao ver *Rei Leão* pela segunda vez. A mãe estranhou quando ele pediu para colocar o DVD de novo porque, na primeira vez, o filho tinha se levantado na morte de Mufasa e quase teria se recusado a ver o resto do filme se a sequência não tivesse mostrado um javali desafinado e piadas de pum.

Na segunda vez, foi o próprio menino que desligou a televisão, sem dar chance para o trio entonar os primeiros acordes de "Hakuna Matata". Ele acreditava que um filme, a cada vez que começasse, poderia ter um desfecho diferente. Antônio não via por que seguir contando sempre a mesma história, principalmente quando ela era triste.

Aquela releitura no alto da Pedreira não foi o seu primeiro encontro com a fatalidade. Ainda assim, na segunda vez que acostou os olhos na tela do celular, teve a esperança de que o e-mail de Maria Clara terminasse dizendo que ela estava pegando um voo de volta.

Mas o desfecho seguia o mesmo e ele tentou se convencer em vão de que talvez fosse melhor assim. Afinal, para que o mundo dele existisse, o dela tinha que terminar. O que consome, o que brota. Dois líquidos que não se misturam. Não. Enganava-se. O líquido era o mesmo e fazia a balança pender para um lado ou para o outro, feito aquela fonte que o hipnotizava no átrio da prefeitura — uma espécie de gangorra em que a haste se mantinha levantada até que o peso da água a fizesse ceder, o líquido se esparramasse e o pêndulo voltasse a se erguer só para ser enchido de novo e cair. Não havia equilíbrio possível.

Me demorei porque não existe um jeito fácil de dizer que te amo, e por isso não volto mais.

O fim ainda era o mesmo. Terminou de ler o e-mail pela terceira vez. Sem responder nem apagar, fechou o aplicativo e desceu a encosta. Tampouco se preocupava com a água desperdiçada por seu andar turbulento.

Ao chegar no reservatório, viu de longe que alguém deixava uma carta em sua caixa de correspondências. Depositou os baldes no chão e correu, chegando a tempo de reconhecer a placa oficial do carro.

Antônio sentou-se à mesa com o pedaço de papel à mão; o envelope tinha o carimbo do programa Terra Legal, o mesmo logotipo adesivado ao carro mensageiro. Ele sempre soubera que, apesar da decisão comunitária de não entregar aquelas terras, era uma questão de tempo para que a Prefeitura voltasse a atacar a ocupação, mas nem ele achava que a réplica seria tão rápida.

O texto era vago, mas incisivo. Ele e a família tinham que deixar a casa dali a duas semanas. Somados, seriam:

Um dia para fingir normalidade.

Dois para formar barricadas.

Três para negociar com os supostos donos.

Quatro para chorar sem que as árvores vissem.

Cinco para se despedir.

Um total de quinze para se lembrar de que as histórias sempre tinham o mesmo final.

Levantou-se para despejar o conteúdo dos baldes, mas foi surpreendido pela mancha escura no chão. A água do reservatório tinha passado por uma rachadura quase imperceptível, esparramando todo o trabalho da manhã. Enquanto via o tonel terminar de se esvaziar, confrontou suas opções: deixar-se afogar pelas circunstâncias ou cavar um poço de improbabilidades.

Picou o papel até que não se reconhecesse nenhum símbolo e pegou os baldes do chão. Era ele o destinatário daquela carta. As próximas viagens até o topo da Pedreira, faria sozinho.

CAPÍTULO 13

DIA -7

Maria Clara e a irmã nunca tiveram muito a dizer uma à outra, ou então preferiam calar-se em favor da convivência. Durante parte da vida, usaram o avô como antena. Depois, a comunicação perdeu sua razão de existir. Foi por isso que ela se espantou quando viu três notificações de Luiza ao acordar naquela manhã.

Antes de abrir o aplicativo de mensagens, preferiu se distrair com o burburinho dos colegas com quem dividia o apartamento no Barri Gòtic. Era preciso que acontecesse algo muito grave para que aquelas pessoas, que sempre optavam pela ausência, conversassem.

Não que seus colegas se odiassem, mas ninguém ali havia se imaginado dividindo uma cozinha com três desconhecidos aos trinta e tantos anos de idade. Além disso, viam pouco interesse em conhecer uma pessoa nova, em cujo universo haveriam de descobrir o mesmo que no próprio: um plano B, um destino resignado sem saber em nome de quê. Eram reflexos incômodos uns dos outros em um salão de espelhos trincados e com a luz de serviço acesa. Só tinham a oferecer sete anos de azar, poros largos, cabelos brancos e rugas que não estavam ali no dia anterior. A cada vez que se encontrava com eles, Maria Clara precisava afirmar para si mesma que ela, sim, sabia por que se exilava, e então listava em silêncio as boas razões para viver naquele país estrangeiro. Tinha que dar continuidade à sua carreira. Tinha que ganhar dinheiro. Tinha que comprar remédios. Cada dia, uma desculpa, que só precisava ser mais legítima do que a de seus colegas.

Todo mundo ali vinha da classe média de países cujo desenvolvimento fora construído sobre a base da devastação e, depois, interrompido por urgências e crises: Nigéria, Colômbia, Turquia. Assim como ela, eles tinham crescido ouvindo que eram o futuro. Só não contavam que era característica do futuro estar sempre por vir e do passado, nunca ceder.

Naquela manhã, o burburinho de seus colegas de casa a assustou mais do que o barulho abafado que vinha das ruas: gritos, vidros estilhaçados e balas até. Maria Clara estendeu o braço e, na mesa de cabeceira, se deparou com a cartela de ansiolíticos vazia. Amaldiçoou a própria desorganização. Ficara tão acostumada a sempre ter tudo ao alcance das mãos que se viu à mercê de uma penúria evitável. Esse era só mais um dos indícios que a faziam ter certeza de que não sobreviveria ao mundo de Antônio. Nem tanto a falta dos remédios, mas a sua incapacidade de se organizar para uma vida escassa.

Às vezes, ela se divertia fazendo mapas mentais, pensando em uma sociedade metódica e modesta: pessoas morando ao lado do trabalho, comendo segundo as estações, revezando quatro combinações de roupa que cabiam em todas as circunstâncias. Talvez suas especulações se transformassem um dia em um projeto de jogo. "Se organizar direitinho, todo mundo janta" era o nome provisório. O objetivo seria simples: viver melhor com menos recursos. Seria tão difícil assim?

Disposta a pagar a taxa de urgência, abriu um aplicativo para pedir que um *motoboy* trouxesse seu remédio. Naquele dia, porém, o pequeno mapa não mostrava quase nenhum motorista pelas ruas de Barcelona e a corrida tinha um preço exorbitante. O que estava acontecendo lá fora talvez fosse tão grave que a maioria dos entregadores tivesse decidido não ganhar o dia, mas não a privaria da tranquilidade medicamentosa.

Levantou-se em silêncio para se manter excluída do burburinho. Não importava qual fosse o apocalipse da porta para fora, ela ainda precisava de alguns minutos de quietude pela manhã. A única vantagem de viver uma crise sistêmica, aliás, era que todos os seus hábitos antes considerados estranhos se justificavam. Podia se isolar em paz e até chorar em todos os lugares que quisesse: no banco de trás do carro, voltando do trabalho; no estande de frutas, aos finais de semana; no provador de roupas; no banco do parque, durante as solitárias pausas para o almoço. A angústia era *mainstream* e ela não se sentia mais tão estranha.

Como o quarto não tinha janelas, abriu uma rede social para ver o que acontecia lá fora, mas logo se arrependeu. Máscaras, bombas, bandeiras, armas de fogo, facões até, *selfies* com policiais e militares, rastros de sangue, fachadas degradadas, *prints* de grupos de mensagens, slogans em espanhol, francês, alemão, inglês, português. Reconheceu nas fotos o mercado de La Boqueria, não muito longe dali, com seus estandes de doces árabes e comida latina revirados.

Fechou rapidamente o aplicativo, como se aquilo fosse contagioso, e seguiu olhando o teto por alguns segundos. Sua cabeça girava e ela precisou correr para o banheiro e vomitar o medo que sentia sempre que via uma das faces do fim. Lavou o rosto, escovou os dentes, se trocou e foi em direção à porta.

— Aonde você vai?

Abayomi, o *roommate* nigeriano, pulou à sua frente. Os outros a encaravam da minúscula cozinha, repartindo seus olhares assustados entre aquela brasileira inconsequente e as imagens de terror que viam na tela do *tablet* de um deles. Maria Clara respondeu com um aceno.

— Só vou dar um pulo no Paqui.

"Paqui" era como se referiam ao mercadinho paquistanês da esquina.

— Você não tem noção do perigo?

— Tenho mais medo de ficar sem meu remédio. — Ela tentou sorrir.

— Deixa, *ela* pode se passar por um deles — atestou Rosalba, a colombiana, sem tirar os olhos da tela.

Maria Clara pensou em agradecer a preocupação, afirmar qualquer forma de camaradagem, mas sabia que naquela fila de fuzilamento havia uma ordem que não era alfabética, e ela não era a primeira. A grande novidade era que também esperava sua vez. Mesmo assim, ela, que fazia da capacidade de imaginar cenários catastróficos um meio de vida, tinha dificuldades em vislumbrar a hipótese de ser vítima de um crime de ódio.

— Vocês querem alguma coisa do mercado?

— Mas que bando de cretinos — suspirou Kara, o colega turco, enquanto ela abria a porta.

Entendeu aquilo como um não.

Como de costume, antes de sair de casa, Maria Clara cobriu nariz e boca com uma máscara, mas daquela vez também usou um lenço branco em torno do rosto para se fundir à massa. Exatos cento e vinte metros separavam seu apartamento do mercadinho da esquina e ela esperava percorrê-los sem ser notada.

Naquela manhã, porém, a viela, que não costumava ter tanto movimento, estava cheia de pedestres. Pessoas uniformizadas com o símbolo que ela conhecia bem: o pássaro branco em cima de uma camiseta preta, a Colomba Imperturbável, mascote do movimento dito protecionista europeu. Havia também o outro lado: um número bem menor de pessoas que não se organizavam em torno de um só símbolo e seguravam cartazes que se opunham ao fechamento das fronteiras, ou apenas pediam por uma deportação mais "humana" do que a maioria dos protecionistas pregava.

Mesmo aqueles que contestavam o discurso xenófobo eram moderados. As ondas de refugiados da seca do Sahel, do calor no Oriente Médio, dos alagamentos na Indonésia, do desabastecimento na América Latina começavam a parecer uma ameaça verdadeira a seu modo de vida e "veja bem, tudo tem limites", repetiam nos terraços das universidades entre um *pincho de jamón* e outro.

Continuou com passos pretensamente firmes. Mesmo sem levar bandeira nenhuma, a cor da sua pele a camaleonizava entre os manifestantes e Maria Clara já não se sentia mais tão ameaçada.

Tudo mudou quando chegou ao seu destino. O Paqui tinha as fachadas estilhaçadas, as prateleiras reviradas, as mercadorias saqueadas, as paredes pichadas, e não havia sinal do vendedor.

Infiltrou-se na cena sem saber se o que a moveu foi a obstinação de chegar ou a tentativa de se ancorar à realidade. Quando entrou ali, seus olhos se dirigiram diretamente a uma mancha no balcão. Devia ser só um resquício dos sachês de ketchup distribuídos como cortesia aos clientes que compravam sanduíches na hora do almoço. Sim, devia ser só isso.

Se todo seu catastrofismo se convertesse em prudência, ela teria dado meia-volta, mas a visão só a deixou ainda mais sedenta pela promessa de tranquilidade — uma dose triplicada e o sono colateral. Mergulhou na barbárie em busca de 20mg da insensata redenção.

Maria Clara decidiu caminhar até a farmácia mais próxima, mesmo cercada por um protesto pedindo que gente da mesma origem que a dela definhasse até a morte em um campo entre fronteiras, voltasse a remo para a terra natal, ou fosse trancada no centro de detenção recém-construído em águas internacionais.

Os manifestantes tinham se reunido naquele dia por chamados nas redes. Queriam fazer pressão favorável a um projeto de lei que seria votado excepcionalmente naquele sábado e que expulsaria do continente todos os estrangeiros que não tivessem um trabalho formal ou "aparentassem ser europeus" — a última variável poderia ser interpretada pelo próprio agente da lei. Maria Clara sabia que, por ora, passaria entre as malhas, mas até quando? Desde que a lei *Darmanin* tinha sido aprovada na França, sancionando a xenofobia de maneira exemplar, os direitos dos imigrantes vinham sendo limados um a um em toda a União Europeia. O parlamento usava a crise climática como principal desculpa, apelando para argumentos malthusianos. E se seus cabelos armados, seu nariz largo, seu sotaque pronunciado fossem considerados pouco europeus?

Enquanto atravessava os disputados espaços vazios daquele desfile, um só slogan ecoava em muitas línguas: *Vão embora! Go home! ¡Váyanse! Cassez-vous!*

O lema de todos os membros da Colomba Imperturbável pelo continente era simples, direto, fácil de lembrar. O símbolo cristão do divino espírito santo estampado na mesma posição da águia nazista tinha a vantagem de ser branco, como o movimento acreditava que todos ali deveriam ser; representava a visão de Noé ao saber que a terra de abundância prometida à sua família e bichos existia; e, por fim, cagaria na cabeça de todas as pessoas que não pertencessem a linhagens europeias. A última parte, os manifestantes não verbalizavam, mas estava implícito em seu emblema, em suas falas nos jornais.

Vão embora! Go home! ¡Váyanse! Cassez-vous!

Maria Clara seguiu com seu andar firme. Na farmácia, pegaria quantas caixas pudesse de seu remédio, resistiria à tentação de encher o carrinho com todos os outros antidepressivos e ansiolíticos que ficavam ao lado do caixa automático, voltaria para casa e fingiria que aquele dia nunca tinha existido. Passar despercebida, era só isso que precisava fazer. Por sorte, era também sua vocação.

— Por favor, moça, onde fica a Praça Sant Jaume? — perguntaram-lhe em espanhol.

Ela olhou para cima e se deparou com um homem corpulento vestindo uma camiseta cuja metade mostrava a águia de Franco e a outra metade, a pomba xenófoba, como ela gostava de chamar a Colomba Imperturbável.

Um arrepio percorreu sua espinha e só então sentiu que a própria existência estava em risco. Diante de seus olhos, a ideologia se convertia em ameaça e as muralhas do seu privilégio ameaçavam ceder.

Claro que, sendo mulher, ela sabia uma coisa ou outra sobre os perigos de ser um corpo, mas nunca havia estado entre milhares de homens que queriam vê-la violentada. Agora, sim, estava. Não podia ser descoberta como latino-americana, imigrante, sanguessuga, escória, ladra de empregos, pilhadora de comida, larva de lixo, parasita do Estado. Ali, não haveria lei. Caiu em si. Deu-se conta do perigo, do alerta dos colegas, da própria negligência. Entendeu por que nenhum entregador estrangeiro tinha a imprudência de estar na rua. Sozinha, era o elo mais fraco e o vetor da violência apontava em sua direção.

Quis rir da própria insensatez, mas não havia tempo. Tinha que pensar rápido. Se ela abrisse a boca, logo perceberiam seu sotaque brasileiro, ridicularizado por nove entre dez humoristas de *stand-up* da Península. Caso se calasse, notariam que havia algo de errado.

Só queria uma dose do seu remédio. Já começava a sentir os sintomas da abstinência: o coração que batia mais rápido, a vontade de chorar. Ou seriam aqueles efeitos colaterais de estar cercada de xenófobos? Percebeu que todos os olhares começavam a se voltar para ela. Aquelas pessoas tinham um radar afiado para qualquer comportamento fora do padrão.

Lembrou-se então de um dos bordões que Antônio costumava repetir, frase que explicava tanta coisa ao mesmo tempo em que a perturbava profundamente.

— Somos sempre o opressor de alguém, MC.

E ela concordava, pensando nos colegas da faculdade pública muito mais ricos do que ela, ou em milionários distantes que repartiam os impactos de seus voos privados. Custava a admitir, porém, que aquela frase a colocava também no papel de opressora quando ela mesma não prestava atenção na origem do seu café, ou comia seu *cream cheese* vegano favorito de castanhas de caju preparadas afetivamente por mulheres de um bairro nobre de São Paulo e provavelmente colhidas por mulheres do Norte do país que já tinham as impressões digitais derretidas pelo ácido da fruta. Nunca teve coragem de perguntar se Antônio falava também de si, dela, dos dois.

— *À gauche* — respondeu Maria Clara em francês, repetindo uma expressão que aprendera em viagem ao país vizinho na época do intercâmbio.

Gesticulou na direção indicada, à esquerda, enquanto prendia a respiração para que seu sotaque não fosse percebido.

Do ano em que viveu naquele país, há mais de uma década, lembrava que, prolongando a lógica do Banco Central Europeu, muitos espanhóis se consideravam superiores aos portugueses; os franceses, aos espanhóis; os alemães, aos franceses; e todos se achavam superiores aos gregos. Maria Clara só precisava fazer aquele homem se sentir inferior a ela, que confundisse a sua concisão com indiferença. *Somos sempre o opressor de alguém.*

As instruções que dera estavam erradas, mas ela não sabia outra frase em francês, então torceu para o homem não conhecer bem a cidade. Ouvia seu coração bater cada vez mais alto, esperando a reação dele, olhando para a pistola em sua cintura, que também devia ter sido comprada no corredor de um supermercado ou de uma farmácia, ao lado dos ansiolíticos que ela nunca alcançaria.

— *Ah! Francia! Nos frères! Merci. Merci beaucoup.*

Maria Clara gastou todas as suas energias para esboçar com os olhos seu sorriso mais simpático para que não precisasse repetir o gesto dele, com a mão direita estendida em riste.

Assim que o homem se virou, ela começou a andar e depois a correr cada vez mais rápido na direção contrária, de volta para o lugar mal iluminado que precisava chamar de casa.

Mal conseguiu acertar a chave na fechadura quando chegou. Seus colegas de apartamento ainda estavam reunidos na cozinha, ouvindo as notícias das manifestações imperturbáveis que aconteciam em quase todas as cidades do continente, até mesmo no campo. Naquele instante, noticiava-se um vilarejo que alcançara o feito de reunir todos os seus habitantes: um total de duzentos moradores estavam unidos em torno de uma manifestação para expulsar os imigrantes de uma cidade do sudoeste da França onde não vivia nenhum estrangeiro.

O jornalista entrevistava uma senhora de oitenta e cinco anos que contava como a vida de antigamente era melhor. Mesmo que os dois assuntos não tivessem nenhuma relação, a cobertura terminou com todos os habitantes e também o repórter repetindo o gesto dos imperturbáveis, filmados por um drone que se afastava, revelando nos entornos uma floresta devastada pelos incêndios do último verão.

— *Hijoeputa!* — Rosalba bateu tão forte na mesa que os outros a encararam, dando a entender que era melhor não chamar atenção no prédio.

Por força do hábito, Maria Clara teria cumprimentado os colegas com um balanço de cabeça e ido direto para o quarto. Ficaria refugiada até ouvir que eles não estavam mais na cozinha e ela podia enfim esquentar um prato instantâneo e comer sem precisar achar um assunto em comum.

Contrariando o costume, resolveu se juntar a eles. Sem dizer nada, Kara lhe serviu um chá de camomila morno que estava em cima do fogão. Maria Clara agradeceu só com os olhos. Eles ficaram ali, sem dizer nada. Naquele dia, o silêncio tinha permissão para ocupar os espaços compartilhados.

O interfone tocou, provocando sobressaltos, mas ela sabia quem estava para chegar e tranquilizou os colegas, apertando o botão que liberava a porta e saindo para o hall do andar.

Enquanto ele ainda subia a escada de mármore do prédio *art nouveau*, Maria Clara olhou para a sacola em que havia no mínimo vinte caixas do seu remédio e entendeu o que Paul queria dizer.

— Você acha que eu devia ir embora?

— Eu não entendi por que você quis tanto vir — respondeu ele com uma franqueza inédita.

— Não tem nada pra mim no Brasil.

— De emprego?

Ela assentiu.

— Mas, fora isso, aqui tem alguma coisa pra você?

Maria Clara sentiu que seus olhos se enchiam de lágrimas, nutridas pela raiva de ter que lhe dar razão.

— Liguei para o diretor do RH hoje. Eles estão dispostos a deixar você ir embora com três meses de salário.

— Você gostava mesmo de mim? Ou era só porque eu te fazia ser um profissional melhor?

— As duas coisas são excludentes?

— Vou reformular: você gostava de mim ou estava comigo só porque eu te deixava roubar minhas ideias?

Paul colocou a mão no próprio rosto e, quando destapou os olhos, todos os filtros caíram. Eram só dois humanos a quem fizeram promessas demais. Ele também tentava corresponder às expectativas que criara para si.

— Eu fui um lixo com você e isso não tem perdão. Mas também te amei, apesar de você nunca ter esquecido seu ex. Acho que eu usava isso como desculpa…

— *No es habilidad poca sabe nadar y guardar la ropa.*

— Quê?

— Você tem medo que eu tome seu lugar na equipe, por isso quer que eu vá embora.

Paul olhou para baixo, depois para a sacola que segurava, depois para a pintura no teto, e só então riu.

— Você está trabalhando em alguma ideia agora?

Não escondia mais suas intenções. Maria Clara sorriu também, tranquilizando-se ao vê-lo admitir o que ela tanto havia especulado. Paul apoiou a testa contra a dela e, em um movimento suave, seus lábios se tocaram, certificando-se de que não havia nada entre eles além da pele.

— Então só me resta desejar que você siga trabalhando nela, para eu poder jogar um dia. — Ele lhe entregou a sacola. — Você devia aceitar a proposta do RH. Isso aqui vai ficar cada vez pior.

Maria Clara entendeu que aquilo era uma despedida — conveniente, como o relacionamento todo tinha sido. Sentiu-se grata pela vinda de Paul. Se tivesse tido a chance de se despedir a cada separação, poderia até ter se acostumado aos fins.

Voltou ao apartamento e disse um boa-noite para os colegas, embora ainda nem tivesse passado das três da tarde. Tentaria dormir até o dia seguinte, aquele já tinha durado o suficiente.

Quando pegou o celular, viu uma nova notificação de Luiza pedindo que ela por favor respondesse. O assunto era urgente. Hesitou em abrir as três mensagens que a esperavam desde de manhã.

oi clara, me liga. a pedreira vai ser desocupada de novo. 5:12

preciso te falar uma coisa, mas prefiro por telefone. 5:14

não sai na rua plmdds. 5:15

Maria Clara não conversava com a irmã desde sua chegada a Barcelona. Ignorava as mensagens dela, atribuindo ao contato uma lembrança amarga. Era assim desde a morte do avô. Logo após a notícia, a companhia uma da outra se impusera, assim como o silêncio. O luto alargava as horas e o tempo passava com empáfia, quando deveria ter a decência de se suspender. Seguir em vida parecia uma traição, mas, àquela altura, o que era mais uma camada de culpa?

Maria Clara não sabia muito bem de onde tinha vindo a ideia de ligar o velho *Super Nintendo*, em um ímpeto de encurtar o tempo e o desejo de violência. Luiza não disse nada quando se sentou ao seu lado e pegou o segundo controle.

Por horas, jogaram *Mortal Kombat II*. Na maioria das vezes, Maria Clara perdeu. A cada luta, a irmã a surpreendia com um personagem novo, exibindo uma diversidade de variações de *Fatality*. O avatar vencido ficava por alguns segundos atordoado e então vinha a clemência: o corpo do perdedor era congelado e depois estilhaçado, ou então invadido pelo personagem vitorioso e depois explodido de dentro para fora em tripas e pele (o favorito de Luiza), ou lançado ao ácido, ou ainda devorado por uma cabeça de lagarto. Não havia limites para a carnificina e o que os píxeis não mostravam podia ser completado pela imaginação.

Maria Clara entendeu que a irmã, assim como ela, havia aprendido a jogar videogame com o avô, que adorava pesquisar na internet os mais variados truques. Deduziu também que seu Gian a deixava ganhar, já que ela própria não sabia executar a maioria dos golpes que a irmã realizava. Ela não tinha nenhuma memória, porém, dos três jogando juntos, ou talvez aquela tivesse sido a primeira lembrança perdida.

A ferocidade dos dedos de Luiza no controle expunha que não era só Maria Clara quem havia perdido um avô. Enquanto sua cabeça estava à deriva, teve o corpo cortado ao meio pela aba reta do chapéu de um guerreiro Shaolin.

Nas mensagens recebidas naquela manhã, a combinação de um *Fatality* dos seus gatilhos. Releu-as.

oi clara, me liga. a pedreira vai ser desocupada de novo. 5:12

preciso te falar uma coisa, mas prefiro por telefone. 5:14

não sai na rua plmdds. 5:15

Soube que, depois daquela ligação, não haveria vitória possível. Não haveria saída que desviasse do passado. Não haveria palavras afora verbetes enterrados. Não haveria outra possibilidade além de uma decisão. Não haveria mais dúvida que lhe servisse de refúgio. Não haveria curva que permitisse um retorno. Hesitou em selecionar o nome de Luiza na tela.

Pensou então no dia que nem havia acabado: o balcão do mercadinho paquistanês, o olhar assustado dos colegas, o cerco de braços armados, a rota de fuga, o adeus. Tantas fases, mas o jogo seguia. Luiza atendeu. Tantas mortes, mas ela ainda tinha uma vida.

CAPÍTULO 14

DIA -7

Lá de cima, tinha nos olhos assustados da presa sua única companhia. Afora, o abismo era todo solidão. Às vezes, planava com as asas estendidas, aproveitando as correntes de ar quente para poder seguir voando sem esforço. Ao menor movimento no chão, mergulhava. Toda caça valia o risco. Não sabia quando comeria novamente, quando tinha sido a última vez que comeu. A fome e a certeza da escassez ecoavam em seu corpo, mas essa não era sua única preocupação.

Empoleirou-se sobre um galho e, com o pescoço virado para trás em ângulo reto, chamou em vão pelo próprio nome, tentando achar uma companhia. Ao esperar pela resposta que não vinha, ignorava ser daquele morro o último dos carcarás.

O apelo denunciou sua presença e o sagui percebeu que também do céu era caça. A ave pouco sabia dos humanos, mas se incomodava por ter que dividir com eles suas presas e, ultimamente, até mesmo suas carcaças.

Custava a entender suas palavras, suas intenções, seus debates, suas contradições, quando tudo poderia ser muito mais simples.

Carcará andava a passos rápidos em direção ao Centro Comunitário. Não havia nenhuma pauta urgente a ser discutida, então ela faria com que a reunião fosse breve. Contaria com os filhos para isso. Nos encontros em que os debates se eternizavam à toa, ela tinha que se segurar para não pegar o cajado da fala, jogá-lo para longe e impor a sua vontade, que, na maioria das vezes, era a mesma solução à qual chegariam depois de três horas de conversa.

Carcará vivia como quem seguia um roteiro, tentando não sair da personagem que criara para si. Tinha um sistema próprio que envolvia um pacto com Pat — se soasse imperativa, elu fazia um V com os dedos, indicando que a mãe deveria mitigar-se. Porém, se a assembleia estivesse se alongando demais por detalhes desimportantes, contava com Antônio para lhe mostrar um discreto sinal com as sobrancelhas, indicando a hora de ativar o modo rapina, que costumava levar o grupo ao consenso, mas precisava ser usado com cautela. Toda a essência da liderança de Carcará vinha desse acordo. Sem Antônio, provavelmente ebuliria na própria intempestividade reprimida. Sem Pat, se isolaria em fúria.

Lembrou-se da música que cantavam para ela na juventude.

Carcará
Pega, mata e come
Carcará é malvado, é valentão
É a águia de lá do meu sertão

Mulher-ave de rapina, sanguinolenta, soberana. Apelidada por caçar sem dó. Quem tinha conhecido Carcará na Pedreira achava que ela escolhera portar aquele nome porque seu canto dava frio na espinha e vontade de seguir em sua direção. Mas Carcará sabia, e só ela sabia, que não vinha daí a simbiose. Nas terras de onde saíra, apelidaram-na também por ter assinado um pacto com os urubus. Ela achou que os carniceiros não fariam mal. Queriam apenas os restos. Limpariam o entorno.

Só que, ao contrário da lógica das aves, os abutres humanos queriam sempre mais e ao povo dela sobrou muito pouco.

Junto do marido e de Antônio ainda bebê, ela se ostracizou da própria comunidade na calada da noite fria e vagou procurando terras desocupadas onde se sabia pouco sobre os pássaros. Não se desfez do apelido. Precisava lembrar a própria história.

Depois de muito chão, chegou àquela Pedreira. Aos filhos, contava que tinha chegado voando e ali pousado para fazer seu ninho. Em um dia de sol escaldante, a montanha fez sombra para a família se abrigar, crescer, voar com as próprias asas. Mesmo já grandes, Pat e Antônio pediam para ouvir a história, que Carcará contava sempre da mesma forma, como se qualquer floreio pudesse denunciá-la.

Fazer um ninho sempre fora o sonho do carcará. Sonho, destino, desatino ou vocação. Não percebia a diferença. Em cima do galho seco da araucária resistente à última queimada, a ave quebrou o pescoço para trás e chamou pelo seu nome na esperança de encontrar uma igual. Era o que fazia todo entardecer, toda sua vida, mesmo que o apelo fosse inútil. Era o que fazia porque é o que aves de rapina fazem. Não migram, não cantam em gaiolas: caçam, comem e procuram amor. Na natureza dos homens, por outro lado, uma rapina podia dar à luz um pássaro migratório.

O roncar do estômago a devolveu à realidade. A terra andava sovina, desacostumada à aridez que ela própria conhecia desde pequena. Há dias, Carcará comia apenas o mínimo para que nada faltasse aos filhos. Pressentia que, em tempos de escassez, um deles tomaria a decisão de ser menos uma boca.

— Demorei pra te contar porque não achei jeito. Mas hoje já preciso anunciar na assembleia.

— E a sua tarefa, como vai ficar?

Enquanto Pat buscava uma resposta no fundo dos bolsos, Antônio se adiantou, dizendo que, para contornar a seca, já havia consorciado pés de feijão e de milho com mandacaru e sisal. Se ninguém se manifestasse na reunião, ele mesmo assumiria os testes de Pat, embora não depositasse muita fé na hipótese de banhar sementes.

Pat reprovou o irmão e o calou com um toque leve no pulso. A secura do solo, sabia, era uma desculpa para absorver o marejo dos olhos de Carcará.

— Vou sentir sua falta, mãe, e, sei lá... você... — De ombros encolhidos, Pat descobria as palavras no próprio peito. — Eu acho que preciso te agradecer por você sempre ter me dado coragem, sabe? Por ter me aceitado também, apesar dele... É importante, acho... te dizer...

Seguraram-se as mãos. Carcará buscou o olhar de Pat.

— Filhe, essas coisas a gente não tem que aceitar, só acolher e agradecer pela vida que está pulsando ali do jeito que for. A vida é coisa tão rara.

— Eu sempre quis te perguntar. Tem gente que nem eu de onde você veio?

— Lembra daquele livro que a gente leu?

— Mas Diadorim é uma lenda. Tem gente assim de carne e osso?

— Por que isso de repente?

— Sei lá, eu fui me entender nos fóruns da internet. Às vezes, eu me pergunto se...

— Você só descobriu o que sempre soube.

Pat olhou para o chão e Carcará entendeu que elu hesitava em firmar o próprio destino.

— Você é minha neblina. Onde estiver — disse Carcará, sorrindo, lembrando a parte do livro que sempre transbordara seus olhos, a única.

— E você é minha manhã de sol. — Pat enxugou as lágrimas.

— Meu iaiá, meu ioiô — completou Carcará, sorrindo, e envolveu Pat entre seus braços.

— Eu não acredito que você cantava essa música pra gente. Antônio se juntou ao riso.

Chegada a hora da assembleia, os filhos correram em direção ao C.C.A.P., mas Carcará ficou para trás. Disse que logo chegava. Seguiu devagar em direção à sala, olhando para as pedrinhas no chão. Quando uma delas reluzia, ela a guardava no bolso, mesmo achando aquele um hábito inútil, já que não brilhariam longe do sol. Apertou com muita força a última que havia recolhido, mas não bastou.

Foi até um dos pés de ora-pro-nóbis, uma das únicas plantas ainda viçosas perto da casa, e fechou a mão em torno de um dos galhos. Sentiu o corpo tremular, mas não havia tempo para a vertigem. Abriu bem os olhos e se forçou a ver a mão cravada com três espinhos, um deles alojado em sua pele grossa. Sorriu.

Olhou em torno de si; estava sozinha e precisava garantir que ainda existia. Despencou a cabeça para trás e respirou fundo, tão fundo que soltou com o ar um ruído agudo.

Carcará.

Do alto da araucária chamuscada, no topo da Pedreira, a ave não pôde acreditar que ouvia aquilo que vinha esperando durante todos aqueles anos: uma resposta.

Não hesitou em alçar voo na direção do som. Deveria gastar aquele resto de energia para caçar, mas era outro impulso que a movia. O grito não mais se repetiu, mas o pássaro sabia em qual direção rumar.

Quando Carcará entrou no C.C.A.P., algumas pessoas já estavam de pé.

— Pensamos que você não vinha mais.

Ela olhou para o relógio na parede e, ao constatar que seu atraso era de apenas cinco minutos, encheu-se de uma raiva que há tempos não se permitia. Apertou os dedos contra o espinho.

Olhou para Pat com seus dedos em V. *Foco*, elu sussurrava. Sentiu então as pernas bambas; não sabia se aguentaria a noite por vir, os dias por vir. Dos meses e anos, já havia desistido.

— O que é isso na sua mão? — Jéssica já segurava seu braço.

Carcará tentou esconder o machucado, fugindo de qualquer cuidado, mas a vizinha tirou da bolsa o frasco de álcool 70 que carregava para todo lado, e Antônio já se aproximava com um pano limpo, pedindo uma pinça.

Era ela que costumava cuidar das feridas, mas, naquele dia, tinha a calça branca suja de terra, ou de um sangue da cor da terra, as mãos machucadas, o corpo vazio, e a alma por um fio não sabia a que se segurava.

— Vai doer. — Jéssica se aproximava com o álcool em punho.

Foi só aí que Carcará estendeu a mão. Aquela dor ela sabia sentir.

Sob protestos dela própria, ficou acordado que Carcará, quando quisesse falar, apenas faria um sinal, para não ter que segurar o bastão, mesmo que apenas uma das mãos estivesse ferida. Animada pelo ardor fresco do álcool em seus cortes e pela frutose das bananas que Antônio a convenceu a comer, ela retomou as rédeas da reunião: a primeira a pedir a palavra foi Luiza.

— Não tem hora boa pra falar disso — anunciou ela, com a voz baixa, desprovida de certezas, e a novidade da hesitação colocou Carcará em estado de alerta.

Luiza contou que, no cartório em que trabalhava, soube que as terras da Pedreira seriam desocupadas à força, já que a comunidade havia resolvido não as entregar. A documentação estava pronta. Eles deveriam ter recebido uma notificação que, pelo visto, fora extraviada. Ela olhou para Antônio antes de prosseguir. A invasão, segundo suas contas, aconteceria em sete dias.

Carcará sentia as pupilas dilatadas, os músculos contraídos, o coração vertiginoso, os poros alvoroçados. Para ela, nunca tinha sido o amor que fazia parar o tempo, mas o perigo. Olhou em volta; todos se moviam em câmera lenta. A maioria dos vizinhos cochichava em desalento. A Pedreira, em tempos escassos, tornava-se a principal fonte de água e alimentos daquelas pessoas. Jéssica abraçava os gêmeos com tanta força que eles nem tentavam se desvencilhar. Pat estava absorte em seu novo dilema. Antônio incinerava Luiza com os olhos.

Ao observá-lo, Carcará teve certeza de que o filho sabia da invasão, mas com seus métodos tortos de solitude resolvera guardar o comunicado para si. Isso explicaria as horas a mais que ele passara trabalhando na cerca, a preocupação em encontrar compartimentos para armazenar comida e água. Antônio tinha um plano para aquela comunidade, uma resistência que exigiria o sacrifício de todos, mas que ele tramava no singular.

O relógio retomou seu compasso quando seus olhos cruzaram de novo com os de Luiza, que pedia a palavra. Pela primeira vez, Carcará reconheceu naquele rosto os traços do velho camarada Gian e quis confiar na jovem. Fez sinal para ela prosseguir.

— Eu tenho uma proposta.

Antônio interrompeu e não deixou que Luiza prosseguisse. Carcará teve vontade de castigar o menino: um mês sem bicicleta, seis semanas lavando a louça de todas as refeições, um ano sem sair do quarto. No mesmo impulso, quis repreender Pat também — que os dois voltassem a ser crianças e a deixassem decidir o curso de suas vidas. Mas se conteve, com pena da cria. Não era castigo suficiente ter que lutar para sobreviver na idade em que o mundo deveria estar se desdobrando em abundância?

Carcará se deixou absorver pelos espinhos na pele, desejando morar naquela dor. Atravessava uma fronteira efêmera, as vozes cada vez mais distantes. Bifurcava-se em direção ao passado e ao porvir. Revia as imagens da última invasão, o efeito duradouro que o despejo tivera sobre o filho. Dali a poucos dias, a violência seria pior. Não haveria meios de tratar as feridas. O futuro cheirava a carcaças em eterna putrefação.

Do alto de seu abismo, o carcará era só uma mancha que poderia ser confundida com um urubu ou até uma andorinha temporã. Quando se encontrava assim tão pequeno, nada ou muito pouco o diferenciava das outras aves. Não era mais o terror impiedoso dos animais rasteiros.

Uma corrente de ar frio atravessou seu voo. E se, de repente, desistisse e fechasse as asas? Cairia Pedreira abaixo e se chocaria contra o chão como qualquer criatura sem penas. Olhar o abismo com os olhos do carcará era às vezes querer despencar.

Mas seguiu voando porque estava vivo e ouviu o som pelo qual havia esperado todos aqueles anos. Ou foi só imaginação?

Entregue a seu assento, Carcará se sentia esmagada pelos olhos da comunidade sobre ela em crescente expectativa. Sem nenhum aviso, e ignorando os sinais dos filhos, levantou-se da cadeira e caminhou em direção à porta. Em um mesmo dia, perdeu toda a prole — ume caiu do ninho, o outro não tardaria a se embrenhar nos dentes do predador. Seu andar trêmulo instaurou o silêncio.

Ao sair do salão, paralisou-se. Uma ave de rapina a encarava. O carcará virou o pescoço para trás e chamou pelo seu nome. Ela se ajoelhou no chão de terra e correspondeu.

Alarmados pelo barulho, Pat e Antônio saíram correndo do salão para ver se a mãe estava bem. Encontraram-na segurando uma ave desfalecida no colo. Seu pescoço pendia para trás, mas ela não chamava por nome algum. No fundo do abismo de seus olhos, ecoava um grito de guerra.

CAPÍTULO 15

DIA -1

That's great, it starts with an earthquake,
Birds and snakes, an aeroplane,
Lenny Bruce is not afraid

Em uma conta rápida de cabeça, Maria Clara concluiu ser mais ou menos a milésima nona vez que escutava aquela música desde o telefonema com a irmã.

— Eu ainda não sei se vou.

— Não seja ridícula.

A princípio, repetiu a canção na tentativa de entender a letra que evocava terremotos, pássaros, cobras, aviões, e talvez quem sabe desvendar o mistério de Lenny Bruce e aprender a não ter medo. Depois, percebeu que a música lhe trazia um tipo único de conforto. Vidraças estilhaçadas, gestos fascistas, armas à mostra, mensagens de ódio. Tudo aquilo combinava com o caos evocado pela batida e a fazia sentir como se pertencesse a uma realidade paralela.

Em assincronia com o pulso acelerado da canção nos fones de ouvido, as grandes portas de vidro se abriram sozinhas e todo seu corpo foi invadido por um bafo quente. Maria Clara fechou os olhos por alguns segundos. A música havia terminado e, na breve pausa do loop contínuo, ela tentou respirar fundo, mas partículas acinzentadas já obstruíam sua traqueia.

Voltar de vez para a casa de infância era abraçar a derrota do seu antigo modo de vida. Ter permanecido no velho continente teria equivalido a habitar o fiasco, fazer dele seu ecossistema, reduzir-se a acreditar que não havia para a humanidade outra saída além de encolher o mundo e morrer jovem, levando consigo as outras espécies.

Pássaros, aviões, cobras. Tudo visava à extinção.

O vocalista voltou a cantar, mas ela esperou um pouco antes de abrir os olhos e se entregar ao próximo passo. A cidade permanecia indiferente à direção do seu andar. Em São Paulo, o mundo servia às próprias necessidades e o caos regia cada esquina.

Durante todos aqueles anos, ele teve pressa, e hoje, às vésperas da invasão que tanto temera e aguardara, permitia-se, nem que por alguns minutos, desfrutar daquela terra, da água que brotava do seu trabalho. A quietude das quatro e pouco na Pedreira era um dos sons favoritos de Antônio, que se banhou de olhos fechados naquela madrugada.

Enquanto despejava pescoço abaixo a água fresca ornada por alguns galhos de manjericão com uma velha caneca de ágata, se arrependeu de não ter feito mais pausas como aquela. O fruto do trabalho, do qual tanto se orgulhava, estava sob ameaça, mas o gozo nunca lhe teria sido roubado. Seus pensamentos logo flanaram até Maria Clara e a sua obsessão pelo lúdico. Ela dizia ser lindo como a humanidade era capaz de dedicar seu tempo à diversão, sem pensar nos resultados. E ele argumentava que aquilo era meio alienador e, em parte, até podia ser, mas também era mesmo muito bonito.

Encheu os pulmões com o ar da madrugada e respirou o silêncio. Talvez fosse a sua última dose. Sentia-se estranhamente calmo, como era característico de quem sempre esperava o pior ao se aproximar do desastre. Enxugou-se. Precisava voltar ao trabalho; a parte mais importante de seu plano ainda estava por cumprir.

A aparente calma daquele momento contradizia a última semana que passara carregando galões de água, colhendo todo alimento que pudesse ser estocado, terminando de erguer a cerca. Criara, sozinho, um tipo de fortaleza, para que pudesse haver resistência durante a expulsão. A comunidade poderia ficar por alguns dias refugiada no C.C.A.P., opondo-se às máquinas e às ingerências. Lutariam. Durante nenhuma das últimas noites, Antônio dormira mais de três horas, mas a única tarefa que restava pouco queria saber de seu cansaço: todo o trabalho seria em vão se a resistência contasse com uma pessoa só.

Uh-oh. Overflow, population, common group,
But it'll do, save yourself, serve yourself,
World serves its own needs

Em seus fones, a mesma canção continuava em loop e Maria Clara aumentou o volume para não ter que continuar ouvindo as notícias no rádio do carro de aplicativo. Já sabia o que diriam: relatos de protestos e pancadarias, novos corpos para uma peleja velha como as estruturas da metrópole. Ao escutar aqueles informes desapaixonados da barbárie, soube que uma só acabaria quando a outra cedesse — a disputa e a cidade eram uma só.

De um lado, pessoas que queriam manter seus privilégios intactos em um mundo de insuficiências. Do outro, sobreviventes. As antenas de rádios, os outdoors, os nomes das ruas, a superfície de toda a metrópole contavam a história de um lado, enquanto as pontes, estradas, estruturas e até monumentos moldavam-se pelo suor do outro.

O primeiro lado gritava que tinha gente demais habitando a terra enquanto seguia consumindo o mundo — havia aprendido que seus caprichos eram de primeira necessidade e fazia de tudo para que o outro lado se reduzisse às carências de seus corpos, tendo a escassez como aliada. Tolo aquele que não servisse às próprias necessidades.

Quando Maria Clara deixou a Pedreira, há mais de cinco meses, sabia que, mais cedo ou mais tarde, a invasão aconteceria. Havia aprendido com Antônio que a luta era a única constante.

As terras produtivas do país estavam sendo revertidas para plantações estéreis de carbono em prol do PIB e à revelia da fome, e ela imaginou que o mesmo destino se imporia à Pedreira. Desconfiou, ao ver os olhos de Antônio cravados no drone, que não tardaria, mas esperou que a distância e o tempo fizessem argamassa para sedimentar nela o descaso.

Subestimou a tendência exponencial do colapso, assim como a teimosia do apego. Não podia permanecer indiferente às terras da Pedreira. Não depois do que Luiza havia insinuado, usando o suspense como isca para convencê-la a voltar. Ela precisava saber o final da própria história.

Listen to your heart bleed

Recebeu uma mensagem do motorista e baixou o volume da música. Em menos de um minuto de som ambiente, o rádio noticiou que os atropelamentos em massa eram arma usada por aqueles que tinham carros elétricos, que o outro lado havia levado bala da polícia e variava entre vinte e oitenta o número de mortos em uma manifestação por moradia, não se sabia o número certo, que marginais fabricavam o próprio etanol, que nascentes e vias públicas eram cercadas por terroristas, que a demanda das passeatas na Paulista seguia a mesma: esvaziar a cidade de um certo tipo de gente, que painéis solares eram a solução para você ter uma rotina mais confortável e resiliente aos cortes de energia, garantindo o seu estilo de vida e ritmo de trabalho, chame um consultor SOLEX sem compromisso.

> Seu destino está próximo, prepare-se para o desembarque. 7:18

Maria Clara tentou gritar uma resposta que atravessasse o som do rádio e o vidro blindado separando-a do banco da frente. Recebeu mais uma mensagem automática.

> Por motivos de segurança, está vetada a comunicação entre passageiro e motorista 7:19

Ela vestiu as alças da mochila.

> Você está prestes a desembarcar em uma área com altos índices de violência. Nos desresponsabilizamos de qualquer lesão, prejuízo ou violação que venha a sofrer. 7:19

Maria Clara levantou os olhos e o frio que percorreu sua espinha a fez questionar a decisão que até mesmo um algoritmo considerava duvidosa.

Não tinha escolha. Era a única forma de chegar à Pedreira antes do prazo da meia-noite. Colocou de novo os fones de ouvido e clicou em um botão dizendo "Li e estou de acordo" logo antes de desembarcar ao lado da rodoviária. O solo de bateria preenchia metade de sua caixa craniana. A conversa ao telefone com a irmã ocupava a outra.

— Volta, Clara. Eu tenho um plano pras terras da Pedreira.

— O que te fez mudar de ideia?

— Vovô.

A música recomeçou.

Antônio bateu de porta em porta, lembrando-se das brincadeiras ao lado de Pat e Jéssica quando ainda eram crianças. Tocavam as campainhas e apostavam quem esperaria mais tempo antes de sair correndo. Ele sempre perdia; a mera ideia de interagir com um adulto já apavorava sua natureza introspectiva.

Apesar da vontade de fugir, ele esperou. Precisava convencer os vizinhos, mesmo aqueles com quem tinha menos afinidade, a se juntar a ele. O gesto de apertar a campainha foi substituído pelo bater das mãos naquela manhã sem eletricidade.

— Olha, eu te entendo, Antônio, mas minha família depende das diárias do lítio pra comer. Não tenho como faltar.

Tocou em outro portão.

— Ele não tá aqui, foi pra fila da cesta básica.

Bateu palmas espaçadas.

— As mamães foram atrás de insulina ontem, ainda não voltaram.

Gritou um apelido de infância.

— Tá maluco, Tonho? Os caras vêm pra matar. Ou você não lembra como eles tratam a gente? Faz quanto tempo que não toma um enquadro?

Bateu com força e gritou alto.

— É o menino da Carcará!... Isso, esse mesmo... Ele quer que a gente defenda as terras... Lógico que não vai, véio.... Nem em troca de um galão de água, tá é doido... Traz pra gente? Sério? Obrigada, Toninho, você é um menino de ouro. Sinto muito, viu.

Bateu palmas curtas e fugidias.

— Nem em sonho, moleque. Não ouviu o plano da Luiza, não? Estamos com ela. Você não cansa de colocar as pessoas em perigo?

Bateu, esperou. Bateu de novo, esperou. Uma última vez e já quase ia embora.

— Opa! Tonho, oi! Olha aqui, do outro lado! Você não ouviu? Eles estão no hospital. É a terceira crise que o Tião tem nessa seca... Eu? Eu não tenho tempo. Estou indo caçar sagui, aliás, tentar, né? Quer vir junto?

Antônio voltou para casa sem perceber que era seguido por um olhar de rapina. A manhã fora um conjunto de recusa e descrença, concretizando a possibilidade que Antônio tanto temia, a mesma que o fez deixar aquela parte do plano por último, procrastinando a sua evidente falibilidade: é claro que ninguém o acompanharia em um acampamento de resistência contra tratores, tropas e multas, ou fosse lá qual ameaça selaria seu despejo. Deu-se conta de que havia algo de ingênuo em sua estratégia. Sofria do mal que mais acusava: descolou-se da terra, ou melhor, de suas pessoas — ao final, não fazia diferença.

— Só agora você percebeu?

Tinha uma última esperança, alguém que nunca recusaria um pedido seu, mas sua expectativa foi frustrada quando Pat zombou de seu plano enquanto fazia as malas.

Elu havia instalado prateleiras em todo o quarto, em cima das quais os mais diversos compartimentos — fundos de garrafa, potes, latas cortadas — abrigavam sementes banhadas em diversas combinações de micronutrientes. Alguns recipientes absorviam a luz incandescente que marcava os caminhos de poeira no ar, seu encanto contrastando com a bagunça do amontoado de roupas e livros em cima da cama.

— Minha carona sai amanhã, lembra?… Sim, logo após a invasão, eu sei… Mas não vou mudar meus planos, Antônio, pensei muito, falei com Carcará, não tem o que eu fazer… Nem egoísta, nem covarde. Entendo sua dor, mas não posso viver à sombra dela… Não quero brigar com você agora…

Antônio não teve a intenção de bater tão forte a porta ao sair. Ouviu que um dos recipientes havia caído no chão com o tremor e pensou em voltar para recolher os cacos, mas só conseguia existir em gestos de fúria.

Deparou-se com Carcará, que o observava.

— Antônio, os vizinhos têm outra ideia. Luiza trouxe um plano que pode dar certo. Você devia pelo menos ouvir.

Quando saiu de casa, Antônio era um vazio entre recusas. Desacompanhado, apequenara-se. Faltava uma só resposta para desaparecer.

Prostrou-se em frente ao grande portão de madeira e tocou a campainha da única casa do bairro que, além da dele, se beneficiava da matriz do vento.

This means no fear
Cavalier, renegade and steer clear!
A tournament, a tournament, a tournament of lies!
Offer me solutions, offer me alternatives and I decline!

O motorista só destrancou o carro quando teve certeza de que Maria Clara estava pronta para descer e, assim que ela fechou a porta, acelerou. A princípio, ela havia tentado conseguir uma corrida até a Pedreira, mas passou duas horas buscando e ninguém aceitou. O combustível era raro e as baterias dos veículos elétricos já não tinham tanta autonomia quanto nos primeiros anos. Nenhum carro de aplicativo se arriscaria a sair da cidade.

Entrando na rodoviária da Barra Funda, entendeu por que o aplicativo questionara o seu destino e passou ela também a estranhar todos os passos que deu para chegar até ali: o primeiro, uma ligação internacional; o segundo, a conversa com a irmã; o terceiro, os rompantes de dúvida a respeito de Luiza; o quarto, a demissão; o quinto, o saque de todo o seu dinheiro; o sexto, o ato de encher a mochila com alguns pertences; o sétimo, a assinatura de um documento prometendo que não voltaria mais; o oitavo, o embarque em um avião subsidiado pela União Europeia; o nono, a tentativa de conseguir uma viagem até a Pedreira e acabar ali.

Nem dez passos e estava de volta à conhecida São Paulo, de fissuras aparentes e sobrevivência improvável. Embora tivesse deixado a cidade há pouco mais de seis meses, o declínio tinha sido tão íngreme que ela temia por seu destino nos próximos dias.

Ao telefone, Luiza dissera que não tinha mais gasolina, era improvável que conseguisse buscá-la no aeroporto. Maria

Clara respondeu que não se preocupasse, daria um jeito, e agora estava ali, naquela rodoviária desativada transformada em moradia para centenas de pessoas. Sentiu-se ingênua por não ter pesquisado o destino daquele edifício, e desmentido a venda de bilhetes on-line da empresa de viação.

Ao alcance de seus olhos, uma mulher cortava uma fatia de pão de forma em quatro; um homem separava uma briga de cães; outro tremia, enrolado em três cobertores; uma travesti declamava um poema profético sobre um rio de corpos derretidos; três homens de terno ecoavam a palavra de três deuses diferentes; crianças brincavam de telefone sem fio; uma idosa trocava *tsurus* por comida; dois adolescentes andavam de mãos dadas; um bebê não pegava o peito magro da mãe.

Maria Clara baixou seus fones de ouvido, interrompendo a canção. Pichada nas paredes da rodoviária, a mesma mensagem que afrontava os muros em Barcelona: "Vão embora!"

Não se referia aos imigrantes de outros países, mas àqueles que, nascidos no mesmo território, vinham de um lugar muito mais distante: o outro lado da linha da pobreza. Estavam pintados também toda sorte de símbolos fascistas combatidos com mensagens de resistência.

"A cidade é de todes"

"Não se come dinheiro"

"A culpa não é nossa"

O abismo era outro, a queda era a mesma.

Ela não demorou a entender que da rodoviária-abrigo não sairia nenhum ônibus. De qualquer forma, nenhuma cidade queria mais receber pessoas que não podiam chegar com os próprios veículos.

Ali, prostrada no meio daquela miséria, ela se achou indigna de sentir qualquer tristeza, mesmo que seu corpo já estivesse pronto para chorar. Envergonhou-se por caber em outro sentimento que não fosse a gana de sobreviver.

Sentou-se no chão fresco de cimento, onde costumava esperar o horário de partida dos ônibus, como se aquilo pudesse fazê-la voltar ao tempo em que aquele lugar servia de passagem. Precisava encontrar um jeito de chegar à Pedreira antes do despejo que se anunciava para aquela noite.

À sua volta, uma paisagem de pessoas à mercê de seus corpos, uma realidade que nunca foi nova no centro da metrópole. O fim do mundo era uma história antiga, cercando as redondezas à espera de ser nomeado.

— *Você teria parado pra me servir um* ristretto chai latte macchiato, *mas não pra garantir que a galera do bairro não passasse fome?*

Sorriu ao se lembrar da provocação de Antônio, do seu tom de voz firme. Já não se sentia mais alvo daquela acusação. Olhou para a cafeteria desativada como um prenúncio. Levantou-se com um pulo. A voz dele lhe dizia exatamente o que fazer.

Tomou fôlego para o próximo passo. Agora que suas pernas sabiam aonde ir, precisava correr. Colocou seus fones de volta, abafando todos os ruídos ao redor, bem no momento em que o vocal cantaria

It's the end of the world as we know it
And I feel fine

se ela não tivesse pausado a voz estrangeira. Fez da própria imaginação trilha sonora das maneiras que encontraria para chegar. Seu destino já não cabia no fim do mundo. E ela se sentia bem.

Assim que Luiza abriu o grande portão de madeira, Antônio estava pronto para discordar, refutar o plano dela, argumentar pelo tempo que fosse preciso, até fazer dela uma aliada. Porém, só uma pergunta lhe veio à voz.

— A Maria Clara está de acordo?

Luiza assentiu. Ele virou as costas e caminhou até chegar ao seu jardim no alto da Pedreira. Teria cantado uma despedida, se um som vindo de outros tempos não o tivesse forçado a tapar os ouvidos.

Antônio mirava o drone recusando-se a ouvir seu prenúncio. Maria Clara corria abafando os sons da cidade. O silêncio era uma rara coincidência que os unia, como se o grave do passado e o agudo do futuro tivessem se encontrado ali, naquele momento exato, só para se anularem em trégua.

Parte IV

Mais-que-perfeito

CAPÍTULO 16

DIA -5.673

— Agora você está um dia mais perto do fim.

A frase do avô não era a única certeza de Maria Clara a cada primeiro dia de aula. Havia também a garantia da solidão e a expectativa de que tudo fosse diferente. Ainda mais naquele ano, em que a espera terminaria.

Os últimos semestres tinham sido de um ostracismo injustificado e ela nunca havia se sentido tão sozinha quanto naquela classe de vinte e oito alunos. Não entendia o porquê do isolamento. Talvez houvesse uma aura intransponível no seu entorno que todos os outros percebiam, menos ela mesma, um daqueles vidros espelhados dos reality shows.

Em seu reduzido universo, a única pessoa em quem confiava era o avô, seu Gian, embora talvez existissem outras em outros espaços que ela não costumava frequentar. Deixava-se levar pela fé nas amizades inventadas que encontraria na faculdade da capital. Estar um dia mais perto do fim era o que a movia todas as manhãs.

Na única escola particular da cidade, sua vida era uma sala de espera tediosa com a TV ligada sem som e o *closed caption* descompassado. Maria Clara havia dedicado seus últimos anos a estudar para sair dali o mais rápido possível e, no tempo livre, devorar livros, séries e, principalmente, jogos, qualquer coisa que oferecesse um vislumbre de evasão. Leu pelo menos três vezes todas as obras obrigatórias dos exames para ingressar na faculdade (com exceção de *Iracema*, uma só bastou) e criou uma infinidade de vidas paralelas no *The Sims*, cenários em que ela podia ser uma bruxa, podia ser uma sereia. Nas suas mais desvairadas fantasias, podia ser ela mesma e ainda assim não era só.

Apesar da promessa de dormir cedo na noite que precedia o começo do último ano do "colegial" (como o avô chamava o ensino médio), seu coração e cabeça pareciam ter combinado uma algazarra para perturbar o sono. Ela se rendeu então a seu jogo de conforto e montou parques de diversão virtuais até as três da madrugada. Na manhã do primeiro dia de aula, exibia olheiras profundas e a própria aparência refletida no espelhinho do banco do passageiro fez com que ela tivesse vontade de enterrar a cabeça em um buraco de concreto. Foi quando o vizinho abriu a porta de trás do carro que saía da garagem.

— E aí, seu Gian. Bom dia, MC.

— Bom dia, Antônio! — Gian se virou para a neta. — Clarinha, eu falei que tinha uma surpresa para o seu primeiro dia!

— Falou? — Ela encarou o avô de olhos arregalados.

— O Tonho aqui conseguiu uma bolsa na escola e eu ofereci pra ele ir de carona com a gente. Tenho certeza que vocês vão ter muito o que conversar no caminho. Estamos orgulhosos de você, Antônio. Não é, Clara?

— Sim... parabéns!

— Toninho aqui tá pensando em ser advogado, né?

— De novo isso, seu Gian?

Antônio abriu um sorriso e a encarou com um olhar cúmplice pelo retrovisor. Assim que percebeu, ela tentou desviar, mas era tarde. Ficou presa aos olhos dele assim que cruzaram com os dela. O que o vizinho insinuava? Desde quando o avô palpitava na carreira dele com tanta abertura? Queria dizer que eram amigos? Voltou a olhar para a rua. Sete da manhã era cedo demais para descobrir que tinha muita coisa da própria vida que ela não sabia.

Enquanto Antônio e o avô conversavam, Maria Clara mergulhou em seu silêncio e nem viu o trajeto passar. Precisava de toda a sua atenção para desatar o nó no próprio estômago. Concentrou-se na rádio de música brasileira que costumavam ouvir todas as manhãs a caminho da escola. Sentiu o rosto arder quando a voz de Milton Nascimento cantou que já havia falado tantas vezes do verde dos seus olhos, pois naquele momento, pelo espelho, viu que a luz da manhã fazia dos olhos de Antônio uma novidade esverdeada.

Não que tivesse reparado muito nos olhos do vizinho em seus breves encontros fortuitos da infância, ou ainda quando era dia de colheita e o avô a chamava para se juntar a eles e quem sabe conhecer um novo amigo, muito menos quando fazia calor e Antônio ia se refrescar na piscina do quintal dela. Maria Clara preferia se esconder e fingir que estava ocupada atrás da tela de seu computador, a timidez acentuada por aquela presença que tinha um jeito próprio de a perturbar. E teve também o último verão... Só de lembrar, tinha vontade de vomitar pela janela.

Era uma tarde de férias em que ela se dedicava a uma de suas casas favoritas no *The Sims*, a da família Caliente, que já estava em sua quinta geração e cuja filha adolescente vivia um romance secreto com o jovem vizinho alienígena. Foi então que percebeu que alguém chamava seu nome.

— MC, desculpa atrapalhar. Posso te pedir um favor?

Ela pausou as vidas virtuais e virou a cadeira gamer na direção da voz, o cabelo preso em um coque, vestindo uma camiseta do Che Guevara que lhe servia de vestido. Ele sorriu ao ver a estampa.

— *Hay que endurecerse, pero sin perder la ternura jamás!*

Só então ela se deu conta de que estava de pijama e esticou a camiseta, desejando que fosse mais longa, para que ele não notasse suas coxas, que ela considerava desproporcionalmente grossas, se comparadas ao resto do corpo. Lá fora, ele estava só de bermuda e as gotas escorriam de seu torso nu.

— Ia te pedir uma toalha emprestada. Acabei pulando na piscina porque, nossa, tá muito calor hoje. Precisa de mais frutífera aqui pra fazer sombra, eu canso de falar. Mas ei, por que você não vem dar um mergulho também? Nunca vejo você aproveitar essa sua piscina.

Antônio às vezes vinha ajudar o avô a cuidar do jardim depois da escola, ou, naquele caso, durante as férias. Embora tivesse dezessete anos e ela, dezesseis, ele parecia muito mais velho. Ou talvez ela se infantilizasse, ainda de pijama às quatro da tarde, brincando de boneca no computador. Uma criança com pelos nas coxas e uma espinha pustulenta na narina esquerda. Nada daquilo era grave para seus *Sims*, mas seria para Antônio e, quando se viu pela perspectiva dele, Maria Clara desejou ser abduzida para dentro do jogo. Será que ele estava sentindo aquele cheiro ácido que seu corpo exalava?

Claro que ela queria ir à piscina com ele, mas a verdade era que não podia se mexer. Não podia dar um passo sem revelar a calcinha com estampa da princesa Jujuba (*por quêeee?*), sem que sua humilhação fosse completa frente àquele vizinho que vez ou outra vinha lhe entregar a fruta mais madura do quintal.

Maria Clara percebeu que estava há muito tempo sem responder. Precisava dizer alguma coisa. Qualquer coisa.

— Sim, a piscina é minha.

A pior coisa que poderia ter dito. Ao copiar a última frase dele em concordância impensada, se converteu na pessoa mais mesquinha do mundo. Antônio deixou de sorrir e a encarou em silêncio. Ela poderia jurar que as pupilas dele até se dilataram em alerta.

— Claro. Acho que entendi errado.

— Não, espera.

Não soube o que dizer para consertar aquela situação. Claro que a piscina era dela e poderia ir quando bem quisesse, mas mal entrava na água porque estava sempre sozinha e não via graça naquilo. Mas agora seu vizinho a chamava para um mergulho e tudo que ela queria fazer era se esconder, com vergonha de seu corpo, de seu cheiro, de seus modos.

— Não sai daí. Por favor.

Pediu para ele encostar as venezianas, colocou um short, soltou os cabelos e passou um desodorante. Abriu o armário, escolheu a toalha mais fofinha, felpuda e cheirosa e a abraçou, fantasiando que logo um pouco de seu próprio corpo envolveria o de Antônio.

Deu a volta na casa correndo até o outro lado da janela, mas, quando chegou, ele já não estava lá. Ela ficou então abraçada à toalha, como se as duas compartilhassem a mesma frustração.

Dali em diante, não recebeu mais frutas maduras.

Ela se perguntava se Antônio também estaria pensando no último encontro deles quando o avô estacionou o carro no portão da escola.

— Clarinha. — Gian chamou sua atenção antes que saísse do carro. — Lembra que você está um dia mais perto do fim.

Maria Clara sorriu e repetiu a frase em voz alta antes de abraçá-lo. Nunca havia ousado comentar sobre sua solidão ou sua vontade de sair daquela cidade, mas ele parecia adivinhar. O avô a conhecia como ninguém e, ainda assim, continuava ao seu lado.

Andou a passos rápidos e alcançou Antônio, que a esperava no portão. Juntos, caminharam em direção ao prédio principal, atraindo alguns olhares curiosos. A fala do avô a havia preenchido de uma coragem súbita. No final do ano, estaria fora daquela escola, daquela cidade. Que a julgassem, seria passageiro. Ela poderia tentar ser feliz.

— Desculpa pelo outro dia. — Esperou não ter que descrever qual.

— Tranquilo. Não entrei mais na *sua* piscina, percebeu?

— Não foi isso que eu quis dizer. Desculpa, eu… fui uma besta.

— Você foi burguesa. Mas tudo bem, é o que você é.

Ela ficou paralisada por alguns segundos. Nunca havia sido exposta a tanta franqueza de uma vez só.

— Estou brincando com você — completou Antônio. — Quer dizer, mais ou menos.

Ela tomou fôlego no sorriso conciliador dele e decidiu que tentaria soar interessante.

— É contra seus princípios se banhar com uma *burguesa*? — disse, mas sua voz saiu menos assertiva do que gostaria.

— Não se for você. É um convite?

— Pode ser...

— Depois do almoço eu colo lá.

Ela assentiu enquanto se perguntava como as coisas podiam ser, ao mesmo tempo, tão simples e profundamente complicadas com Antônio.

— Ué, achei que o boné era parte da sua cabeça — desconversou.

Antônio tinha tirado o boné do Movimento Sem Terra que sempre vestia para guardá-lo na mochila antes de atravessar os portões da escola.

— É... não sei, quer dizer, vai que o pessoal...

Maria Clara percebeu que ele temia o contato com aquele novo mundo, mais do que gostaria de admitir. Ela entendia, a escola não era exatamente acolhedora.

— Ficou bom em mim?

Em um gesto impensado, ela pegou o acessório da mão dele e o colocou. Fechou os olhos por um instante ao ter o couro cabeludo ocupado pelo cheiro, pelo calor de Antônio.

Seguiram pátio adentro sem que ninguém fizesse caso do boné. Ela sabia usar o ponto cego que habitava em sua vantagem. Enquanto caminhavam na direção do prédio central, percebeu os ombros dele projetados para a frente. Antônio andava encolhido, como se quisesse se recolher em um casco. Quase pareciam ter o mesmo tamanho.

Maria Clara se prostrou na frente dele, ficou na ponta dos pés e arrumou os cabelos de Antônio, ainda amassados pelo boné. Com um toque firme, devolveu seus ombros à devida altura.

— *Hay que endurecerse* — sussurrou ela.

Levantou o punho esquerdo em riste, em um movimento lânguido que se prontificava a acompanhá-lo nas delicadezas da batalha. Antônio sorriu, retribuiu o gesto, engrandecido de novo.

— Preciso passar na coordenação. Mais tarde vou querer meu boné de volta.

— Guardo um lugar do meu lado.

Ela o observou até que Antônio atravessasse uma das portas do longo corredor. No último instante, ele olhou para trás e sorriu ao ver que ela o encarava. Maria Clara sorriu de volta e então correu até a sala do terceiro ano. A frase do avô não deixava de ecoar em sua cabeça: "um dia mais perto do fim". Pela primeira vez em muitos anos, o fim não era o que ela mais aguardava.

Desde que se separara de Antônio, na volta da escola, Maria Clara sentia seu corpo sujeito a uma agitação entrópica aparentemente irreparável. No estômago, havia brotado uma usina que gerava uma fumaça densa, obstruindo todos os seus dutos. No hipotálamo, uma monocultura de oxitocina consumia todos os recursos disponíveis para qualquer outra atividade que não fosse imaginar cenários categoricamente catastróficos ou absolutamente românticos. No peito, duas turbinas aceleradas tentavam produzir energia para sustentar as próprias máquinas, um movimento indômito. Seu corpo pulsava em um ciclo voraz.

Ao sentir o movimento de desordem que a tomava, Maria Clara rendeu-se por um instante à possibilidade da extinção. Entendeu os alardes do professor de biologia. Tinha que se acalmar ou o fim precederia seu apogeu. Ela e o planeta precisavam de sobriedade. Achou-se muito esperta ao concluir que o negacionismo climático era só uma falta de olhar para dentro. Queria poder comentar sua conclusão com Antônio, mas para isso teria que confessar o que gerara aquela combustão.

Ainda não sabia que, no futuro, eles falariam abertamente sobre seus sentimentos, a intensidade deles, o medo que tinham do efeito que o outro produzia. Tampouco entendia que aquilo tinha um nome e o desejo que sentia por Antônio talvez até fosse devastador, mas, sozinho, não levaria seu corpo à ruína. O colapso não era um evento. Era uma promessa. Chegava aos poucos, realizando-se enquanto também se anunciava.

Devorada por aquele raro turbilhão, Maria Clara tentou manter as mãos firmes e se concentrou para não deixar nenhum rastro de pelo nas pernas e nas virilhas ou se cortar com a lâmina descartável, então ouviu lá fora um uivo que conhecia bem. Vestiu-se rapidamente, pois sabia que seria seguido de um

Din-don.

Ligou o visor da câmera de segurança do portão e viu Antônio com uma toalha em volta do pescoço, acompanhado do cachorro caramelo pulando em torno de suas pernas.

Sentiu que ia vomitar. Seria melhor vomitar? Mas aquilo levaria tempo, precisaria depois escovar os dentes, lavar o rosto. Sem contar que nem tinha nada no estômago. Revoltou-se contra o próprio corpo. Toda aquela movimentação só servira para isso? Dividida entre o céu e os esgotos, ela encarava o pequeno visor em preto e branco.

Foi então que Antônio olhou para a câmera e fez um tchauzinho. Maria Clara desligou a tela em um gesto súbito sem refletir que era a ela que o circuito de vigilância atribuía poderes de observação, e não o contrário. Correu na direção da entrada para compensar o tempo que havia passado olhando para a imagem pixelizada e o vento fresco sobre seu suor compensou a náusea.

Abriu o portão de madeira, ofegante, e eles se encararam por alguns segundos.

— Tudo bem se ele vier?

— Eu podia ter te emprestado uma toalha.

Disseram juntos, depois sorriram encarando o chão porque olhar parecia perigoso, mas ali estavam seus pés, ligados às suas pernas, ligados a seu corpo, e até aquele que Maria Clara considerava o membro mais feio de todos despertava seu desejo: os pés dele eram simétricos, grandes, mas não gigantescos, com alguns pelos despontando das tiras de suas Havaianas brancas, e as unhas recém-aparadas. Todas as visões de Antônio eram insuportáveis.

— Claro que sim. — Ela apontou para o cão. — Qual o nome dele?

— Marley.

— Tipo aquele que morre no filme?

Ele a encarou, tombando um pouco a cabeça para o lado sem saber o que responder, ou sem entender muito bem a pergunta. Maria Clara já queria enterrar a cabeça em um buraco quando ele segurou delicadamente os braços dela com os dedos. Então tudo mudou.

Foi como se todos os impulsos elétricos que se agitavam dentro dela, por um milésimo de segundo, ficassem em suspensão e, no milésimo seguinte, se concentrassem onde sua pele tocava a de Antônio. Convergindo, feito em uma bola de plasma, suas correntes disputavam o espaço daqueles dedos quentes e ásperos.

Antônio apontou com a cabeça para o quintal atrás dela.

— Podemos?

— Claro! Ai, desculpa. Eu não queria ficar parada aqui no portão. É que me distraí com o cachorro, quer dizer, com o Marley, e aí fiquei pensando de onde vem esse nome e…

Antônio começou a rir de um jeito que ela nunca tinha visto, tão bonito que se esqueceu de que era dela que ele ria com os olhos pequenos, brilhantes, e a testa frisada. Ele deu um passo e se prostrou à sua frente. Seu corpo grande, uma barragem para conter o que quer que estivesse escapando de dentro dela naquele momento.

— Maria Clara. — Ele se delongou em seu nome, respirando fundo, usando todas as sílabas para tomar impulso. — Eu também estou nervoso. Sei que não parece, mas estou. Você sempre foi tão distante, e agora que me chamou para vir aqui, eu quero que tudo seja perfeito. E sei que você quer também. Olha… — Ele fez uma pausa e, quando colocou uma flor de cosmos atrás da orelha dela, Maria Clara percebeu que a mão dele também tremia um pouco, embora todo o seu corpo mais parecesse uma muralha. — O improvável aconteceu, a gente vai passar a tarde juntos, e isso já é bem melhor do que a perfeição.

Maria Clara percebeu a velocidade com que o peito dele subia e descia. Também ali queimavam todas as turbinas e calores e usinas. Em uma descarga de volts que poderia iluminar a cidade inteira, ela lançou seus braços em torno do pescoço de Antônio, suas pernas o escalaram para superar os quase trinta centímetros de diferença, e eles se beijaram, invertendo seus polos, neutralizando seus corpos.

Quando se separaram, o brilho em seus olhos armazenava a energia gerada durante as horas de espera. Suas respirações ofegantes eram máquinas em equilíbrio sintrópico. Sorriram um para o outro e, como convite, Maria Clara saiu correndo em direção à piscina sem saber que fugir de Antônio seria sua constante. Ele deixou uma larga vantagem, só para, no último segundo, correr na direção dela e se jogarem juntos na água fria, em que se beijaram por mais horas a fio, descobrindo, ao mesmo tempo, a escassez e a abundância em seus corpos.

A perfeição não poderia ser diferente, até que Luiza chegou, horrorizando-se ao ver Maria Clara estirada ao sol, deitada no colo de Antônio, deixando as gotas de água na sua perna serem lambidas pelo vira-lata do vizinho.

— Era só o que me faltava. Você envolvida com esse povo da Pedreira.

Maria Clara sorriu, um pouco inebriada, pois Antônio era exatamente o que lhe faltava também, e achou a coincidência graciosa. Quando se deu conta, ele já recolhia suas coisas e, antes que ela pudesse dizer o que fosse, o viu bater o portão de madeira assim que o rabinho de Marley terminou a travessia.

Sem o corpo de Antônio para absorvê-la, Maria Clara teve vontade de gastar o excedente de energia produzido em futilidades: gritar com a irmã, *scrollar* por horas em alguma rede social, matar seus Sims. Foi o que fez. Todo seu corpo estava em curto-circuito. Naquela tarde, intuiu que a descoberta da abundância seguida da falta de amor um dia ainda levaria seu mundo ao colapso.

CAPÍTULO 17

DIA -5.671

Td bem? 23:00

Tá por aí? 23:10

Opa, desculpa. Fui abrir o reservatório. 23:15

Td bem? 23:15

Sim. Você? 23:15

Eu acho que te devo desculpas. 23:16

Não é culpa sua. 23:17

Eu podia ter dito alguma coisa. 23:18

Caiu alguma árvore aí? 23:20

Uma só. 23:22

Qual? 23:23

A de folha verde clara que fica lá em cima. 23:24

Menos mal, a gente planta uma nativa no lugar. 23:25

Era bonita. 23:26

Nem tudo que é bonito tá no lugar certo. 23:28

Você tem medo? 23:29

Da chuva?? 23:30

Da gente. 23:31

Não. 23:32

Da chuva? 23:33

rs 23:34

Eu tenho. N é natural chover tanto nessa época. 23:35

E da gente? 23:36

Pq vc n falou cmg hj na escola? 23:39

Não tinha o que dizer 23:40

N tinha ou n queria? 23:41

Vc ouviu isso? 23:43

Os raios estão caindo perto. Você tá dentro de casa, né? 23:44

Nope, tô dançando nua no alto da pedreira para o meu ritual anual dos relâmpagos. 23:45

Não brinca... 23:46

(: 23:47

Queria dançar na chuva com você. 23:48

E se cair um raio na nossa cabeça? 23:49

Só se for na minha, né, toquinho? 23:50

Não se eu estiver por cima. 23:51

!!!!!!! 23:52

De mim..? 23:53

Talvez... 23:53

Hm... 23:54

Se você estivesse dançando na chuva, eu seria obrigado a te aquecer. 23:56

Não queremos que você pegue um resfriado. 23:57

Mas as nossas roupas também estariam encharcadas. 00:00

Talvez seja melhor tirar. 00:01

Sem dúvidas. 00:02

Eu te abraçaria bem forte, mas não seria suficiente. Ainda faz frio. 00:03

Eu estou tremendo agora mesmo. 00:04

A única parte ainda quente é a minha boca. 00:05

Seria mais seguro beijar todo o seu corpo enquanto você me escala para não pisar mais no chão molhado. 00:06

Mas os beijos vão ficando cada vez mais frios. 00:07

Ainda tem uma parte quente no meu corpo. 00:07

Tem... 00:08

É uma questão de sobrevivência. 00:09

Certeza? 00:10

Sobrevivência. 00:11

Por dentro você está ainda mais molhada do que por fora, mas é... aconchegante. 00:12

Eu quero ficar ali, mas faz frio e precisamos nos mover. 00:13

Você senta no chão molhado e eu me agarro ao seu pescoço para não ser levada pela enxurrada. 00:14

Eu quero ir cada vez mais fundo. 00:15

Mais rápido. 00:15

Mais forte. 00:15

Mais. 00:15

Sim 00:15

Você sentiu? 00:20

O que foi isso? 00:21

Um trovão. 00:22

CAPÍTULO 18

DIA -5.603

Toda manhã, atrasados ou não, eles acenavam até que o antigo Vectra bordô virasse a esquina e os perdesse de vista. Então, Maria Clara brincava de render Antônio entre seu corpo e o muro da escola e eles trocavam o tão esperado beijo de bom-dia. No começo, ele até se preocupava com os olhares alheios, mas foi se acostumando com aquele jeito dela, escolhendo a felicidade como algo comum. A lembrança da solidão a levava a viver cada minuto juntos com avidez enquanto ele descobria um cotidiano no qual a própria alegria era matéria e desenlace.

O beijo era um ritual que durava pouco mais de um mês, mas ele já se pautava naquela rotina para ditar a tônica da sua vida.

Desde pequeno, sentia o tempo como uma coisa estranha. Às vezes, se passavam meses, anos até, cuja única vocação era a de serem apagados da memória. Ainda criança, ele sofria muito com isso. Que o momento vivido estivesse fadado a se perder parecia cruel. Quando a ideia o acometia, ficava de olhos fechados e se concentrava em lembrar para sempre o que quer que estivesse acontecendo naquele instante, mas não demorava muito para se distrair e esquecer de novo.

Em compensação, alguns eventos que não haviam sido dignos de tamanho esforço ficavam eternamente guardados como parte da narrativa oficial da sua vida. Antônio se irritava com a própria memória, aquela ilha de edição caprichosa, e tentava manipulá-la sem conhecer seus controles.

Ele mal podia esperar pelo dia em que aprenderia a assumir as rédeas de suas lembranças, dominando o ofício de escolher o que entrava e o que ficava de fora do corte final.

Aos dezessete anos, havia determinado que o relato da sua vida seria feito daqueles meses de beijos furtivos no portão da escola, criando rituais secretos com Maria Clara, cultivando os jardins da Pedreira e desvendando as muitas versões daquela pessoa que não parava de surpreendê-lo.

Em Maria Clara, ele descobria novos cenários a cada vez que abria uma porta, ou era convidado a descer mais um degrau no que parecia ser uma caverna tão profunda que, uma vez chegando ao fundo, esperava encontrar uma criatura que daria por mítica de tão especial — um ser bioluminescente, projetando seus sonhos escondidos pela boca aberta e emitindo um grave silêncio que o faria dormir por dezenas de anos e acordar no mundo novo.

Soube que protegeria e adoraria essa criatura com todas as suas forças. Não deixaria que laboratórios colocassem as mãos asseptizadas nela para tentar transformar em cifras aquilo que ele entendia por mágica.

Nem em seu sonho mais absurdo Antônio imaginou que a única coisa que aquela escada escondia era mais degraus, e que jamais chegaria ao fundo. Maria Clara nunca pararia de se desdobrar e, quando ele achasse que tinha encontrado uma saída, uma porta, um chão, seria só um jogo de espelhos.

Seguiria descendo e descendo todos os dias da sua vida, um Sísifo que errara a direção.

— No que você está pensando?

O sinal da escola tinha tocado e MC acenava para ele.

— Em como você me intriga. Não é normal. — Tinham um pacto silencioso de sempre dizer a verdade um para o outro.

— A gente vai se atrasar — respondeu ela, sorrindo.

Antônio puxou-a para mais um beijo. Mesmo os alunos mais apressados paravam para olhar o casal. A frequência liberada pelos dois formava um campo gravitacional tão intenso que tudo e todos poderiam ser sugados para dentro, e talvez até quisessem ser. Afinal, há quem não deseje viver aquilo que faz o tempo tomar outra forma, fabricando memórias com o tecido dos corpos e transformando em vida a matéria insossa do cotidiano?

Na sala de aula, Antônio tentava encontrar uma forma de caber naquela carteira inflexível com seus quase um metro e noventa de altura quando sentiu a mão de Maria Clara mais fria e úmida do que o habitual.

A coordenadora passava com os resultados do segundo simulado daquele ano de vestibular. Os alunos faziam provas mensais em que passavam do Cisma do Oriente ao eletromagnetismo em 3,33 minutos.

Ele sempre se divertia com o ridículo de simular algo que nem real era. Como era possível aprender física ignorando a resistência do ar? Qual o sentido de considerar as condições ideais de temperatura e pressão em um mundo regido pelo caos? De que adiantava diferenciar uma pteridófita de uma angiosperma se não colocavam as mãos na terra? Por alguns segundos, se sentiu um pouco superior àquela escola de pessoas ricas que gastavam tanta energia com o culto ao abstrato. Até que percebeu que a mão de Maria Clara já não segurava a dele, ocupada em cobrir o próprio rosto.

Só depois de alguns segundos ela se virou com olhos úmidos e colocou um pedaço de papel em sua mesa, mostrando um setenta e oito, e pegou a folha sobre a carteira dele, que exibia um noventa e cinco.

— Eu nunca vou passar — cochichou ela.

— Lógico que vai, a nota de corte não é setenta e quatro?

— Mas e o nervosismo? E ainda tem a segunda fase, que é muito mais difícil. Pra você é fácil falar.

Antônio sentiu uma vontade urgente de sair dali. Seu corpo não se acomodava naquele espaço e aquela conversa não cabia num sussurro.

— Eu não sei do que você está falando.

Maria Clara arregalou os olhos.

— Tonho, você é um gênio. Desde que chegou, só tira as melhores notas, e nunca vejo você estudar. Nem sei por que se deu ao trabalho de tentar uma bolsa aqui.

Ele ficou em silêncio com aquela nova perspectiva sobre si. Ninguém jamais o havia chamado de "gênio". Seu Gian insistira que tentasse a bolsa no colégio da neta e até o levara para fazer a prova, mas ele leu aquilo como um gesto de amizade e aceitou porque coisa assim não se negava. Seria por isso que o vizinho não parava de insistir que Antônio deveria ser advogado? Era aquele o destino que os mais ricos achavam que deveria ser o das pessoas inteligentes? Mas o próprio Gian havia se afastado da carreira de advogado para cuidar das netas e Antônio achava que aquilo, sim, fazia dele um homem inteligente.

O adjetivo na boca de Maria Clara o fez encarar os últimos acontecimentos sob outro prisma. O orgulho no olhar de Carcará quando ele tirou nota máxima na prova da bolsa, os comentários elogiosos da professora que não o obrigava mais a tirar seu boné, o desprezo dos colegas convertido em admiração logo depois do primeiro simulado. Tudo aquilo porque Antônio tinha um certo tipo de inteligência valorizada ali?

A urgência dos olhos vermelhos de Maria Clara se impôs sobre seus devaneios.

— Você pode entrar em qualquer faculdade — disse ela.

— Mas, MC, nem sei se quero. Talvez eu só continue juntando uma grana com os bicos de jardineiro pra fazer aquele curso de agrofloresta lá no sul da Bahia, e depois volto pra cá.

— Por que você nunca me disse isso?

— Eu... não sei... É que também não tenho certeza. A gente precisa falar disso agora?

— Eu deixei de estudar por horas para ficar com você, achando que a gente tinha futuro, mas como? Eu em São Paulo e você perdido em uma fazenda na Bahia? Ou ainda pior... aqui! Isso se eu passar, né? — Ela grunhiu.

A professora interrompeu o burburinho dos alunos que conversavam sobre as notas e então ouvia-se apenas a voz dos dois, absortos em sua discussão. Incomodada pelo repentino silêncio, Maria Clara juntou suas coisas e se levantou sem olhar para trás. Com a desculpa de não estar se sentindo bem, disse que voltaria para casa mais cedo.

O simulado dela ficou sobre a mesa de Antônio. Setenta e oito era o número de toneladas sobre seus ombros, afundando o corpo naquela carteira apertada. Tirou os olhos da folha de papel para responder aos elogios e cumprimentos da professora e, em seguida, dos colegas.

Quando a última aula acabou, achou que teria que voltar para casa a pé, mas se deparou com o Vectra bordô na saída, facilmente reconhecível entre os carros dos pais que buscavam os filhos na escola por ser o mais antigo e bem conservado.

— Não precisava ter vindo só por mim, seu Gian.

— A Clarinha voltou a pé pra garantir que eu vinha te pegar, acredita? Cabeça-dura. Como se eu fosse negar…

Antônio entrou no carro. Não o surpreendeu que Maria Clara, para quem parecia impossível terminar o aquecimento da aula de educação física, tivesse andado os cinco quilômetros da escola até sua casa só para garantir que ele teria carona. Admirava como, entre o cuidado distraído e o zelo constante, ela formava suas relações com o mundo, com ele. Se é que ainda havia uma relação…

— Parabéns, garoto. A Clarinha me contou.

— Valeu. Não vai insistir pra eu ir pra San Fran?

— E adianta? — Ele riu, exibindo a dentadura desgastada. — Sabe, a gente se projeta muito nas crianças, mas a verdade é que vocês vão crescer em outro mundo e precisam fazer as próprias escolhas. Você pode ser o que quiser… — Ele fez uma pausa. — Em todos os campos da sua vida, tem muito para… rolar. É assim que vocês falam, né?

Antônio exalou um suspiro que ficou alguns segundos no ar.

— Eu gosto muito da Maria Clara.

Seu Gian sorriu, sem tirar os olhos do caminho.

— Eu sei. Vocês não me enganam. Mas são jovens, vão fazer muita bobagem ainda. — O carro parou em um semáforo e ele aproveitou para buscar o olhar de Antônio. — Olha, Tonho, você tem que seguir o que te deixa feliz e não o que vai te proteger da tristeza. São coisas bem diferentes. Queria que a Clarinha entendesse isso também. Mas talvez seja culpa minha, sempre tentei proteger ela de tudo, desde que... — Ele tirou as mãos do volante na esperança de que aquele gesto contivesse os não ditos. — A gente faz o que pode.

Então o sinal abriu e a empolgação do seu discurso também foi ganhando tração.

— Seja lá o que você resolver fazer, vai... é... mandar bem. Aposto que Carcará vai ficar orgulhosa do notão! Mande lembranças.

O menino deu de ombros como quem se desculpava de antemão pela mãe, prevendo que aquele cumprimento não teria resposta. Gian seguiu com outro assunto qualquer, que Antônio se esforçaria depois para lembrar qual tinha sido, mas sem sucesso. Sua memória escolheria apenas aquele trecho para compor o corte final, uma conversa que se tornaria dolorosa e então agridoce e então diáfana, alguns anos depois.

Nunca se esqueceria, porém, do acalanto que experimentou ao ver o Vectra bordô estacionado quando não precisava estar lá. E aquele sentimento era o que havia de mais valioso em sua memória. Como se o que importasse em um filme não fosse as suas cenas, mas o que permanecia ao acender das luzes.

À tarde, Antônio rastelava as folhas caídas e as acumulava em torno dos troncos das jovens *Bauhinias fortificatas*. Seus movimentos eram lentos e irresolutos. Repartia cuidadosamente a mesma quantidade de folhas entre todas elas. Vinha cultivando árvores nativas naquele recanto do quintal desde que se entendia por gente.

Assim que aprendeu como se plantava uma muda, fez de um pedaço de terra isolado seu jardim particular. O mesmo refúgio era, até então, morada de um jacarandá solitário plantado por seu Gian.

Quando criança, aquele era seu lugar favorito. Ali, um vizinho costumava levar as vacas para pastar e Antônio gostava de ficar brincando com elas, tendo conversas longas em línguas imaginárias que os adultos perderam a capacidade de entender.

Dava nome para todas, depois esquecia e inventava outros, até que passou a se preocupar com a possibilidade de que a alternância as ofendesse, pediu papel e caneta para a mãe e inventou um sistema para não esquecer mais. Foi assim que Carcará descobriu que o filho já sabia escrever. Mesmo adulto, Antônio ainda se lembraria de cor dos dezesseis nomes registrados.

Na época das vacas, ele tinha quatro anos e vivia a descoberta extraordinária de que seu carinho não era reservado apenas a outros humanos. Tinha a impressão de ter dedicado boa parte de sua infância àquela nova amizade, mas depois de crescido entendeu que o tamanho do pasto em torno do jacarandá teria bastado para alimentar o rebanho somente durante algumas semanas. O tempo expandiu-se na medida do seu amor. O terreno, não.

Quando se acabaram as braquiárias — não só ali em seu futuro jardim, mas em todas as áreas em torno da Pedreira —, o dono do rebanho e patrão de seu vizinho pastor, homem que Antônio nunca nem havia visto, decidiu que seria mais vantajoso sacrificar todas as vacas. Não considerou em suas planilhas de cálculo a ligação entre os animais e aquele menino solitário, que passaria semanas desolado, sentindo falta do *bling-blong* dos sinos e do leite fresco que tirava escondido, irmanando-se com os bezerros.

Depois do abate, o menino só voltou a levantar os olhos quando Carcará lhe trouxe algumas pequenas mudas de árvores que pareciam não ter nada de mais, até que a mãe chamou a atenção de Antônio ao formato das folhas: eram as patas das suas amigas mortas. Cascos pululavam nos troncos como se levando as almas daqueles animais de volta para casa.

— Minhas amigas viraram plantas?

Carcará sorriu.

— De certa forma… Elas morreram, filho. E, quando a gente morre, nosso corpo se transforma em outra coisa e depois outra, e pode até um dia virar matéria de planta, sim.

— Elas podem voltar como vaca, então? — perguntou o menino com os olhos brilhando.

Carcará fez que não com a cabeça. Prometera para si mesma que criaria seus filhos para entenderem o mundo como ele era. Sem cegonhas, papais noéis, meritocracia e outras mentiras douradas. Só o mistério do que já existia bastava.

— E o que eu faço com isso? — Antônio levou a mãozinha ao peito.

— Isso o quê, meu amor?

— Isso aqui que eu sinto por elas.

Então foram os olhos de Carcará que brilharam. Ela teve vontade de correr até o matadouro, parar as máquinas, resgatar aqueles animais e devolvê-los ao filho, para que ele crescesse com as vacas envelhecendo ao seu lado. Depois, morreriam de morte morrida e ele aprenderia sobre a finitude do jeito que devia ser e não sujeito à brutalidade dos cálculos de um homem que nem os conhecia.

— Coloca aqui.

Carcará entregou a muda de árvore para o menino, que abraçou a planta com cuidado para não quebrar o tronco ainda fino e a encarou com olhos arregalados.

— Vem, eu te ajudo a plantar.

— Não. Eu faço sozinho — respondeu o menino, e saiu caminhando resoluto, carregando a muda que tinha quase sua altura.

Transportou a pata-de-vaca até o local onde flanava com suas amigas e lá levou o dia inteiro para cavar um buraco que acolhesse o novo afeto. Atentou-se às suas necessidades, observou a cor das folhas, a textura, a densidade. Levou adubo, água, matéria orgânica. Não demorou a entender que a sua planta, assim como as vacas, precisava de atenção. Pediu outras mudas a Carcará e também multiplicou a árvore original. Seu jardim foi crescendo até que um dia, anos depois, Antônio se deparou com uma surpresa: aos pés da pata-de-vaca original, brotava um curso d'água, onde ele cavou um pequeno lago.

Mesmo passados anos da morte das suas amigas, Antônio, ao descobrir a nascente, não conseguiu conter lágrimas corrosivas, destilando a raiva daqueles que tinham o poder sobre a vida e escolhiam a morte. Bebeu um gole do líquido fresco e jurou que, enquanto vivesse, ninguém mais tocaria naquele chão.

Sempre que cuidava das suas árvores, Antônio não conseguia deixar de pensar na origem daquele pedaço de mundo. A fúria e o desconsolo imprimiam-se em seus gestos repetidos ao longo de todos aqueles anos.

Tinha parado para limpar o suor da testa e tomar um gole de água quando ouviu um ruído de galho se quebrando sob um sapato descuidado. Só Carcará e Pat sabiam de seu jardim secreto, então ele estranhou aquele novo som de passos.

— Como você me achou? — perguntou sem erguer o olhar.

— Pat falou que você estaria aqui.

Antônio balançou a cabeça, fingindo irritação.

— Esse é um dos lugares mais bonitos que eu já vi.

Grunhiu, secretamente orgulhoso. Seu jardim era mesmo lindo, um ambiente em perfeito equilíbrio, com um microclima fresco formado pela mistura de patas-de-vaca, ingás, cambucás, goiabeiras e araçás plantadas por ele, além de outras plantas trazidas pelos pássaros e insetos de passagem. E, claro, havia também o frondoso jacarandá.

No meio da vegetação densa, sua pequena nascente brotava, atraindo alguns mosquitos que, por sua vez, traziam donzelinhas e libélulas. Quando refletiam os raios de sol das três da tarde, hora exata em que Maria Clara pisou em seu jardim, elas cintilavam feito pedrinhas de brilhante para o meu para o meu amor ficar.

Diluída na paisagem, estava a visão de Maria Clara. Seu corpo, improvável materialização dos encantos daquele bosque, confirmava o pouco de fé que ele cultivava em segredo.

— A gente trocou.

Ela estendeu-lhe a prova com o noventa e cinco estampado, então se sentou no monte de folhas que Antônio acabara de juntar e respirou fundo, falando baixinho como se só a terra pudesse escutá-la:

— Faz anos que eu só penso em sair daqui. Eu não tenho nenhum amigo. Na escola, todo mundo me acha esquisita. Até minha irmã só fala comigo quando precisa que eu conserte o computador dela. Eu me esforcei a vida toda pra poder ir embora. Meu avô se desdobra pra pagar a escola com a aposentadoria. Estou estudando que nem uma condenada pra passar numa faculdade pública, mudar pra São Paulo, conhecer gente que seja que nem eu. É o que eu preciso fazer. Era meu plano. Até descobrir que ficar com você é tão bom que eu me distraio e quase jogo tudo para o alto, e por quê? Por alguém que quer passar a vida aqui, nesse lugar aqui, que só me rejeita?

— *Eu* não te rejeito, pelo contrário…

Antônio se sentou ao lado dela, que tinha o rosto vermelho. Seu ar parecia rarefeito e os olhos imploravam por algo, mas o quê? Folhas murchas precisavam de mais água, as amareladas, de luminosidade, certos tipos de fungo indicavam falta de nutrientes, infestações de formigas mostravam que o solo precisava ser adubado ou a planta deslocada, mas e Maria Clara, o que pedia? Aqueles indícios eram novos para ele e, pela primeira vez na vida, não soube nem por onde começar. Então, disse a verdade.

— Olha, eu devia ter te contado, mas acho que fiquei com medo. Sabia que isso ia te afastar e quero ficar com você. É isso que eu quero… ficar com você.

Os olhos de Maria Clara se encheram de lágrimas, mas também aquele sinal ele não soube interpretar. Ele não acabara de dizer exatamente o que ela queria ouvir? Implorou silenciosamente por um indício. Água? Sol? Adubo? Respirou fundo.

— A gente estuda junto depois da escola, MC. E, no final do ano, eu vejo se tento uma faculdade em São Paulo.

Mas mesmo depois de ele ter entregado tudo, Maria Clara seguiu calada. Ficou olhando o vazio, abraçada aos próprios joelhos. Por que ela não reagia?

— Não é o que você quer?

— É isso que *você* quer, Antônio?

As vacas, as plantas, as libélulas, as nascentes nunca perguntaram o que ele queria, e sempre davam o que ele precisava. Naquele momento, tentou desvendar como podia ser que todas aquelas criaturas soubessem dele muito mais do que ele mesmo. Já Maria Clara revelava nele a ignorância da própria vontade e aquilo desordenava, mas também atestava o estado de bem-estar em que Antônio vivera até então.

Fechou os olhos por alguns instantes. Parou para ouvir os brotamentos de seu próprio corpo. Que desejos vertiam seus poros? Quando abriu os olhos de novo, entendeu. Segurou o rosto de Maria Clara entre as mãos, sabendo que seu próximo passo abriria um impasse. A respiração dela era alta, ritmada, uma contagem regressiva.

— A gente pode ser só…

Maria Clara não teve tempo de terminar a frase quando ele a inundou com um beijo que era também barragem.

— Eu não quero sair ileso da gente — disse Antônio puxando-a para seu colo.

Lá, ela não só cabia perfeitamente, mas parecia guiá-lo em descobertas. Com os movimentos dos quadris, revelava no corpo de Antônio um território que ele, até então, desconhecia.

Beijaram-se aliviados: tudo que não era o instante ficou para trás. Maria Clara mordeu o pescoço dele enquanto soltava os cabelos longos e ondulados, e Antônio passeou os dedos pela sua nuca.

Os rastros de luz atravessavam a copa das árvores, refletindo alguns grãos de poeira que sobrevoavam o oásis que ele acreditava ter cultivado só para aquele momento. Ela tirou o vestido amarelo, acendendo um segundo sol, e aquele gesto súbito o paralisou.

— Tom? — Ela hesitou. — Eu posso colocar de volta. Desculpa, eu achei que…

Ele se deu conta de que vivia um daqueles momentos em que o tempo se transformava em outra coisa. Os segundos, os minutos se convertiam em memória ou em vida, sem que ele pudesse escolher qual. Em silêncio, e sem tirar os olhos dela, desabotoou a camisa devagar.

Soube que dormiria e acordaria pensando naquela cena pelos anos que viriam e só queria gravar todos os detalhes. Quantas folhas tinha o monte sob seus corpos? Qual era o ritmo da batida do seu coração? Que desenhos formavam as pintas na clavícula de Maria Clara?

Enquanto parte de seu corpo pulsava com urgência, outra lutava contra a melancolia que antecipava um futuro em que aquele momento já teria passado. Depois de ele abrir todos os botões, ela puxou sua camisa para o chão.

— Tudo bem se eu…

Como se compartilhassem um só reflexo, Maria Clara desabotoou o jeans dele. Sentado no chão, Antônio sentiu suas coxas entre a umidade das folhas e a do corpo dela. Navegando o seu colo, ela parecia certa de cada movimento, guiada pelo que fugia da razão.

Ele nunca a tinha visto naquele estado. Nunca tinha visto ninguém naquele estado, além de bichos movidos por puro instinto. Fechou os olhos por alguns segundos, a recordação e a vida em rara tangência. Ali, eram só animais, plantas, elementos com necessidades complementares e simbióticas. Sabia enfim o que queria. O corpo sempre sabe o que quer. Sempre soube. Bastava reaprender a ouvi-lo.

Com um só movimento de braço, deitou-a sobre as folhas, passeando com a língua e os dedos até que ela apertasse seu crânio entre as pernas e o puxasse pelos cabelos até a altura do próprio rosto, entregando-lhe um pacote selado.

Ela sorriu por ter as próprias intenções flagradas. Riram um do outro e de si mesmos e daquela coisa nova que era transbordar no corpo de outra pessoa.

Quando o sol já se punha e Maria Clara se vestia, ele percebeu que, à certeza de que nunca se sentiria em casa longe do seu jardim, somava-se a evidência de que ela também era seu lar.

— A gente vai ficar bem? — perguntou ela.

Antônio sorriu, inclinando a cabeça, como se não precisasse responder.

— Tom, eu quero que a gente fique junto, mas você tem que entender se ir comigo é o que você quer mesmo…

Então ela se levantou e foi embora, deixando-o sozinho.

Diante da possibilidade de ter que abandonar a Pedreira para se juntar à Maria Clara, Antônio sentiu-se em um terreno que a erosão partira em dois. Olhou para o pequeno oásis que havia criado com as próprias mãos. Ali pulsava uma harmonia calma, indiferente ao seu cataclismo interno em que o tempo ganhava uma nova dimensão: além de se converter em vida ou memória, também se desdobrava no que poderia ter sido. Impunha-se uma escolha: desprender-se ou criar raízes. Àquele bosque chamaria solidão.

CAPÍTULO 19

DIA -5.200

A Terra gira alheia a quantas espécies a povoam. Há quem diga que está girando mais rápido e se exalte, mas ela segue indiferente também a essas preocupações. A Terra gira independentemente das canções sobre o dia em que parará de girar, dos protestos das pessoas que dizem que ela está morrendo, das afirmações contundentes de que os humanos são muitos e pesados demais, das acusações de revanche. A Terra segue girando.

— Preciso voltar pra Pedreira.

— De vez?

Era seu segundo ano de faculdade e Maria Clara estava presa na quitinete esquecida pelo sol de inverno. Desde a partida de Antônio, a cabeça dela girava. Tinha que garantir que seus pés estavam cravados ao chão, olhar para um ponto fixo e tentar não vomitar. Quando era pequena e tinha enjoos no carro, seu Gian dizia que encarasse o horizonte, mas ela nunca sabia onde ficava: no carro da frente, na próxima curva ou na nuca do avô?

Naquele dia, o horizonte era uma tarde que ela insistia em reviver de novo e de novo, tentando fazer com que cobrisse o gosto amargo do presente. A memória era seu ponto fixo.

A lembrança era de pouco mais de um ano antes, mas parecia vir de outra dimensão. Naquele passado, sua cabeça também girava, mas era diferente. Assim como o rodopio de uma boneca-fada lançada no quintal não era o mesmo do perfurador de solo em busca de óleos fétidos.

No apartamento frio da metrópole, Maria Clara devaneava, fincando seu apoio na lembrança de um fevereiro não tão distante. Ela quase sentia as bochechas rosadas pelo calor daquele verão. Eram seus últimos dias na cidade natal e Antônio estava ao seu lado, às margens da principal avenida do centro. Ela o encarou antes de se juntarem ao grupo.

— Você quer fazer isso?

— Não sei. Você?

— É meio ridículo...

— Sem propósito.

— É.

— É.

Segundos depois, pintavam seus corpos com tinta guache. Eram recebidos por colegas com quem nunca tinham trocado uma palavra e que os acolhiam com garrafas de água cheias de alguma bebida forte e gritos de celebração.

A festividade toda era do tipo que Antônio dizia menosprezar. Não era um rito com o intuito de extrair do vivido o sentimento, mas uma celebração caricata. Participavam de um teatro em que jovens abastados ocupavam o lugar das famílias famintas no farol e acumulavam grandes somas para comprar bebida alcoólica. Mesmo sendo ilegal na idade de alguns, mesmo os cidadãos alegando não dar dinheiro para quem gastava com "pinga", lá estavam eles, recolhendo notas de dez.

Maria Clara também percebia como era fútil tudo aquilo, mas havia sonhado com aquele momento por anos. Pensou que Antônio não a acompanharia, já que muitas vezes ele torcia o nariz para suas mundanidades, mas ele tinha ido sem fazer objeções. A princípio, achou que fazia aquilo para agradá-la; mas, ao longo do dia, percebeu que também parecia envaidecido. Exibia um sorriso de lábios fechados quando Maria Clara pintou um 1 na sua testa, circulado de raios, feito se fosse um deus sol, o que, naquele momento, ele era.

Antônio escreveu as três letras que compunham a sigla da universidade dos sonhos no peito dela enquanto duas colegas cuidavam de seus braços, perguntando se ela tinha passado em arquitetura.

— Não. *Design*. Lembra? Vocês diziam que eu ia fazer *design* de sobrancelhas.

As colegas gargalharam de um jeito que ela não estava acostumada a ouvir, incluindo-a naquele riso.

— Bom, se você for passar quatro anos estudando pra isso, eu quero ser sua cliente.

Maria Clara censurou a própria vontade de perguntar se elas sabiam como se escrevia *design* (não sabiam e ela passou o dia todo com *desing* escrito no braço), entendendo que a pergunta talvez as ofendesse. Devia ser esse o tato social que Luiza tanto reclamava que havia lhe faltado a vida toda. Perguntou-se se era assim que as pessoas em torno dela se sentiam o tempo todo, se os sorrisos pelos próximos anos a incluiriam também.

Dezesseis meses depois, Maria Clara gravitava na solidão profunda de quem acreditara ter descoberto formas de vida em seu entorno para em seguida se dar conta de que eram ecos da própria voz.

Olhou para a tela do computador e suspirou. No cômodo de cortinas fechadas, o brilho branco do e-mail de aceite refletia em seu rosto. Não acreditara que tinha uma chance com sua inscrição apressada e seu projeto de jogo medíocre, e, por isso, nem dissera nada a Antônio sobre a candidatura ao intercâmbio da universidade de Barcelona. Por isso ou por medo de que seria aquele o estirar final que romperia o fio já esgarçado que os unia. Fechou os olhos e esperou que as pálpebras deixassem de refletir a luz azul da sua dúvida para mergulhar de novo nas memórias.

De volta à avenida da sua cidade natal, ela buscou o olhar de Antônio e se surpreendeu ao ver os cachos dele no chão. O resto de seu corpo havia sido pintado pelos colegas e, como nem em seus braços robustos o nome do curso cabia escrito por inteiro, as últimas letras acabaram ocultas. Ele não parecia se importar, até porque o título ENGENHARIA AMBI talvez fizesse jus à sua ambivalência com relação à recente conquista. Ele abriu um sorriso ao vê-la também pintada e com os cabelos cheios de ovos. Correu na direção dela e beijou seu pescoço suado com restos de tinta e farinha.

— Pronta pra empanar e comer com pãozinho.

Quando o semáforo ficou vermelho, Antônio levantou o corpo de Maria Clara como se a gravidade não se aplicasse e a rodopiou pela faixa de pedestres. Ela, com os braços abertos, sentiu seus movimentos alinhados com o eixo da Terra. Se não giravam no mesmo passo, seus ritmos eram complementares. Então a vida podia ser assim? Seus pés tocaram a calçada.

— A gente vai ser feliz em São Paulo — afirmou ela em voz alta, como se isso pudesse espantar suas apreensões.

— Aproveita agora que talvez o futuro seja mais difícil do que a gente espera.

Preferiu não fazer perguntas. Antônio sempre pretendia saber de algo que todos ignoravam. Com a testa pintada de tinta guache e o cabelo raspado, ele estava pronto para uma guerra que ninguém soubera antecipar. Exibia, também, o sorriso de um menino que acabava de passar na faculdade.

Maria Clara roçou os dedos pelos cabelos recém-raspados de Antônio, deleitando-se com a raridade áspera de vê-lo entregue. Sua alegria, por um instante, não pareceu condicionada ao fantasma de uma crise que, sim, viria, claro que viria, mas não com menos força por abdicarem da comoção. Era de outra ordem de sacrifício que o colapso se alimentava.

Ela abriu os olhos para não contaminar as lembranças com o amargo do presente. Se Antônio tivesse compartilhado as projeções de desastre, eles teriam se preparado para o que aconteceu? Ou o efeito teria sido o inverso e ela só teria sofrido por mais tempo e ele se irritado desde muito antes?

Pouco importava. Um desastre sempre leva à solidão — ela elucubrava, confinada naquela metrópole à qual decidiu se arraigar. Maria Clara se perguntou se deveria tentar adiar o fim ou embarcar logo naquele intercâmbio e dar o golpe de misericórdia na relação, se é que podia chamar de relação aquele telefonema cotidiano de cinco minutos que insistia em se transformar em silêncio, disputa ou aflição desde que Antônio tinha decidido voltar à Pedreira sem propor que ela fosse junto.

Fechou os olhos. Lançou-se de novo naquele semáforo vermelho, de braços abertos, cuidando para manter a fronteira da memória impermeável. Contrariando o ritmo do planeta, já havia vivido aquela tarde por dias a fio desde que Antônio deixara seu apartamento. A Terra, indiferente, seguiria girando, sem nunca entender por que os humanos associavam ao seu rodopio algo tão subjetivo quanto a passagem do tempo.

Algumas rotações depois daquela tarde de fevereiro em cujo eixo Maria Clara se apoiava, a Terra foi sentindo os humanos mais reclusos, silenciosos. Sabia que algo significativo havia mudado, mas não tinha nada que pudesse fazer, ou quisesse fazer, ou soubesse fazer, a não ser seguir girando. A sua autodeterminação era tão restrita quanto a de qualquer criatura sobre ela: não havia de viver nada que escapasse ao seu destino. O da Terra era seguir rodopiando em velocidade mais ou menos constante, independentemente do que afligisse sua superfície. Ignorava os murmúrios que vinham de longe sobre sua própria vontade de extermínio, não sabia dos homens nem de suas obras.

Não fazia nem dez rotações que tudo havia mudado quando, sobre o Trópico de Capricórnio, Maria Clara encontrou com Antônio no pátio da garagem do prédio em que ela estava vivendo. Ela tinha o rosto coberto por uma balaclava de lã colorida que Luiza havia trazido do México, mesmo que fizesse mais de trinta graus lá fora. Além das mucosas, a máscara escondia a decepção de permanecer reclusa, quando os meses de caloura haviam prometido imprimir na vida seus melhores momentos. Maria Clara estendeu um braço e ele a imitou, mantendo uma distância segura.

A cada dez segundos, ela pingava um gel gosmento nas mãos e espalhava até o pulso. Andava de um lado para o outro do terreno de concreto cheio de carros, sempre tomando cuidado para não transpor a linha invisível que os separava.

— O que a gente vai fazer?

— Sobreviver, MC.

— Por quanto tempo?

— Você não está sufocando nessa coisa?

— Foi a única que achei.

— Posso te abraçar?

— Antônio, não. Você veio pra São Paulo de ônibus. Olha o perigo.

— Eu fico sem respirar.

— Ok. Mas depois você vai direto para o chuveiro.

— Estou precisando. Faz dois dias que a gente está sem água e energia lá em casa.

— Quê?

— É, cortaram pra tentar fazer a gente sair, agora que está todo mundo prestando atenção em outra coisa.

— Fica aqui comigo uns dias, não quero que você se arrisque no ônibus pra me ver, nem que fique sem banho. Só até essa coisa passar, umas semanas, no máximo.

Os meses que se seguiram foram de novidade cotidiana. Juntos, viviam em um mundo à parte naqueles vinte e poucos metros quadrados, desvendando quem eram quando ninguém olhava. Surpreendiam-se ao descobrir nos odores e manias alheias um universo ao qual queriam pertencer.

Antônio pegou um pouco de terra no jardim da garagem que servia de sanitário aos animais de estimação e plantou um ramo do manjericão fresco que Maria Clara havia comprado. Fez do saco vazio de café um vaso e passou a regar aquela planta todos os dias. Um pouco contra a vontade dela, empilhou na minúscula área de serviço três baldes de margarina que achou no lixo da padaria e disse que ali poderiam jogar as cascas de legumes.

Já ela encomendou um *ukulele* e, no tempo livre, aprendeu a cantar as músicas favoritas deles, que, anos depois, os dois se recusariam a ouvir. A cada noite, ela baixava os filmes que Antônio *tinha* que ver: Monty Python, Ken Loach, Agnès Varda… ele se deleitava com as descobertas e ela, com as reprises sob o olhar dele.

Dormiam invariavelmente nus e alternavam quem despertava o corpo do outro com beijos que eram também convites no meio da madrugada. Nenhum dos dois saberia dizer quantas rotações se passaram até que o sublime se converteu em hesitação.

Assim que a pandemia foi anunciada, Antônio deixou o alojamento social da universidade, para o qual acabara de se mudar, e voltou à Pedreira. Não via sentido em permanecer naquele campus cimentado cuja única redenção eram as capivaras matinais. Mas voltar à Pedreira era ficar longe de Maria Clara, que se recusava a voltar para casa por ter medo de contaminar o avô e porque, assim como a maioria das pessoas, se iludia contando um prazo em semanas.

Decidiu se juntar a ela, mas, depois de alguns meses confinados naquela quitinete ao lado do Minhocão, a novidade não soube conviver com a angústia. O manjericão de Antônio já brotava em novos ramos quando Pat enviou uma mensagem com uma foto, cuja legenda era um *emoji* de cara de palhaço. Os pelos de Antônio se eriçaram. Mesmo antes de baixar o arquivo, já sabia que a carta digitalizada dava noventa dias para que sua família deixasse as terras que cultivaram por anos. Ele não respondeu, mas passou a arquitetar um plano. Tampouco contou a Maria Clara; não queria contaminá-la com seu fardo, sabia que poderia resolver tudo sozinho.

Ela também já estava ocupada demais, dissolvendo-se pouco a pouco na matéria do tempo. Os dias pareciam um só, amalgamados por sua própria substância. Antônio e Maria Clara foram se desprendendo, tornando-se ilhas em deriva continental, e nenhum dos dois saberia dizer qual terremoto fora definitivo ou se existira algum.

Meses depois, ela olhava para a tela do computador sem saber se deveria aceitar aquele convite para o outro lado do Atlântico, se o seu próximo passo deveria aproximá-la de Antônio ou impor a distância da Terra entre eles. Enviou uma mensagem de boa-noite, mas sabia que ele já não estava acordado e, quando a respondesse, ela ainda estaria dormindo. Se já não viviam no mesmo fuso horário, a viagem talvez só traduzisse em quilômetros a distância que já os isolava.

Quando o confinamento se impôs como realidade perene, Maria Clara começou a acordar todas as madrugadas às quatro e meia da manhã com medo das más notícias que o dia traria. Então, encostava qualquer parte do corpo em Antônio só para garantir que ele estava lá. Nos dias bons, dormia de novo. Nos dias ruins, tirava o celular do modo avião e passeava por vídeos de animais mais ou menos selvagens.

Ligava a cada quatro horas para o avô, garantindo que ele não estava saindo de casa e, quando Luiza atendia, brigava com a irmã para que respeitasse a quarentena. Assistia às aulas do segundo ano de câmera desligada e não conseguia se concentrar nas leituras, matava fermentos biológicos enquanto Antônio transformava o apartamento em uma estufa de plantas.

Ele falava que tudo aquilo estava acontecendo porque a gente havia extrapolado os limites, que era consequência de um projeto de destruição da vida, que só pioraria, que a Terra seguiria reagindo a nós e que ninguém sairia dessa melhor. Evitava ligar para a família, mas, nos raros telefonemas, respondia às perguntas da mãe com sons monotônicos.

Antônio raramente comentava com Maria Clara as novidades da Pedreira, encobrindo a perspectiva da expulsão. Carcará havia cobrado um favor de uma pessoa que cavara um poço artesiano no terreno, enquanto seu Gian tinha bancado um gerador de energia eólica entre as duas casas. Antônio lhe mostrara uma foto da geringonça instalada no ponto mais alto da rua, dentro do quintal do avô, mas nenhum dos dois ousara explicar a Maria Clara que a turbina compensava os cortes de energia institucionais na casa dele. Sem conluio, Antônio e Gian a protegiam de qualquer luta que não fosse a sua batalha interior cotidiana.

A cada vez que desligava o telefone, Antônio tentava esconder o semblante inquieto. Cada vez mais calado, mudava de assunto se ela perguntava sobre a Pedreira. Maria Clara não insistia por também guardar seus segredos.

Quando notícias de uma vacina foram anunciadas em outros países, surgiu no grupo de mensagens da faculdade um link que poderia lhe tirar do estado de ameaça constante. Ela hesitou, mas, assim como seus colegas, se inscreveu. Não custava nada, não significava muita coisa. A novidade da candidatura para o intercâmbio logo se perdeu no caldo de notícias estranhas e assustadoras que chegavam a cada dia.

A possibilidade, porém, já estava inoculada. Maria Clara guardou suas esperanças em um compartimento no qual Antônio não cabia. Não ousava pronunciar em voz alta a perspectiva de morar fora do país e, a cada vez que ele fazia planos para o semestre seguinte, ela se resguardava ainda mais, forrando as paredes de seu quarto secreto com camadas de culpa. Antônio a via reclusa, mas não ousava perguntar o porquê. Já tinha problemas demais com as matérias da faculdade, a bolsa insuficiente e o prazo da invasão que se aproximava a passos largos, enquanto todas as soluções que ele arquitetava à distância pareciam infrutíferas.

Ele fechava o caderno a cada vez que ela se aproximava e dava telefonemas sussurrados na área de serviço. O semblante de Antônio estava cada vez mais franzido e ela viu que os cabelos brancos se multiplicavam, mas não achou coragem para comentar. Perdeu-se na própria bagunça a portas fechadas.

Os dias se passavam alinhavados pelo medo, que ia se convertendo em angústia e se confundia com seus músculos, seus nervos, seus tecidos. Dissolvido em suas entranhas, se transformava em um sentimento sujo, feio, impronunciável. Maria Clara só pensava no quanto era injusto que tudo começasse a acabar bem agora que chegara a sua vez de viver o que tanto sonhara. Centenas de mortes por dia eram apenas números. Ela se preocupava mesmo era com a vida de quatro pessoas e seus destinos pequenos atravessados por uma tragédia global. Não falava sobre isso em voz alta. Sua culpa era tanta que o corpo não soube metabolizar e transbordou, preenchendo o pouco de espaço que sobrava.

Presa no remorso e depois no corpo e depois no apartamento, ela era a menorzinha das bonecas russas e tentava espiar pelas frestas. Da janela, panelaços, um pôr do sol que todo mundo menos ela fotografou, golfinhos voltavam à Veneza (já tinham estado lá um dia?), javalis reviravam lixeiras em Barcelona. Havia também a promessa de um novo mundo.

— Nada muda se o sistema seguir o mesmo. Ninguém vê? A gente precisa fazer alguma coisa — repetia Antônio.

Mas fazer o quê? Levantar da cama e escovar os dentes já consumia a energia do dia inteiro. Nem para os seus Sims ela tinha pique, e preferiu deixá-los viver sem ela. Maratonava séries em que mulheres administravam repartições públicas, mulheres dirigiam uma série de TV, mulheres se apaixonavam por um padre, mulheres faziam comédia stand-up. Como elas conseguiam fazer tudo aquilo? Sentia-se cansada só de assistir. Não sabia o que fazer com os seus dias e teve vontade de acabar com tudo, mas estava cansada até para desistir.

Já Antônio não conseguia ver a olhos nus a origem do vazio dela e achava aquilo um excesso. Estavam seguros, não saíam de casa e recebiam as compras por *delivery*, entregues por gente que morreria sem cerimônia. Outras pessoas tinham problemas de verdade. *Ele* tinha problemas reais e não fazia tanto alarde, não ousava nem comentá-los. Não cabia mais naquela quitinete em que a angústia de Maria Clara ocupava todo o espaço. Para ele, restava apenas ser uma presença neutra, um aterramento absorvendo o que transbordava dela sem que pudesse se derramar. Mas Antônio não tinha a capacidade condutora da Terra e, por mais que tentasse criar espaços dentro de si, aquilo contrariava sua tendência a se fazer invisível frente às crises da ordem dos sentimentos.

Quando Maria Clara estava assistindo pela terceira vez uma série colorida sobre a sobrevivente de um *bunker*, ele lhe estendeu um papel com um número de telefone, sugerindo que ligasse por vídeo dali a cinco minutos. Tinha um horário marcado.

— Eu não estou doente.

— *Isso* é estar saudável pra você?

O remédio lhe devolveu o sono. Maria Clara voltou às aulas, voltou a comer, voltou a transar, passou a fazer algumas sessões de funcional no YouTube e tomar quinze minutos do sol que passava pela janela da área de serviço. Os mais velhos eram vacinados na Europa.

— Está tudo voltando ao normal.

Antônio sorria sem responder e ela, que conhecia todas as nuances do seu silêncio, sabia que aquela frequência muda, talvez só perceptível a ela e a algumas aranhas, significava que ele não estava assim tão otimista, mas não encontrava as palavras para verbalizar isso com a gentileza que julgava necessária.

A pandemia já durava mais de um ano quando, uma noite, olharam pela janela e viram passar satélites artificiais orbitando em linha reta, instituindo constelações de um novo tempo. Ela piscou, sem acreditar no que estava vendo ou ouvindo.

— Preciso voltar pra Pedreira.

Pensou em responder que iria com ele, mesmo que aquilo significasse fazer uma quarentena no quartinho de bagunça do avô repleto de lagartixas e ferramentas, mas, antes que pudesse completar o cenário em sua cabeça, foi Antônio quem sentenciou:

— É melhor você ficar. Vai se sentir mais segura.

Ela transformou seus planos em uma anuência, pois era mesmo muito mais sensato ficar ali, não correr o risco de contaminar o avô ou a si mesma em uma viagem de ônibus. Antônio tomou a melhor decisão para os dois e seu pretenso pragmatismo foi mais uma história que contaram para se convencer de que tudo ficaria bem.

Ele na Pedreira e ela na metrópole, as ligações eram curtas, repletas de silêncio. Antônio tentava moldar a verdade de uma maneira que julgava cuidadosa, enquanto ela buscava de todas as formas provar a hipótese da rejeição.

Quando recebeu aquele e-mail de aceite na universidade, Maria Clara já não sabia se fazia uma semana ou um mês que ele havia partido. Desligou o computador depois de enviar sua resposta à faculdade catalã. Sentia a cabeça desembestada como se mantivesse a inércia de um planeta que freara.

Mas não. A Terra continuava seu rodopio, alheia ao que poderia estar afligindo qualquer criatura sobre sua superfície.

Girava e girava e a cabeça de Maria Clara rodopiava como se ela fosse o mundo inteiro e em sua superfície também vivessem bilhões de pessoinhas com seus próprios dramas e, nas cabeças delas, vivessem outros bilhões, e a vida fosse só isso: uma espiral em que acreditamos agredir o mundo que nos acolhe enquanto ele só segue mesmo girando e afinal somos apenas alvos de nossa própria escassez.

Algumas horas depois de responder ao e-mail, ela só viu uma solução para a cabeça interromper aquele rodopio: dar um passo no sentido do giro da Terra. Iria para a Pedreira se despedir do avô, de Luiza e de Antônio antes de pegar o avião que partiria dali a algumas semanas.

Juntou suas roupas em uma mala, colocou uma máscara cirúrgica e foi a pé até a rodoviária, onde a vida de quem não tinha escolha seguia girando. Não sabia ainda, mas caminhava na direção de um destino tão triste que talvez até a Terra, se alertada, tivesse parado de rodopiar por alguns instantes para impedi-la.

CAPÍTULO 20

DIA -5.160

"Mi casa", lia-se de ponta-cabeça no chaveiro jogado sobre a mesa redonda de segunda mão. Maria Clara bateu a porta assim que Luiza entrou no apartamento habitado por samambaias, jiboias, filodendros e arecas-bambu ressequidas. Olhou em volta e, depois de percorrer todas as plantas mortas, viu o sorriso complacente da irmã. Ao seu redor, tudo que não se putrefazia era artificial.

"Su casa." Antônio depositou seu chaveiro sobre a mesa com cuidado, não queria acordar aquelas plantas de seu sono mórbido. Não soube quanto tempo ficou parado ali, sem ousar fazer barulho nem para respirar. À primeira tentativa de despertá-las, precisaria admitir que era tarde demais. O outro chaveiro sobre a mesa denunciava que, no dia anterior, Maria Clara havia sido testemunha do seu descuido. No apartamento, o cadáver das plantas e uma composteira vazia eram as sobras da sua insuficiência.

Com gestos automáticos, Maria Clara limpou as gavetas, reciclou os papéis e revezou crises de choro com outras de vômito. Desabitou-se. Jogou a comida da geladeira fora, inclusive a do congelador. Guardou algumas roupas em uma mala. Colocou outras para doação junto à maioria dos objetos da quitinete onde havia vivido com Antônio. Não tocou nas plantas. Que o cenário de seus corpos intactos servisse de punição também para ele quando viesse atrás de seus pertences. Se viesse. Em tempos de massacre, a despedida dava lugar à contagem dos corpos.

Luiza limpou as manchas da parede com cândida e lustrou os móveis embutidos. Não era o primeiro guarda-roupa que desocupava naquele dia. As duas se revezavam entre sala-quarto, banheiro ou cozinha, evitando ficar no mesmo cômodo enquanto todos os seus movimentos visavam o vazio.

A manhã anterior àquela parecia distante como uma época que não existiu. Antônio se contorcia no terno emprestado de seu Gian e se preocupava em não deixar no tecido sintético o cheiro de seu suor. Há semanas, se revezava entre o trabalho no jardim, audiências de vereadores e negociações com advogados. Dormia pouco, comia menos ainda. A qualquer momento, poderiam invadir sua terra, e ele lutaria até o fim para garantir os direitos daquela quarta integrante da família.

Os piores momentos eram as esperas na Câmara. Sempre deixavam a pauta da Pedreira para ser discutida por último; queriam vencê-lo pelo cansaço. Como os telefones tinham que ficar desligados na tribuna e levar um livro podia parecer uma afronta, só lhe restava ouvir os pronunciamentos ou se deixar levar pelas próprias ideias.

Antônio não costumava se cansar fácil. Podia destrinchar vinte bananeiras de uma vez, ou transportar matéria orgânica de um canto a outro do terreno durante um dia todo, mas ficar ali, sem uma ocupação para suas mãos e entregue à desordem de sua mente, o exauria.

Os vereadores estavam em uma discussão sobre seguir o calendário estadual de vacinação ou atrasá-lo, e Antônio quis intervir, mas precisou se policiar, pois aquela não era sua luta. Anotou na própria mão um lembrete: tinha que ligar para seu Gian, ter notícias de sua recuperação. Pensou em escrever também o nome de Maria Clara, mas acabou desistindo. Desde a última conversa, eles tinham optado pelo silêncio, mesmo que nenhum dos dois tivesse falado no fim.

Maria Clara tirou as fotos de um painel de cortiça, jogou todas na pia da cozinha, mas desistiu de lançar o fósforo no último segundo. Deixou a chama queimar até sentir o ardor na ponta de seus dedos. Punia-se por estar disposta a amar Antônio mesmo quando nunca o detestara tanto. Onde ele estava quando ela mais precisou?

Quando voltara à chácara da Pedreira, há algumas semanas, depois de mais de um ano enclausurada no apartamento da metrópole, cuidou de manter uma distância segura do avô e da irmã. Ajeitou as malas e fez da edícula em que Gian estocava ferramentas e outras bagunças um dormitório. Mesmo tendo o sono protegido pelas lagartixas, não pregou os olhos.

Eu também voltei. 23:07

Só às dez da manhã do dia seguinte, hora em que estimou que ela já estivesse acordada, Antônio respondeu que fosse vê-lo. A espera era um cuidado incompatível, já que ela passara a noite insone, com os olhos fixos na tela do celular.

Encontraram-se na frente do portão dela por escolha de ninguém: era o ponto médio entre as duas casas e a relação deles parecia se desdobrar assim, no piloto automático, uma história escrita por uma inteligência artificial baseada no senso comum.

Maria Clara evitou o abraço, afirmando que estava de quarentena, mas sem comentar o teste que faria dali a poucos dias, na agência sanitária de um aeroporto. Ele pausou no meio do caminho com os braços no ar, mas logo se recompôs a uma distância segura. O único elo entre os dois era Marley, que passeava entre um carinho e outro.

— Você vai ficar até quando?

Ela respondeu que não com a cabeça, mesmo sabendo que a resposta carecia de sentido. Era mais importante conter as lágrimas e não se deixar levar por um rompante que poria fim a qualquer diálogo.

— Você vai conseguir salvar as terras? — perguntou Maria Clara, erguendo os ombros, descartando com seu gesto os esforços que Antônio havia feito para que ela não soubesse do assunto e nem se preocupasse.

Ele respondeu que ficaria bem, que tudo ficaria bem, o que não era exatamente verdade, mas poupava Maria Clara da preocupação com o despejo e a si mesmo do esforço de tranquilizá-la por uma tragédia que era dele.

Como tudo que poderiam dizer seria definitivo, escolheram o silêncio. A conveniência do distanciamento ditou os dias que se sucederam. Maria Clara passava o tempo enclausurada no quartinho da bagunça, como se não tivesse um imenso quintal do lado de fora. Fazia as refeições sozinha, em horários alternados com o avô e a irmã, e tomava o cuidado de sempre usar máscara quando saía de seu refúgio. O medo de expor seus sentimentos somado àquele de qualquer contato físico a fez se afastar ainda mais de todas as pessoas. Seu isolamento era ladeira íngreme no final da qual ninguém a salvaria. Maria Clara sabia disso, mas já não se importava. A solidão era a sua linguagem do amor.

No dia daquele encontro com Antônio, porém, não soube se bastar e procurou o avô para um abraço que absorvesse sua tristeza; só seu Gian saberia protegê-la de cair na conhecida espiral. Ele não se distanciou. Nunca recuaria diante do carinho da neta, nem por recomendações sanitárias. O tempo do abraço se estendeu até que percebessem intacta aquela certeza, então se separaram.

Maria Clara já estava de malas feitas, mas pediu que nem Gian nem a irmã comentassem sobre sua partida com qualquer pessoa do bairro, especialmente Antônio. Não achava que tinha forças para se submeter a uma despedida e nem queria importuná-lo com mais aquele inconveniente.

Do outro lado do muro, Antônio lutava pela própria continuidade. Se lhe levassem as terras, pilhariam partes dele que por acaso não eram conectadas a seu corpo, mas garantiam suas funções vitais. Ele tinha certeza de que morreria, ou, na melhor das hipóteses, se metamorfosearia em outro ser muito mais fraco. Sentia-se jovem demais para ter que lidar com a perda de si e a perspectiva monopolizava suas forças. Enquanto isso, ia amputando o amor de Maria Clara, que, semanas depois, o surpreenderia com uma dor fantasma tão ou mais forte do que a perda dos membros que ele havia feito de tudo para proteger.

Como as minhocas da composteira do apartamento tinham passado semanas sem receber um novo substrato ou serem transferidas para um lugar mais fresco durante o calor, resolveram se aventurar pela sala-quarto desprovida de matéria orgânica e acabaram padecendo pelo chão de plástico que imitava madeira.

Quando Maria Clara voltou à quitinete, vinte dias depois de partir para a Pedreira, demorou alguns segundos até entender que aqueles dejetos ressequidos costumavam ter vida. Enquanto varria seus restos, olhou o viaduto lá embaixo, desejando também se arremessar no chão para evitar as adversidades do seu meio.

Assustou-se ao sentir um toque no ombro. Àquela altura, estava desacostumada com o contato humano, mas a irmã parecia ter um radar para os momentos em que precisava içá-la de volta de sua vocação para inventar maneiras de não mais existir. Era graças à vigilância de Luiza que ela continuava ali, respirando contra a própria vontade. Ou talvez porque lhe faltasse coragem, e a inércia da vida fosse mesmo muito mais forte.

— Como você consegue?

Se a voz de Maria Clara não tivesse tremido tanto, a irmã poderia ter fingido que ela falava sobre algo tão banal quanto dobrar lençóis de elástico. Luiza balançou a cabeça sem dizer nada. Manteve o olhar fixo na roupa de cama. Recusar-se a falar sobre a morte era a sua forma de esquivar seu chamado.

— Promete que você não vai deixar de embarcar para o seu intercâmbio? Eu trouxe as malas no carro. Ele estava tão orgulhoso...

Maria Clara percebeu sua realidade fragmentada: a do trauma e a do cotidiano. Se escolhesse a vida, teria que habitar esses dois universos a partir de então. Seu corpo nada mais seria do que um guarda-roupa encantado, escolhendo, arbitrário, quando ela estaria em um ou em outro mundo, até que ela própria elegesse um dos dois e fechasse as portas de vez. O cotidiano exigia sua presença e, pela primeira vez naquele dia, pensou no voo que partia dali a algumas horas, na ausência de Antônio, em tudo que havia deixado do outro lado da porta.

Precisava seguir, mas antes tinha que perguntar.

— Você acha que fui eu quem levou o vírus?

Luiza a deixou sem resposta e virou-se de costas, sob o pretexto de guardar o lençol de elástico perfeitamente dobrado.

Não fazia nem quarenta e oito horas que Antônio havia se permitido um pouco de esperança, quando se deparou com o cenário desolador daquele apartamento. Dois dias atrás, ele caminhava os cinco quilômetros que separavam a Pedreira do centro da cidade, rememorando suas falas no pleito com uma rara pontada de otimismo. Naquela manhã, um dos vereadores parecia ter abraçado a sua causa e fez um discurso apaixonado sobre o desenvolvimento sustentável na região.

Antônio preferia a ação cotidiana aos grandes conceitos, mas, se aquilo pudesse ajudá-lo a seguir cultivando suas terras, ele se dobraria à eloquência fútil do poder.

Sentiu vontade de telefonar para Maria Clara e contar seu último feito, mas respeitou o pacto silencioso entre os dois. Mandaria uma mensagem para Gian; de qualquer forma, queria ter notícias dele, garantir que o amigo se recuperava bem. Ao tentar ligar o celular, porém, percebeu que estava sem bateria. Isso acontecia com frequência e ele podia ouvir a voz de Maria Clara insistindo que trocasse de aparelho. Sua vontade era refém da obsolescência programada.

Assim que saiu da sessão extraordinária da Câmara, afrouxou a gravata, tirou o paletó, mas, mesmo ao ar livre, resolveu manter a máscara. Por baixo do tecido, se permitiu um sorriso. Era a sua primeira vitória e, como talvez não viessem outras, melhor desfrutar um pouco.

Mal viu o tempo passar ao chegar na rotatória da entrada do bairro, com o paletó na mão e as mangas da camisa arregaçadas. Pensava em maneiras de narrar sua fala na Câmara para Carcará e Pat quando um zumbido desfez seus planos.

O voo dos drones perfurou seus ouvidos, filmando, invadindo, anunciando o que sua visão logo confirmaria: parados em frente ao seu quintal, estavam duas caminhonetes brancas, um carro oficial da prefeitura, uma viatura da Guarda Municipal e um grupo de homens não muito numeroso, mas que impressionava frente à pequena família de duas pessoas que os confrontava.

As irmãs não se abraçaram no aeroporto, mas Luiza fez com que Maria Clara prometesse que ficaria bem. Por "bem", queria dizer "viva", pois, mais de uma vez, ela jurou que se juntaria ao avô no jazigo familiar, nem que fosse só para ter a despedida que lhe fora assepticamente negada. Talvez até tivesse conseguido se Luiza não a houvesse interceptado mais de uma vez nas últimas vinte e quatro horas.

Assentiu. A irmã virou as costas, dizendo alguma coisa prática sobre ela achar um bico para se sustentar depois das aulas, e foi embora. Maria Clara olhou para as próprias mãos, que seguravam seu passaporte, e, por um instante, as viu necrosadas, como se privadas de oxigênio. Caminhou até o local indicado para o teste e acreditou ter flagrado o semblante assustado das enfermeiras quando tiraram o cotonete de seu nariz e perceberam que o que saía dela não era uma secreção comum, mas restos do cérebro em putrefação.

Enganava-se quem pensava que Maria Clara ainda vivia. Aquela que despachava as malas não era ela. Era o que restava depois de ter se corroído inteira. No fundo daquela carcaça, só sobravam seus ossos e uma dúvida que ora era certeza, ora era mandíbula.

Fui eu quem levou o vírus?

O resultado do teste negou a infecção e a autorizou a decolar, mas Maria Clara sabia que a resposta era tardia. Há três semanas ela chegara na casa de Gian. Poucos dias depois, o avô começara a tossir. No início, ele se escondia. Quando decidiu pedir ajuda, já era tarde demais. Não lhe restou nem mais um dia.

Suas horas passaram a ser medidas por um oxímetro. Corriam contra a saturação na mesma velocidade em que Maria Clara era apresentada a uma realidade que, até então, só acompanhava pelos noticiários.

As salas de espera dos hospitais estavam interditadas, então elas foram para casa aguardar um telefonema, mas o celular de Luiza tocou antes de chegarem no bairro da Pedreira. Não adiantaria dar meia-volta, os velórios das vítimas da pandemia estavam proibidos.

Fui eu quem levou o vírus?

Maria Clara despachou a mala sem se preocupar se o peso de seus ombros excederia o limite de bagagem. Enviou uma mensagem para a irmã, dizendo que tudo corria "bem", e por "bem" queria dizer que ainda estava viva. Esse seria seu código pelos próximos meses.

Luiza não precisava saber que os sinais vitais de Maria Clara eram uma ilusão; que ela se movia sem alma. Uma pergunta sem resposta a transformara em um zumbi solitário num planeta que tinha se acostumado aos filmes de terror. Não precisava buscar cérebros para se alimentar, já que a culpa inoculada se nutria de seu próprio corpo. Experimentava a autossuficiência dos mortos-vivos quando carimbaram seu passaporte e ela embarcou em um voo sem escalas para Barcelona.

Coberto pelo desalento, Antônio se deitou no chão de plástico amadeirado. Tudo girava à sua volta. Não se sentia amparado por aquele piso artificial a sete andares do solo. Seu corpo tinha vontade de terra firme.

Mas que terra, se tinham levado sua casa? Naquele momento deviam estar passando com um trator em sua horta, deixando as raízes das árvores expostas, substituídas por grama vendida em placas. Talvez seu bosque, por ser recluso, ainda estivesse intacto, mas por quanto tempo? Que terra se tornaria aquela sem as suas minhocas, seus fungos, seus micronutrientes? Para onde fugiriam? Estava órfão de todas as formas de vida.

Antônio ainda ouvia a voz de Carcará, firme, encarando os homens uniformizados, armados, engravatados.

— A terra é nossa.

Quando o homem respondeu que a propriedade tinha dono, ela replicou que o chão era de quem cultivava, que sua família cuidava daquele espaço há duas décadas. Mostrou os próprios calos como prova cabal de que o duro do solo havia migrado para sua mão quando transformado em cultivo, mas o homem engravatado, autoproclamado dono das terras, revirou os olhos com condescendência.

— Minha senhora, nós faremos um parque ecológico aqui. Estamos trazendo o progresso para o bairro.

— Se é ecológico, a gente participa, ué. Sabemos desta terra melhor que ninguém.

— Dona...

— Carcará.

— Dona Carcará.

— Só Carcará.

— Senhora, o projeto é de primeiro mundo. Teremos um *food park*. Haverá *stations* para *extreme sports*. Vão se criar *Airbnbs*. É coisa de gente diferenciada. Com todo o respeito, não podemos deixar esse tipo de construção aqui. — Ele apontou para a casa de pau a pique da família.

— Nem esse tipo de gente — completou um dos homens uniformizados e armados.

Foi aí que Antônio chegou, e talvez o homem tenha visto em sua ira uma oportunidade para dar fim à ladainha retórica que atrasava o *happy hour*. Carcará não tirou os olhos do engravatado, como quem seguia uma presa, mas Pat encarou o irmão, pedindo paciência.

— Repete. — Antônio se aproximou do grupo.

— Tonho, calma. A mãe está tentando dialogar. — Pat segurou seu braço.

— Nem esse tipo de gente — repetiu o homem, com os olhos fixos em Pat, com um riso debochado.

Ninguém teve tempo de pensar em como o vetor da opressão era sempre o mesmo. Tudo se passou muito rápido.

A troca de olhares entre os policiais.

O sorriso contido do escriturário.

O aceno do vereador.

O corpo encolhido de Pat.

O grito de Carcará.

Antônio atingiu com toda força o maxilar do engravatado que se declarava dono daquilo que ele chamava de casa. Só não foi para a cadeia porque os homens armados trataram logo de abatê-lo a golpes de cassetetes.

Enquanto tentava tirar os policiais de cima do filho, Carcará sentiu um toque no ombro e virou-se em um reflexo. O burocrata lhe entregou uma ordem de despejo imediata, entrou em sua caminhonete e deu partida, não sem uma dupla buzinada amigável antes de sair.

Quando Carcará se virou, viu Antônio estirado no chão, apertando as costelas. Seus agressores também haviam partido. Pat tinha o próprio celular em riste e filmava a cena ao vivo, com o @ do vereador que os acompanhava, até que o político ordenou o fim da pancadaria. Os homens foram embora com a mesma brutalidade com que tinham chegado, deixando a família ali, reunida em torno de um corpo ferido e uma despedida forçada.

Apesar dos protestos do filho, Carcará insistiu que fossem à Santa Casa da cidade para checar a gravidade das lesões. Pat chamou um carro de aplicativo e foram deixados a alguns metros da entrada. O hospital público compartilhava da aura de desespero, embora a fila de atendimento fosse muito mais longa do que naquele hospital em que seu Gian estava sendo internado, na capital.

Antônio tinha duas costelas trincadas e hematomas pelo corpo. Após uma triagem, um raio-x e muitas horas de espera madrugada adentro, ele se impacientou e foi embora. Apressou o passo, ignorando a dor. Aquela história não estava acabada. Pelo contrário, havia muito trabalho pela frente.

Encontrou Carcará na saída do hospital. Impedida de entrar, ela o esperava sentada em uma sarjeta vizinha. Encarou a mãe, buscando reforço, mas ela desviou o olhar de seu rosto deformado. Algo parecia ter mudado, como se ver o filho marcado pela violência fosse o reagente que, em sua química, transformava a luta em medo.

O dia nascia e ele já planejava seu próximo passo, mas Carcará se colocou à sua frente e disse que precisava contar uma coisa. A notícia enunciada pela mãe arrematou a brutalidade dos policiais. Antônio soube ser definitiva sua fratura, mas o que se rompeu dentro dele as radiografias nunca identificariam. Talvez a soma de muitos exames revelasse um diagnóstico difuso: o eletrocardiograma mostraria a pulsação levemente mais acelerada, a endoscopia registraria um começo de úlcera no estômago, o ultrassom da tireoide imprimiria pequenos cistos, a espirometria mostraria o fôlego encurtado e um simples exame de sangue, níveis de cortisol muito acima da média — leves alterações equivalentes a um grito de socorro somático.

Pegou o celular da mãe e ligou para Maria Clara, mas a ligação foi direto para a caixa postal. Tentou escrever uma mensagem, mas elas já não eram entregues. Ligou para Pat e soube que não havia ninguém na chácara. Jéssica comentou que tinham partido para o apartamento da capital.

Com a roupa rasgada e as feridas abertas, Antônio tomou o primeiro ônibus para São Paulo. Tinha a pressa de quem desejava voltar no tempo, mas não podia. Deitado no chão de plástico da antiga quitinete, tinha apenas os cadáveres das plantas como companhia.

Enquanto Carcará e Pat empacotavam todos os pertences, obedecendo à ordem de despejo, imprimiam-se os jornais anunciando na primeira página a construção de um parque temático ecológico na Pedreira. Em letras menores, noticiava-se o obituário de seu Gian Almeida.

Foi a primeira vez que Maria Clara pegou um avião. Em outros tempos, talvez sentisse medo, mas não agora. Viu nas imagens do encarte de segurança uma centelha de esperança e quase sorriu ao pensar que a decolagem era estatisticamente o momento mais perigoso de um voo.

Tomou os remédios emergenciais receitados pela psiquiatra e dormiu durante todo o trajeto, apesar da convicção de que deveria permanecer acordada pelos dias que lhe restavam até sucumbir à estafa.

Chegando ao seu destino, recuperou as malas, procurou um mapa para sair do aeroporto e pegou o metrô na direção de um albergue indicado pela universidade até que achasse uma moradia definitiva em Barcelona.

Respondeu monossilábica às interrogações da recepcionista e largou o corpo em uma das dezesseis camas do dormitório. Quando conectou seu celular ao wi-fi, deparou-se com ligações perdidas e dezenas de mensagens de pessoas que certamente mencionavam o que Maria Clara não podia pronunciar. Fechou todos os aplicativos antes que seus olhos esbarrassem em uma condolência. Não suportava o descompasso, ser chamada de vítima quando sentia-se algoz.

Tirou o chip do aparelho com o cuidado brusco de quem se livra de um animal peçonhento e o jogou pela janela. Nas Ramblas, as mensagens de pêsames seriam pisoteadas por pés que tinham vindo de longe. A aflição que sentiu ao ver aquelas notificações a fez considerar a promessa da falta de grades nas janelas do dormitório. Olhou para baixo e viu o próprio corpo estirado ao lado de uma banca que vendia ímãs e cartões-postais. Afagou o batente do décimo andar. Conteve-se. Havia prometido a Luiza que ficaria "bem". Restava-lhe fazer de tudo para se desvencilhar do passado e morrer apenas de todas as formas que lhe permitissem seguir viva.

Antônio precisou gritar no interfone, a voz abafada pelos motores do Minhocão. O porteiro respondeu que por questão de horas ele não teve a sorte de encontrar Maria Clara, e tentou sondar o que havia acontecido para que aqueles dois moradores antes inseparáveis se desencontrassem. Antônio também não saberia responder.

Entendeu que já era tarde demais quando abriu a porta e viu algumas peças de roupas suas empilhadas junto a alguns textos impressos da faculdade que ele havia decidido abandonar. Enquanto a bateria do celular carregava, checou em vão os sinais vitais das plantas mortas até que viu a tela se acender e, ainda conectado à tomada, ligou para Maria Clara mais algumas vezes, mas a chamada caía direto na caixa postal.

MC, eu sinto muito. Eu nem imagino o quanto você está sofrendo. O seu Gian... Eu... só fiquei sabendo tarde demais. Invadiram a minha casa, me espancaram.... Olha, o mundo é todo tirania e também foi ela que levou o seu avô, mas isso precisa acabar. No meio de tudo que é hediondo tem você, tem você e eu e, se a gente que se ama não consegue mudar um pouco as coisas, ninguém mais vai conseguir. Espero que você me perdoe um dia. Se cuida. Estou aqui.

Enquanto descartava em sacos de lixo pretos de cem litros os corpos das aromáticas, samambaias e pequenas palmeiras que cultivara com tanto zelo, soube que aqueles não seriam os únicos cadáveres desovados do dia. O outro não se reverteria em carbono para o solo, apenas em ressentimento e vazio. Os laboratórios nunca haviam calculado o impacto de um amor que definhava. Talvez contribuísse para o derretimento das calotas sem que ninguém ainda soubesse.

Rendeu-se então à ação que era também seu último recurso e ligou para Luiza, que atendeu depois de três tentativas, já dizendo ser muita pachorra ele ligar depois de ter deixado sua irmã de lado no pior momento da vida delas. Ele tentou se explicar, mas ela estava irredutível e, pela primeira vez, apesar de suas diferenças, Antônio a entendia.

Via a própria existência como um erro da natureza: era inútil para defender suas terras ou sua família, inútil para apoiar um amigo adoecido, inútil para estar ao lado de quem amava, inútil até para saber do amor. Não valia a própria pegada de carbono.

— Eu deixei ela no aeroporto. A Clarinha precisava sair daqui.

— Pede pra ela ouvir a caixa postal. Por favor...

— Antônio, você não estava ao lado dela... Agora é tarde. Ouvir sua voz só vai ser mais um gatilho. Ela... não sei do que ela é capaz. Por favor, não piora as coisas...

Estirado no chão do antigo apartamento, no centro de São Paulo, Antônio soube que aquele cemitério de plantas não era o seu lugar, mas não tinha para onde ir. A família logo seria alocada em uma moradia popular concretada, e sua casa ilustrava todas as redes sociais da prefeitura como o maior empreendimento turístico da região.

Seu bosque, seu jardim, sua composteira, suas raízes, seus pulgões, suas joaninhas, seus girinos, suas libélulas, sua terra, outrora a promessa de um mundo novo, agora certeza de lucro e subempregos. Seu coração, seu amor, sua rua ladrilhada de brilhantes agora coberta de asfalto.

Ele deixou o celular cair no chão, levantou-se e caminhou em direção à janela. Àquela altura da tarde, os carros passavam a toda velocidade pelo viaduto. Tomado pelo desejo de colisão, pela primeira vez entendeu o que Maria Clara sentira durante todos aqueles meses. Afastou-se, com medo do próprio reflexo.

Enfiou a mão em um dos sacos de lixo e apertou a terra com os dedos. Aquilo o acalmou por alguns segundos. Colocou um punhado no bolso.

Juntou todas as suas forças, todas as suas coisas, todas as suas moedas e pegou o ônibus de volta para o lugar de onde viera, mas que não poderia chamar de casa. Deixou o seu chaveiro em cima da mesa, ao lado do dela. “Mi casa”, “su casa”. Estavam os dois desalojados.

Parte V

Futuro

CAPÍTULO 21

DIA -1

Movida pela urgência, Maria Clara fingia para o próprio caminhar que o rumo era certo. Mal sentia o chão sob os pés, correndo para acompanhar sua engrenagem íntima, que girava impelida por um brotamento vertiginoso.

Germinava nela tudo que poderia ter sido. Era como se houvesse uma cópia de si mesma vagando por aí, uma *Doppelgänger* que não se deixara levar pelo despropósito e vivia a versão *correta* da sua história. Ao contrário dela mesma, o duplo seria capaz de resgatar as memórias anteriores àquele dia de imagens viscerais e palavras assépticas. A violência da fissura teria feito a própria vida decidir ocupar outro corpo. Atender ao pedido de Luiza era uma tentativa de encontrá-lo.

— Nosso avô lutou por essas terras.

O pouco que a irmã revelara naquele telefonema terminou de convencer Maria Clara a deixar aquele país hostil e voltar para casa. A vida das duas havia sido uma sucessão de perdas, isso ainda tinham em comum. Mas agora tinham também a possibilidade de salvar as terras da Pedreira com uma assinatura.

Sobre o asfalto fervente de São Paulo, sua corrida desordenada não soube alinhar o coração aos pés, e ela seguiu em frente sentindo que seu duplo habitava não as ruas, mas sua própria matéria desconjuntada em composição cubista. Não estava dividida pela metade. Ela era a própria fenda, e só havia uma maneira de se remendar.

Tinha que chegar à Pedreira antes da meia-noite, quando os homens viriam com a intenção de atos que não podiam ser vistos à luz do sol. Era uma solução *óbvia* — dizia Luiza —, mas chegar aos lugares já não era tão simples quanto antes.

Ela deveria ter imaginado que, àquela altura, os terminais rodoviários serviriam no máximo como moradias protegidas do sol e da chuva por uma estrutura de cimento grossa e mais ou menos fresca. As concessões rodoviárias não interessavam a mais ninguém. Com uma economia de petróleo raro e secas abundantes, tudo se estagnava. Não havia fuga para além das próprias pernas. Parecia tarefa impossível, porém, caminhar setenta quilômetros sozinha por estradas cada vez mais perigosas e chegar à Pedreira, viva, antes do final do dia.

Sob o sol escaldante refletido no asfalto, Maria Clara soube que não estava muito longe do seu destino. Respirou fundo. Resistiu ao ímpeto de vomitar o ar com gosto de canaviais incinerados. Só precisava de uma carona e de um pouco de sorte. Lembrou-se do que ouviu no rádio do carro: "grupos terroristas ocupam vias públicas", da bronca de Antônio por ela se recusar a "ajudar o pessoal da própria rua a não passar fome", e entendeu que o terrorismo ao qual se referiam tinha para ela outros nomes. Apertou o passo. Sabia aonde ir.

O problema era da ordem do encontro. Que o tempo e o espaço se dobrassem um sobre o outro e, contra todas as improbabilidades de um sistema que chegava ao esgotamento, seu caminho pudesse mais uma vez cruzar com o de Antônio. Era um portal que se fechava em um filme de viagem no tempo, a água que subia no porão de um navio, as paredes que se espremiam sob uma pirâmide. Era sua última chance.

Estava já ofegante quando seus olhos se voltaram para o céu e ela viu no enorme animal suspenso que a encurralava uma promessa. Sob olhares vigilantes, subiu a rampa de acesso ao Minhocão.

— A gente precisa mesmo ir para aqueles lados buscar melaço, mas por que eu te levaria junto?

— Eu posso pagar a viagem.

— O que a gente vai fazer com dinheiro?

A pergunta desestabilizou Maria Clara, que acabara de emergir de um mundo em que moeda era sinônimo de possibilidades. Não ali. Não estava em um lugar qualquer, mas na boca de uma criatura fantástica: um corpo gigante de mil olhos que se movimentava em harmonia. Um organismo coletivo, cuja ética visava manter-se vivo e, por isso, desconhecia qualquer moral intangível capaz de enfraquecê-lo — um corpo que prescindia dos símbolos. Todas as decisões visavam à sobrevivência, o abstrato viria depois. Era uma ética nova, com o poder de fazê-la acreditar que nunca haveria outra.

— Eu troco por um dia de trabalho. Sou ótima em organizar base de dados…

— Você sabe pegar numa enxada?

Maria Clara sentiu as mãos suarem frio e o chão se abrir em uma vertigem familiar. Previa que mesmo de um gesto tão significativo mais uma vez só emergiria a desmemória. O plantio era parte da essência da relação com o avô: longos silêncios cultivando esperanças frutíferas. No presente, o vazio que seguia a ação apenas inoculava em seu corpo uma tristeza tão profunda que sua mente partia para outro habitat menos inóspito. Durante todos aqueles anos, evitara qualquer atividade relacionada ao cultivo da terra por medo de confirmar a aridez de sua memória e padecer em um deserto sem pistas. Como Antônio bem havia notado, ela nem desceu para ajudar a galera da própria rua a contornar a fome.

Agora, porém, era render-se ao medo ou ficar presa ali naquela metrópole violenta em que nenhum caminho a levaria ao encontro do seu futuro. Tentou insistir que poderia fazer o inventário da recolta, criar um método para que tivessem previsibilidade na colheita, mas a pessoa já lhe virava as costas, sem tempo para aquela conversa. O movimento, implantado ali há anos, já havia sistematizado a própria subsistência. Maria Clara viu suas chances se estreitarem e, antes que fosse pronunciado qualquer veredito, rendeu-se:

— Estou presumindo que as sementes já foram banhadas em micronutrientes — disse, lembrando-se dos experimentos de Pat, enquanto tirava o casaco e prendia os cabelos. Uma fala calculada para mostrar que entendia do assunto e seria útil àquele grupo.

— Esteja pronta para a viagem às cinco e meia.

Ela guardou seus poucos pertences em um armário e vestiu o chapéu e a máscara PFF2 estendidos por "JP (elu/delu, ela/dela)", segundo o crachá colado ao peito da pessoa que a recebeu. Ali, todo mundo resumia o nome a siglas e ela achou graça em ser de novo MC, como se aquilo a aproximasse de casa.

JP assumiu seu posto de trabalho, cobrindo grandes extensões de terra com palha de milho e folhas secas, e, com um longo suspiro, Maria Clara se voltou para a horta que se estendia a seus pés. Quase não se sentia enclausurada pelo calor dos prédios que cercavam o viaduto disforme, cujo tamanho descomunal despertava uma de suas fobias. No horizonte dos seus olhos, a mensagem "Eu sabia que você existia" fazia sombra no grupo de chapéus que se movimentava em desordem combinada. Aquelas pessoas funcionavam como um só organismo, uma colônia de formigas, fungos, abelhas. Ensaiavam a inteligência dos não humanos e suas provas de que formar um só corpo era a única chance de sobrevivência. Contrariavam a falácia da abundância individual, narrada nos filmes de terror em que centopeias humanas, zumbis e toda sorte de funcionamento coletivo era inimiga. Ao final, porém, restavam os monstros que o herói insistia em matar. Ou pelo menos era o que ela achava.

Maria Clara nunca chegava ao final dos filmes de terror. Ainda assim, sabia que aquele grupo a havia salvado de um desenlace terrível, quando a boca do Minhocão se abriu para que ela se deixasse engolir. Evitou pensar no que se passava sob o viaduto. Em menos de meia hora caminhando pela cidade, se sentiu mais ameaçada do que em toda uma vida.

Assim como a Europa, São Paulo se dividia em dois grandes grupos, mas não era o lugar de origem que determinava o pertencimento, e sim as posses. Havia atropelamentos em massa, distribuição de marmitas envenenadas e projetos de lei tramitando para que catracas delimitassem os contornos do município. A escassez de alimentos e de água era usada para tentar emplacar o velho sonho de transformar a cidade em uma grande área VIP.

Enquanto os abastados procuravam na exclusividade uma existência inabalada, cada um dos despossuídos insistia em sobreviver, reivindicando que ali também era o seu lugar. Batiam o pé na teimosia de existir quando o mundo inteiro parecia querer expulsá-los. Evidenciavam com seus corpos a hipocrisia de serem eles a sofrer as consequências de um problema que não causaram.

No meio daquele embate, ou melhor, acima dele, se organizava o Movimento Minhocão, MM, plantando microclimas, cozinhando em panelas grandes, fabricando o próprio combustível, improvisando fornos solares e sistemas de captura de água.

Acolhida provisoriamente pelo coletivo, Maria Clara começou a entender o que era ser parte de um todo. Ensaiou alguns passos para integrar aquela dança. No começo, seus movimentos eram duros, descontinuados, mas, pouco a pouco, percebeu que se agachar entre dois cultivos poupava os joelhos e que dividir o carrinho de mão com as pessoas ao lado otimizava o uso da ferramenta. Caso alguém assobiasse, era para olhar naquela direção e cumprir a tarefa sem pensar muito — ajudar a transportar um objeto pesado, escorar uma planta enquanto o outro dava um nó no barbante, ou passar uma ferramenta.

Ficou tão intrigada com aquele funcionamento que, por alguns minutos, se esqueceu de que tinha um lugar para ir, ou de imaginar cenários ainda mais catastróficos, e até de lamentar o tempo perdido ou remoer o passado. Escapou à própria fissura. Ao enterrar sementes em buracos de vinte centímetros, era como se só o presente importasse.

Logo se lembrou do porquê de estar ali e, de susto em susto, a apreensão em voltar para casa foi se transformando em vontade. O dia passou assim, ora plantando em covas, ora em ninhos. Pela primeira vez em muito tempo, ela se sentiu parte de algo maior e passou a nutrir a vontade de que aquilo também acontecesse em sua própria casa, sua própria luta, seu próprio amor — se lhe quisessem de volta. A aflição voltou a abatê-la.

Ao umidificar o solo que acolheria as sementes, pensou em um dos bordões do avô. Ele tinha muitos. "Primeiro vem o trabalho, depois a esperança", era o que seu Gian sempre dizia. Acometeu-lhe, porém, uma versão alternativa da mesma frase: "primeiro vem a luta, depois a esperança." E ela, de repente, não soube mais qual era a verdadeira. Em vez de nutri-la de novas memórias, seus esforços pareceram esvaziá-la das poucas que tinha. Esperou que a frase viesse acompanhada de um contorno, mas tão logo emergiu, já desapareceu.

Seu coração começou a bater ainda mais rápido, suas mãos tremiam. Se até uma frase tão simples lhe escapava, era porque a recordação do avô, sua imagem, sua voz, suas formulações se esvaíam diante dos seus olhos e todas as ferramentas que ela achou que poderia usar para capturá-las — gestos, esforços, conversas — eram, na verdade, peneiras. Seguiu tamisando um pouco de areia para misturar ao solo argiloso, quando ouviu uma voz distante.

— Toma.

Uma pessoa lhe estendia um copo d'água.

"LM (ela/dela)" eram as iniciais impressas no crachá da pessoa um pouco mais velha do que Maria Clara, com o contorno dos olhos marcado por muitos sóis. LM se agachou, equilibrando uma bandeja cheia de copos, até ficar na sua altura. Maria Clara tirou a máscara para matar a sede. Confrontada pelo olhar de LM, ela teve certeza de que seus próprios sentimentos a tornavam pesada demais para o funcionamento fluido daquele grupo.

— Você me dá licença? — perguntou a mulher, um dos braços estendidos na direção do seu rosto.

E, antes que Maria Clara pudesse responder, LM enxugou suas lágrimas com dedos ásperos. Ela não tinha percebido que chorava e, ao tentar sorrir, seus traços se desfiguraram em uma careta indecisa.

— A minha atividade preferida para chorar é regar as plantas — disse LM, e pegou de volta o copo já vazio.

Maria Clara agradeceu com um ruído quase inaudível, temendo que qualquer outro som conduzisse a lágrimas irreconciliáveis com outra tarefa.

— Todo mundo aqui tem seus traumas — disse a mulher. Falava manso, deixando longas pausas entre suas frases.

— Ninguém sai ileso do fim do mundo — completou Maria Clara após uma longa respiração.

— Ninguém sai ileso da vida, mas é o que a gente tem — respondeu ela, apoiando a mão livre em seu ombro. — Organizamos um grupo de conversa aqui toda noite, se quiser…

Maria Clara olhou para aquela mão pousada em sua pele e desejou ficar ali até o dia seguinte, mas foi obrigada a dizer que iria embora com o pôr do sol.

— Uma pena. Faz tempo que não recebemos um tipo novo de tristeza. — LM a encarou sem sorrir. — Não esquece de beber água.

Maria Clara concordou e voltou ao trabalho. Até o horário combinado, havia plantado todas as sementes que estavam à disposição, contando com a ajuda de quem estava à volta para saber se girassol se consorciava melhor com abóbora e feijão ou com quiabo e grão-de-bico. Até se juntou de quando em quando a colegas que faziam uma pausa breve à sombra de uma árvore frutífera. Nos últimos anos, Maria Clara havia sobreposto a escassez à aflição, mas o que aquele grupo fazia para driblar a penúria era também o que dava sentido aos seus dias. Ao se esforçar para evitar qualquer desconforto, ela havia se esquecido também de como era se sentir viva.

Sob seus pés, São Paulo era brutal. Sempre fora a cidade mais triste do mundo, com anúncios de pessoas perdidas impressos em branco e preto sob o viaduto e outras tão desprovidas que atravessavam os cruzamentos com o farol aberto. Agora, a cidade abraçava seu destino trágico, transformando-se em guerra não declarada, até porque nem havia a quem declará-la. Os governos experimentavam sua impotência frente às forças da natureza, as empresas represavam seus lucros derradeiros, os pobres seguiam tentando sobreviver, os ricos achavam desculpas. Tudo como sempre foi, mas muito pior.

Ao encerrar o expediente, uma dezena de integrantes do MM ficou de vigília para garantir que a horta não fosse saqueada ou invadida. Um pouco do excedente foi distribuído, o suficiente para umas cinco, sete pessoas no máximo. O restante da fila de famintos voltou a revirar as poucas lixeiras que não estavam protegidas com cadeados.

Um dos homens que não receberam nenhuma comida tentou atravessar o bloqueio, munido de uma faca enferrujada. Um dos responsáveis pela vigília apontou uma espingarda em sua direção. O conflito se acalmou tão rápido que Maria Clara entendeu aquilo como parte da rotina.

Ela assistiu à cena e pensou que na Pedreira também logo chegariam filas de famintos; era só uma questão de tempo até que o cabo do pretenso equilíbrio se rompesse em violência. Sentiu o rompante de um medo conhecido: o porvir se anunciava tenebroso e ela não tinha as ferramentas para lidar com ele. Conhecia bem aquele sentimento e o que vinha depois: o desejo de fuga ou de paralisia. Mas nenhum dos dois era possível agora. Em prenúncio, sua respiração se encurtou, então um toque em suas costas a trouxe de volta ao Elevado.

— Não é o ideal, mas a gente também precisa proteger o movimento. — JP pareceu ler seus pensamentos.

— Só existe segurança coletiva — respondeu Maria Clara, distraída.

JP riu e Maria Clara soube que era dela. Olhou uma última vez para trás, nostálgica daquele viaduto barulhento que lhe servira de horizonte por muitos anos, agora transformado em improvável jardim suspenso. Seus olhos se fixaram então em um dos canteiros no qual havia trabalhado, revelando o que ela não poderia admitir. Pediu desculpas e saiu correndo na direção da obra inconclusa.

Sob protestos de JP, tentou explicar que uma fileira dos buracos com sementes estava descoberta e que, se deixasse assim, os sabiás revirariam tudo ao amanhecer. Acelerou o passo. Escolada em fugas, soube que daquela vez não era o medo que guiava seus pés: corria na direção da garganta do monstro. Agachou-se e tapou os buracos usando as próprias mãos, já que as ferramentas estavam guardadas.

JP marchou a seu encontro; ninguém ficava na horta nem um minuto passado o turno do dia, e havia uma razão pra isso.

— Isso aqui não é o seu jardim.

Maria Clara ouviu a voz ao longe enquanto a terra deslizava entre seus dedos. Lembrou-se então de uma antiga máxima do avô, do momento exato em que o bordão se transformou. Ela era ainda criança e depositava sementes de crotalárias e mucunas no solo duro revirado pela enxada de seu Gian. Perguntou se era verdade que aquelas plantas logo ficariam maiores do que ela, que tinha acabado de ultrapassar a marca de um metro de altura.

— Primeiro vem a luta, depois a esperança.

A menina encarou o avô em silêncio. Acostumada aos videogames de lutinha, não entendeu o que uma coisa tinha a ver com a outra. Gian então suspirou e ela também não soube por quê, de uma hora para outra, ele pareceu muito triste.

— Mas a época de luta acabou para mim. — E então continuou: — Primeiro vem o trabalho, depois a esperança. Que tal assim?

— Dois dias? — insistiu a menina, fazendo o avô rir e deixar a enxada de lado por alguns segundos para fazer um afago em sua cabeça.

— Umas quarenta vezes isso.

A pequena grunhiu e seguiu depositando as sementes e fechando os buracos com as mãos, narrando arquiteturas inventadas para suas casas de terra. Naquele tempo em que um mês durava para sempre, cada momento com o avô continha a eternidade. Eternidade que ela agora perpetuava em seus gestos, deixando a terra escorrer pelos dedos.

Sorriu com a lembrança desanuviada, mesmo encarando o semblante rígido de JP, resmungando que não deveria nem lhe dar carona depois do que ela havia feito.

Àquela altura, todo problema era da ordem do encontro. Maria Clara só não imaginou que, naquela tarde no Minhocão, o tempo e o espaço se dobrariam para que ela se deparasse com uma nova versão de si, capaz de repetir os gestos da infância, de evocar memórias, mesmo que pequenas, com um simples movimento: pronta para voltar para casa.

— Desculpa, eu… tenho muito o que aprender.

Enquanto JP procurava pelas chaves do carro, ela tomou alguns minutos para saborear a recente lembrança, mesmo sabendo que seu destino não era o passado. Partia na direção de um futuro em aberto que não se escorava mais em fugas, culpas e não ditos. As próprias cicatrizes eram ramificações que marcavam sua pele, sem definir seus contornos. Confluíam, apontando o caminho.

Rumava a um tempo em que passado e futuro convergiriam em seu constante devir. Não havia mais destino, apenas desejo.

— Primeiro vem a luta, depois a esperança — falou para si mesma.

— Mais um bordão? — JP interrompeu seu passo apressado e a encarou. — Esse é bem melhor.

Trocaram um sorriso e entraram em uma S10 vermelha de carroceria arranhada, onde outro membro do MM já aguardava.

— Não fui eu que inventei.

Ao bater a porta do carro, olhou-se pelo retrovisor, percebendo que em seu rosto cabiam, ao mesmo tempo, quem era, quem foi e quem poderia ter sido. Ao mergulhar na própria fissura, deparou-se com todas elas, e agora ansiava encontrar novas versões de si fundidas a lutas que a extrapolavam. Naquele assento estreito entre motorista e passageiro, abriu espaço para que coubesse o próprio abismo.

CAPÍTULO 22

DIA -1

Para quem um dia ouviu o zumbido de abelhas, as hélices podiam evocar certa nostalgia. Para Antônio, o som tinha o gosto do próprio sangue. Há mais de dez anos, os drones anunciaram a invasão de suas terras. Desde então, quando plantava pés de maracujá, ele os semeava longe de casa para que as mamangavas não polinizassem seu passado.

O esforço parecia inútil agora que o zumbido se acercava. Ou talvez a conversa com Luiza e o fracasso de seu plano o tenham lançado de volta ao dia que ele fez de tudo para encobrir. O dia que insistia em irromper em sua memória feito trapoeraba em época de chuva. A mesma insuficiência se emaranhava em seu ânimo e Antônio sabia ser incapaz de defender aquelas terras. Exceto talvez pelas plantas, tudo que tocava tendia ao estrago.

Escorou-se no velho jacarandá para poder ouvir melhor e teve medo de converter a árvore para sempre em sua espinha dorsal; o corpo inteiro estava enfraquecido por câibras de estafa. No céu, nenhum rastro confirmava sua suspeita. Ele teve a impressão de que o som também arrefecia quando, de repente, ouviu um baque seguido de gritos e passos que corriam em sua direção.

Antônio apertou a vista, tentando se lembrar de quando foi que deixou de enxergar a escarpa àquela distância sem esforços. Sentiu os joelhos fraquejarem sob o efeito das dezenas de subidas e descidas até a bica dos últimos dias. A última semana o envelhecera o que os últimos anos não tinham conseguido. Media a própria idade em aflições.

Sentiu as costas estalarem quando os gêmeos sem nome chegaram correndo, cheios de fôlego. Exibiam sorrisos orgulhosos, levantando as máscaras que vestiam desde a última caçada. Um deles escondia as duas mãos e os dois se cutucavam com os cotovelos, disputando quem anunciaria a novidade. Antônio sorriu com impaciência, olhando por cima dos ombros dos meninos.

— Tio, olha o que a gente pegou!

Ele deu um salto para trás, quase tropeçando em uma raiz exposta do jacarandá, quando viu que as crianças seguravam pelas pernas um drone abatido. Pegou o objeto das mãos deles e o analisou enquanto os gêmeos tremiam de expectativa.

— Não é dos oficiais.

Devolveu o objeto voador aos meninos. Em sua caixa craniana, o zumbido insistia, agora mais alto.

Jéssica foi buscar os filhos para o almoço e não precisou perguntar o que estava por trás do desânimo deles, que nem o sorriso da balaclava de caveira podia esconder. Conhecia bem Antônio para saber que ele perdia qualquer tato quando em estado de agitação. Ela tentou dizer que eram apenas crianças, tentavam ajudar, mas as palavras não aderiam à superfície escorregadia da cabeça dele, que apenas respondeu:

— Você também está ouvindo isso? — E olhou para o céu.

— Mesmo você sendo um sem noção, estou preocupada com você.

Ele balançou a cabeça, menos para dizer que estava bem do que para se desviar do cuidado.

— Você vai na reunião hoje?

Mas Antônio já tinha o olhar perdido entre as nuvens densas. Se encontrasse a origem daquele zumbido, poderia ter esperanças de que não fossem as hélices de dentro. Essas já não sabia calar.

O C.C.A.P. cheirava a mexerica descascada. O fruto era muito mais conveniente à fome das três da tarde do que as espigas de milho ou os quiabos armazenados ali.

— Isso aqui vai virar estoque de mercadinho?

A piada de Robson dizia respeito aos alimentos armazenados por Antônio em seus planos de resistência e fez rir todos os vizinhos. Aquilo era uma novidade, já que até a alegria costumava se dividir em dois polos. Os risos, porém, se esconderam quando Antônio entrou. Seu semblante abatido pelas noites sem sono e o corpo extenuado pelo trabalho sob o mormaço quente contagiaram a atmosfera da sala.

Os vizinhos foram chegando e assumindo seus lugares na roda enquanto ele permaneceu em pé. O grupo o encarava como se o seu rosto tivesse adquirido um aspecto monstruoso: boca, nariz e olhos distorcidos, resquícios assombrosos de quem fora um dia. Estava infectado por um vírus mortal que assustava os seus e os obrigava a assassiná-lo, não sem pena, em nome da pretensa segurança coletiva.

Indiferentes ao centro das atenções, os gêmeos se contorciam como se tivessem uma coceira particular e, assim que

Carcará chegou com o cajado de fala, correram até ela e pegaram o objeto.

— A gente tem uma coisa pra anunciar — disseram em um tom grave, alternando as vozes. — Vamos ser guardiões da Pedreira junto com o tio Tonho.

Os adultos riram com ternura, salvo o próprio Antônio, que tinha os ouvidos atentos a outra frequência, e Jéssica, que olhou em volta, procurando por culpados.

— Alguém falou pra vocês alguma bobagem de ser o homem do rolê?

— Não. E tem isso também: a gente não é homem — respondeu uma das crianças.

— Que nem tie Pat? — Jéssica sorriu.

— Mais que nem Carcará... A gente acha — precisou a outra.

— Eu... me considero bicho. Ou parte bicho.

— Eu já acho que tô mais pra planta.

Os adultos tentaram se conter, mas mais uma vez riram com um estrondo.

— Isso é muito sério — seguiram eles, firmes. — Mamãe sempre falou que a gente é que ia escolher nossos nomes. O meu, quero que seja igual o daquele gato-do-mato que ajudou a caçar o drone.

— E eu sou aquela árvore gigante no topo da Pedreira, que nunca pega fogo.

Jéssica os encarou, sem saber o que dizer. Nunca havia imaginado que a maternidade a faria atravessar aquela insólita fronteira. Quando os filhos tinham ideias estranhas à sua ciência, ela costumava ter o apoio de Antônio, mas o amigo estava distante, concentrado em encarar o céu pela janela do C.C.A.P.

— Maracajá e Araucária? — adiantou-se Carcará.

— Pode chamar de Araucá.

Jéssica só então sentiu que a mulher-rapina segurava a sua mão entre as dela.

— Se é assim que vocês se veem, é assim que a gente vai chamar vocês, né? — disse Carcará.

Jéssica concordou. Maracajá se contorceu de alegria enquanto Araucá exibiu um sorriso frondoso, levando toda a sala a acreditar, por um segundo que fosse, que alguns arranjos eram perfeitos.

Maracajá, então, entregou o bastão de fala para Luiza, atraindo o olhar de Antônio, tão carregado quanto as nuvens lá fora. Ela mostrou ao grupo o contrato que havia preparado para aquela noite. A sequência de palavras enfadonhas garantiu a maior novidade dos últimos tempos. Ela buscou o olhar de Carcará, que assentiu em aprovação.

— A terra da Pedreira fica com vocês... com a gente. O sítio do meu avô... meu e da Clarinha... vai para a concessão do plantio de eucaliptos.

Era uma solução tão pragmática, tão oportuna, tão triste, que só Luiza poderia ter pensado nela.

Antes de reagir, Antônio olhou em volta e notou a sala coesa em seus gestos: todo mundo parecia prender a respiração ao mesmo tempo. Ele fechou os olhos. Quando os abriu de novo, os vizinhos balançavam a cabeça, resignados, como se sim, aquela fosse de fato a melhor, a única opção para que todos ali seguissem sendo abastecidos de água e comida, nem que fosse pelos próximos meses. Todos ofereceram às irmãs um lugar para ficar. O pacto parecia selado.

Para o espanto de Antônio, o único que reagiu foi Robson, dizendo à amiga que aquilo não tinha cabimento. A casa de Luiza era uma propriedade privada adquirida com muito custo, não deveriam cedê-la para ninguém. Ele se ofereceu para representá-la como seu advogado naquela noite. Já tinha um ou dois argumentos preparados.

— Já está acordado entre as partes — repetiu Luiza, sem deixar brechas, com sua típica firmeza notarial.

Antônio balançava a cabeça em negativa. Tinha intuição para o desastre, ou talvez um pessimismo próprio de quem sempre esteve no alvo do poder. Sabia que nenhum documento os protegeria da barbárie. Não bastaria Luiza entregar as terras. Em breve, os homens viriam reivindicar a Pedreira com algum argumento infundado, como sempre tinham feito. Cedo ou tarde, a arbitrariedade de novas leis serviria aos poderosos.

Revoltou-se ao imaginar que o terreno de seu Gian teria um destino tão vil quanto plantar especulações verdes. Principalmente sabendo que a parcela de terra do amigo, somada às propostas de otimização de solo que pesquisava junto com Pat, poderia servir para que ninguém mais na vizinhança passasse fome por um bom tempo.

O que faltava àquela comunidade não era mais uma burocracia, mas saber se entender e agir como povo. Só isso garantiria a vida naquele pedaço de mundo, todo o resto era ilusão. Mas como advogar pela resistência conjunta se ele mesmo só conhecia soluções no singular?

Antônio percebeu que discursava, mas a voz foi se enfraquecendo enquanto tentava articular uma fala sobre o disparate da solução de Luiza. Seus argumentos mais pareciam ofensas pessoais ou reflexos de uma inimizade ingrata do que propostas concretas. A cada palavra que pronunciava, ouvia o manifesto de um homem humilhado. Tinha algo a dizer que, pela primeira vez, não conseguia exprimir. Depois de seu corpo, sua voz também o abandonou, fundiu-se aos zunidos lá fora.

— Eles vão querer sempre mais.

A sua última frase ressoou pelo salão, precedendo o silêncio. A sentença talvez até surtisse algum efeito se, logo após pronunciá-la, Antônio não tivesse se levantado, murmurando. Com o indicador em riste, caminhou em direção à saída do salão, acompanhado pelos olhares apiedados dos vizinhos. Quando abriu a porta, seu sussurro se converteu em um urro gutural, que, seguido de impactos repetidos, fez com que o grupo corresse em sua direção.

Antônio tinha a respiração ofegante, o olhar desabitado, e insistia em dar repetidos golpes de enxada em um drone já espatifado no chão. O círculo que se formou em torno dele não deixou espaços vazios. No centro, Antônio foi voltando a si. Percebeu não ser um eixo, mas a ferrugem que impedia aquela roda de girar na direção que havia escolhido.

Carcará foi até o filho. Só então ele percebeu que estava sentado no chão de terra batida. Sentiu a cabeça girar. O cansaço dos dias de trabalho e das noites insones se abateu sobre ele em um sentimento novo e difuso, um misto de desespero e alívio. A engrenagem não parecia depender dele para seguir em movimento.

— Espera, Tonho. Escuta o que eu tenho pra dizer.

Antônio se levantou, negando a mão estendida de Carcará. Ela recolheu o braço e se voltou aos vizinhos, erguendo os olhos para além do filho.

— Então me escutem vocês.

Tudo era cansaço quando ele caminhou devagar para fora do círculo. Levava amarrada a seus pés uma rocha em que se sedimentaram todos seus pesares silenciosos — a morte das vacas, o abandono do pai, a expulsão de casa, a partida de MC, a morte de Gian, a iminente invasão de suas terras, a própria impotência junto aos seus. As dores eram minérios e partículas de microplástico, impermeáveis, intactos, insolúveis, estorvando seus passos.

O zumbido dos drones continuava, talvez até mais alto. O barulho ressoava em suas entranhas, deixando sua visão turva e o coração acelerado. Uma síncope ocupava os seus músculos e não havia para onde correr. Nem dentro, nem fora de si. Tudo estava tomado. O que viria depois era uma distopia de nervos, músculos, pele: seu corpo enfraquecido, incapaz, arrependido de ter abrigado a vida que o destruía.

O grupo ainda o encarava. De longe, alguém fez menção de chamá-lo de volta. Teve até a impressão de ouvir um timbre de concordância no burburinho incipiente, mas a estafa dispensou o discernimento. Condenar-se ao ostracismo era a última tarefa que Antônio não delegaria. Apontou para o céu enquanto tropeçava e olhou para trás uma última vez.

— Vocês também estão ouvindo isso?

CAPÍTULO 23

DIA -1

"Casa." Até partir pela primeira vez, aos 17 anos, era assim que Maria Clara se referia à chácara da Pedreira. Todos os outros lugares em que então viveu — a quitinete partilhada com Antônio, o estúdio de Paul em Eixample, o apartamento no centro da metrópole e a república superpopulada no El Gòtic — foram puxadinhos que serviram para acolher o provisório. Nesses espaços, conviveu com a certeza de que nunca voltaria para o lugar de onde tinha vindo. Durante os meses em que fora obrigada a habitá-lo, no último ano, agiu como uma visita indesejada em um campo minado.

"Chácara", "terreno", "sítio", "ali". Aqueles muros também deixaram de conter um lar quando se extinguiram os papéis de bala escondidos em cantos improváveis, o café muito doce na garrafa térmica, o boné colorido sobre cabelos brancos sempre à vista no quintal, as histórias repetidas em tom de novidade. Os documentos que ela assinaria dali a uma hora só oficializariam o despejo.

Quando se falaram ao telefone, cada uma em um lado do Atlântico, Luiza a alertou para a iminência da invasão do terreno ocupado pela família de Carcará, depois propôs a solução de entregar o sítio delas em troca da Pedreira. Podia soar absurdo, mas era uma solução viável. Afinal, Maria Clara mesmo havia descoberto que as apropriações do Terra Legal nem sempre eram destinadas ao resgate de carbono. O terreno de seu Gian, embora de menor extensão, tinha uma casa confortável, piscina e gramado. Seu valor comercial devia se equiparar ao das terras em aclive, com cultivo desordenado e casebre de pau a pique da Pedreira. A irmã não deixava ponta solta: já havia negociado sua proposta na ocasião em que o advogado do empresário que se dizia dono da Pedreira passara pelo cartório. Ele tinha ficado de conversar com o cliente, mas já sinalizara que seria um alívio se apossar de uma terra sem conflitos, para variar.

Só faltava Maria Clara assinar os papéis; aquela era a decisão mais lógica, não tinha por que hesitar, insistira Luiza. Até mesmo Antônio não parava de criticá-las pelo pouco aproveitamento daquelas terras. Ao ouvir o nome dele, Maria Clara prendeu a respiração. Mesmo de amor, a irmã falava como de uma questão logística.

— O que separou vocês foi a invasão das terras. Poderia unir de novo também.

Luiza então confessou que Antônio tinha, sim, procurado Maria Clara no dia em que... Ela não mencionava a morte do avô, como se as palavras pudessem profetizar o passado. A irmã havia afastado o vizinho e balbuciava desculpas em mais um ineditismo.

Não haveria, porém, um mundo em que Luiza pudesse ter mudado aquele destino. Maria Clara sabia que teria se afastado de Antônio de qualquer maneira. Semanas depois da morte do avô, ela até soube do despejo da Pedreira, da infeliz coincidência entre as duas ruínas, mas resolveu ignorar. Não abriu as notificações de Antônio, de Pat, de Jéssica ou de qualquer pessoa que a lembrasse da perda. Preferiu bloqueá-las, assep-tizar as redes e a memória, esfregar e esfregar em insistência criminosa para que nem luminol revelasse sua dor. O silêncio foi seu modo de encarar a perda. O de Luiza, isolar-se entre os muros da antiga casa.

Agora, Maria Clara se perguntava o que havia levado a irmã a abdicar da própria fortaleza. Depois de anos de desprezo pela Pedreira, por Antônio e sua família, só algo muito grave faria com que Luiza mudasse de ideia. Maria Clara conhecia bem demais os não ditos da irmã para não saber que, naquele telefonema, ela havia calado o fundamental. Sabia que naquele hiato morava uma descoberta de quem era, de quem eram, do que poderia, quem sabe, uni-las, mas o quê?

Era o que especulava quando um corpo se jogou na frente do carro em movimento.

A rodovia entre São Paulo e a Pedreira se dividia em três partes: a primeira, cheia de motéis com neons ininteligíveis, muros destruídos, jardins improvisados nos estacionamentos vazios. Passado o letreiro "R ncho da P mon a", o segundo trecho, em que rareavam os resquícios da cidade e os *outdoors* surrados exibiam empreendimentos imobiliários inacabados. A última parte da estrada começava logo depois das cabines de pedágio convertidas em abrigos, com suas curvas fechadas em ladeiras íngremes cercadas de eucaliptos.

O cheiro conhecido atraiu o olhar de Maria Clara, focado até então nos próprios pés. Preferia se manter apartada da crueldade da paisagem: famílias em barracas feitas de lonas da eleição de seis anos atrás, cartazes implorando pelo mínimo, crianças magras, adultos envelhecidos, carcaças capotadas, talvez um corpo estendido, cachorros desavisados. Ela não sabia dizer quando as estradas tinham se tornado vitrine do infortúnio, como se não fossem caminho, mas mensagem: não há para onde fugir. O horror teve o cuidado de não pegar ninguém de surpresa. Foi se emaranhando ao cotidiano até se tornar a própria vida.

Maria Clara estava sentada no banco do meio da caminhonete. Ela, JP e a pessoa à sua direita, que já tinha tirado o crachá, haviam feito a viagem em um silêncio que ninguém se preocupava em quebrar. Se as pessoas nascidas em sua geração haviam conquistado um direito, era o de permanecerem quietas na presença umas das outras.

Ela conhecia aquela estrada de cor e sabia que, ao erguer os olhos, se depararia com um restaurante de rodízio de carnes em frente a um posto de gasolina, e essas construções desativadas passaram a acolher cultos e vigílias. Os antigos símbolos de fartura pretendiam conservar seu potencial milagroso.

Respirou fundo. O perfume dos eucaliptos encheu seus pulmões do conforto de saber onde estava. Quis dizer em voz alta que voltava para casa para ver se convencia a si mesma, mas se viu obrigada a gritar:

— Cuidado!

Então puxou o volante com tudo, e teriam batido na mureta que separava uma pista da outra se JP não tivesse pisado no freio.

— Não para o carro. — Ela ainda segurava a direção.

— Eu ouvi falar disso — manifestou-se a pessoa ao lado dela pela primeira vez desde que tinham saído de São Paulo.

— Isso foi..? — JP não conseguiu terminar a frase.

— Segue acelerando. Depois daquela curva começa o acostamento e você para.

Maria Clara quase não reconheceu a firmeza da própria voz. Elu concordou sem olhar para os lados.

Sem destrancar as portas do carro, os dois trocaram de lugar. JP se acomodou no banco do meio e nos braços da pessoa até então silenciosa, que se pôs a contar os relatos de que havia gente que se lançava na frente dos carros para causar um acidente e roubar tudo, ou para morrer mesmo. Não havia meio-termo.

Durante o pôr do sol, a estrada para o oeste ostentava a luz laranja esfumaçada em espetáculo de declínio. Ainda assim, Maria Clara manteve os olhos bem abertos durante todo o trajeto até a Pedreira. Assumiu a direção.

— Estou voltando pra casa — disse em voz alta.

Os companheiros de viagem pareceram acreditar.

Assim que os faróis viraram a esquina, Maria Clara viu o rastro de um lampião aceso correr em sua direção. Luiza parecia ter passado as últimas horas esperando o ruído do motor.

Desceu do carro e se despediu dos companheiros de viagem, recomendando cautela para o próximo trecho da estrada, fosse lá o que "cautela" quisesse dizer. Eles desejaram boa sorte na sua empreitada e ela admitiu que a sorte, àquela altura, era mais definidora do que qualquer precaução.

As irmãs não se decidiram por um abraço e o movimento foi interrompido pela pressa aliviada de Luiza em levá-la até os documentos a serem assinados. Antes de atravessar o portão de madeira, Maria Clara viu que Ziggy também a aguardava.

Acariciou sua cabeça e o convidou a entrar, mas não foi seguida. O cão soltou um de seus familiares uivos e correu Pedreira acima.

Ao lado dos pequenos postes de luz elétrica, o caminho do portão até a casa era também iluminado por bastões de energia solar em posições tão definitivas que ela entendeu que a falta de eletricidade estava ainda mais comum do que antes. Já na mesa da varanda, *post-its* indicavam onde deveria assinar.

— Já está tudo no esquema. Eles chegam logo. — A voz da irmã soou ao fundo.

— Luiza, isso está dentro da lei?

— Nas bordas. Por isso eles vão vir à noite. Se fosse ilegal, mandariam alguém.

— E nós temos alguma garantia de que eles vão cumprir o acordo?

A irmã deu de ombros e pegou com cuidado os papéis à sua frente: escrituras e documentos de transferência, com a capa de cartolina do notariado onde trabalhava. Tudo se extinguia, menos os cartórios — baratas e burocracias dividiam a mesma vocação de continuidade. Quis compartilhar a piada com Luiza, mas ela talvez se ofendesse. Maria Clara virava a primeira página do documento quando ouviu:

— O próximo dilúvio vai ser de papel.

A estranheza da sentença a fez erguer os olhos. Luiza completou dizendo que era a frase que seu Gian falava para tentar animá-la a cada vez que ela se irritava com o trabalho burocrático. Aquele era o seu "um dia mais perto do fim". Os sorrisos se retorceram em saudades.

— Se ele soubesse que é a internet que produz a pegada de carbono de um continente inteiro…

— Mas ainda é pra plantar eucalipto que nossa casa vai servir. Teoricamente.

— Lu… — Maria Clara pousou a caneta na mesa e encarou a irmã. — Por que você mudou de ideia?

Luiza tirou da bolsa o carimbo do trabalho e, enquanto falava, foi reconhecendo a firma das duas em gestos maquinais.

— Sabe… Eu nunca entendi você… Vocês… O vovô sempre me ensinou a levar uma vida certinha, a ser responsável, estudar, conseguir um emprego estável. Quer coisa mais chata que trabalhar num cartório? — Ela tentou rir. — Era mais importante que eu fosse correta do que feliz. Pelo menos na minha cabeça. Ele nunca me falou isso. Só que, do outro lado, tinha esse pessoal que entrou numa casa que não era deles, burlando a lei, e ele fez amizade. Você se engraçou com o filho dos invasores e ele compactuou, enquanto eu…

As reticências carregavam a solidão partilhada. Não havia ressentimento. Todos os membros daquela família fizeram o que puderam com as dores que carregavam, e às vezes aquilo significou seguir tropeçando em um chão que se erodia. Nem todo mundo tinha o privilégio de se manter de pé em solo firme. Elas não tiveram.

— Você não me disse o que mudou.

Maria Clara se deixou guiar pela irmã até seu antigo quarto, em cuja porta uma plaquinha pintada à mão dizia "Deus abençoe esta bagunça". Percebeu a ironia, visto que o avô sempre se dissera ateu, ou talvez aquele "sempre" tivesse uma data de origem, e ela desconfiava qual era.

Quando Luiza mexeu no mouse do PC gamer de Maria Clara, o quarto se iluminou com uma mistura da luz azul que saía da tela e dos reflexos coloridos que se formavam na CPU. Maria Clara se perguntou se a irmã estava tentando desconversar, mas ela clicou em um ícone na pasta "F:", fazendo sair das caixas de som a música do jogo no qual ela havia trabalhado por meses. Notou que Luiza havia renomeado o arquivo: "seus_medos" se chamava agora "nossos medos", e ela se dividiu entre a graça que via naquilo e a preocupação com o espaço entre as palavras.

— Passei horas jogando. É atormentado, que nem você, mas divertidíssimo. Você devia terminar logo, o pessoal do bairro vai amar! Mas eu preciso te dizer que aquela fase dos insetos...

Luiza continuou falando com a empolgação de uma jogadora apaixonada, tom que Maria Clara nunca imaginaria ouvir na voz da irmã. Tampouco havia pensado em fazer um jogo para que seus vizinhos desfrutassem em vez de condicionar a própria vocação à validação de um mercado global e sem rosto.

— Se foi meu jogo que te fez renunciar à propriedade privada, eu estou subestimando esse projeto.

Luiza sorriu e abriu outra pasta que estava no mesmo drive. "Backup_Gian" armazenava todas as fotos que o avô tinha em seu celular, somadas às que haviam digitalizado juntos. Apesar de cuidar para que os arquivos não se perdessem, Maria Clara nunca teve coragem de abri-los.

O mouse passeou entre miniaturas de imagens das irmãs na praia, da mãe delas grávida, de pessoas cujos nomes estavam perdidos para sempre, até que chegou à foto que buscava e ali estacionou.

Maria Clara não tinha nem um ano e Gian a segurava no colo enquanto Luiza tentava permanecer de pé, agarrada à perna do avô, com o desequilíbrio típico das crianças que há pouco se descobriram bípedes. Os três tinham bonés vermelhos, o de Maria Clara cobria mais da metade de seu rosto de bebê. Uma enxada estava apoiada no tronco de uma árvore miúda e solitária — o jacarandá recém-plantado no alto da Pedreira — ao lado da qual os três posavam.

Luiza contou ter visto aquela foto dias antes de a irmã se mudar para Barcelona, na tarde em que havia voltado mais cedo do trabalho sob a ameaça de calor extremo. Um detalhe havia chamado sua atenção.

— Olha a data.

Não fazia nem dois meses que a mãe delas, filha de Gian, havia morrido em uma enxurrada, trabalhando a bordo de um ônibus de saúde itinerante. Nas raras fotos em que aparecia com as meninas pequenas, ele não conseguia esconder um semblante desolado, do qual ambas se lembravam bem. Era a mesma expressão que viam a cada vez que perguntavam sobre a mãe: uma certa maneira de contrair os lábios e apertar os olhos ao tentar sorrir, que as ensinou desde cedo que deixar as memórias de lado até que abandonassem sua vocação era uma forma de analgesia.

Posando do lado de seu jacarandá, porém, um quase contentamento atravessava o rosto do avô. O sorriso, embora não apagasse, atenuava sua aflição. Sob a preambular sombra da árvore, segurando o punho de um neném em riste, ele parecia esperançoso. Aquelas terras haviam-no salvado da desolação e ele lutaria para salvá-las também. Ou melhor, passaria a atribuir à luta propriedades de salvação.

— Como você sabe disso, Lu?

Quando abriu aquela foto pela primeira vez, Luiza se questionou sobre quem foi que a tinha tirado. Quem guardava aquela versão do avô?

— Carcará me contou que ele se afastou da luta pelas terras quando a gente teve idade para entender o que era. Não quis botar nenhuma de nós em perigo. Ela disse que contestou e até se afastou do vovô, mas ele estava irredutível. Tudo para proteger as netas. Mas quando a gente cresceu, você na faculdade e eu já empregada, ameaçaram invadir a Pedreira de vez, e aí ele entendeu que tinha que assumir uma posição: resolveu se envolver naquela luta que sempre foi a dele. Ia para reunião com advogados, participava de sessões abertas na Câmara…

Luiza foi abrindo algumas fotos de Gian, o único portando uma máscara caseira de tecido na assembleia que não seguia protocolo algum. Maria Clara a encarou em silêncio, como se pedisse que Luiza delineasse o nimbo que se formava entre elas.

— Pode ter sido numa dessas que ele se contaminou, não com a gente. Sinto muito…

Maria Clara olhou para a irmã e depois para a foto e depois para a irmã de novo. Sabia bem o que era sentir muito. Sentir muita coisa junta o tempo inteiro, não saber distinguir uma da outra e acabar sem ar, mas naquele momento ela não sentia muito. Sentia uma coisa só: raiva. Do avô, por ter se exposto ao vírus, de Luiza, por lhe contar aquilo agora, de Antônio, pelo silêncio, de quem invadira e invadiria de novo as terras da Pedreira e talvez levasse a sua casa logo agora que ela poderia enfim ter uma chance de encontrar uma réstia de paz com a pior coisa que já lhe acontecera ao descobrir que talvez não tivesse sido ela a traficar a morte. Teve raiva do eterno retorno da ruína sempre que chegava a sua vez de tentar ser feliz.

Enquanto seu corpo todo entrava em ebulição, sentiu surgir o desejo já conhecido de rasgar-se, perfurando a camada que separava o próprio interior do resto do mundo para que, em uma ferida aberta, toda sua substância fervente se misturasse ao ar, regulando sua temperatura. Só assim aquele corpo deixaria de ser inóspito — pelo menos até que o calor da Terra fosse maior que o da sua própria fúria.

Quando procurou qualquer objeto que pudesse machucá-la, percebeu que a irmã permanecia ali, fixando seus olhos. Não havia fugido. Não acendera uma tocha para incendiar o monstro que crescia nela. As mãos estavam ocupadas em segurar as suas, em fincá-la ao chão, enquanto seu olhar estourava com gentileza eficaz o abcesso de cólera.

— As fotos, a conversa com Carcará, me fizeram entender a que custo ele lutou por essas terras da Pedreira, por tudo que se cria lá. Eu não podia deixar que elas fossem transformadas em uma coisa estéril.

Elas não haviam tirado os olhos uma da outra nem soltado as mãos. Todo o universo se fragmentava à sua volta, e precisavam se agarrar àquele alicerce. Eram o que restava uma da outra. Tinham diferenças, mas seus desafetos pareciam muito mais simples agora que não estavam mais emaranhados na culpa. Odiar a irmã ou amar a irmã era permitido. Então era isso estar em casa?

Maria Clara olhou de novo para a tela e abriu a foto do jacarandá. A imagem digitalizada ganhou um novo contorno e revelou o que o avô havia calado por todos aqueles anos. O sorriso franco mesmo após uma grande perda, a mão cuidadosa apoiando sua cabeça, a enxada pousada a uma distância segura da outra neta, que já perambulava por aí, aquela árvore quase como um manifesto: a vida precisava continuar.

A raiva se metamorfoseou em uma dor que ela tentou envolver, mesmo sendo muito maior do que seus braços. Aquela dor era um alívio, a prova de que o maior dos seus medos não tinha se concretizado: a culpa não convertera o vivido em vazio. A tristeza era seu ritual de preservação.

Ela não reverteria a morte de seu Gian, mas poderia se mobilizar pela persistência daquelas terras, da vida como legado, de todas as formas de amor que só era capaz de reconhecer graças ao avô. Aquele era seu lugar na luta, não barganharia a própria memória.

— Você vai me odiar pelo que eu vou fazer agora.

Luiza soltou as mãos da irmã e suspirou.

— Se você não chegar a tempo, eu entrego os documentos.

Nenhum plano com Maria Clara se passaria sem percalços, ela deveria saber disso. Nem o mais perfeito, conciliador e equânime, ou talvez justamente esse. Havia um projeto que não merecia concessões.

Maria Clara abraçou a irmã e colocou delicadamente os dedos no monitor, onde o avô posava ao lado do jacarandá solitário. Então, saiu correndo na direção do jardim que se formara ao redor daquela foto. Ali, encontraria um aliado.

CAPÍTULO 24

DIA -1

Sabendo que era a causa de muitas guerras, a água se encarregava de abafar os ruídos mais violentos. Dos emitidos em seu interior, transformava a textura — seu abraço era a promessa de um novo mundo.

Antônio se deixou afundar. Desde o dia em que ficara preso na piscina pelo galho da mangueira, sentia-se seguro embaixo d'água. Ali, nenhum destino lhe era completamente alheio, nem mesmo aquele.

Embora fosse ele quem a tivesse plantado ali, a nascente acolhia seu corpo com indulgência maternal. A água fria encobria o barulho dos drones e Antônio tentou criar guelras, fazer daquele receptáculo aquoso seu ecossistema pelo tempo que fosse até renascer, evoluir por milhões de anos e tornar-se de novo humano.

Resistentes ao abraço, seus pulmões insistiam em lembrá-lo da condição terrestre, mas ele preferiu se ater ao silêncio do fundo. Seria uma questão de minutos, segundos talvez. Bastava se deixar envolver.

As ondulações omitiam qualquer contorno. Quando chegou em seu bosque, o sol de fim de tarde ainda atravessava a superfície aquosa sobre sua cabeça, insistindo em transformar os grãos suspensos em pedrinhas de brilhante. As libélulas voavam alheias aos drones. Seu jardim já tinha sido maior que o mundo, mas agora era noite sem lua, e ele só via razões para se liquefazer.

Fechou de novo os olhos, deixando-se dissolver, até que ouviu um som agudo, quase cômico, não fossem as notas de desespero. A voz chamou por fonemas parecidos com seu nome em estado sólido.

A contragosto, a água entregou Antônio à superfície, cedendo à força que o puxava para cima. Com gentileza exasperada, deixou o corpo dele tão leve que até os braços finos de Maria Clara souberam sustentar seu peso enquanto ela perguntava incessantemente o que ele estava fazendo ali, como se esperasse uma resposta.

O abraço líquido se transformou parte em toque suave, com pequenas gotas agarradas à sua pele, e parte em tormenta, que desertava seus pulmões em tosse intempestiva. Mesmo sabendo ter mergulhado em água doce, acreditou ter tido os olhos alagados por ilusões marinhas ao encarar o rosto dela iluminando o seu próprio com uma lanterna frontal. Os drones rondando sua cabeça, a invasão iminente, o cansaço das dezenas de horas de trabalho em vão, tudo parecia ter desaparecido.

Como nada na natureza se perdia, a matéria de seus sentimentos se transformou em explosão e, encerrando uma seca de anos, Antônio rompeu-se em pranto. Por ali também a água precisava encontrar rota de fuga. Seu rosto, um meio pantanoso, abrigou o de Maria Clara, que também quis chorar, mas entendeu que seria mais sensato alternar os rompantes. A água trataria de cerzir um caminho entre os dois corpos, mas era melhor não se deixar alagar.

As lágrimas foram virando pinturas que os dedos de Maria Clara traçavam sobre o rosto dele. Ela criava ramificações invisíveis a cada fôlego que ele não tomava. Disse que tinha vindo à Pedreira também por ele que o tinha culpado por não estar lá na morte de Gian que demorara a saber da surra e ainda mais que ele a tinha procurado depois que precisara cortar todas as pontes para não correr o risco de ser absorvida pelo abismo que a chamava e que ela tinha tanto medo mas estava quase em paz e esperava que ele entendesse ela sabia que tinham sido subjugados por tudo que não controlavam e como se podia cobrar de alguém o amor quando o outro estava tentando sobreviver às vezes os dois verbos eram irreconciliáveis mas eram simbióticos sim ela havia voltado por ele pelas terras pela memória do avô pela própria sobrevivência já não havia diferença.

As palavras jorraram como se fosse ela a ter os pulmões encharcados. Maria Clara tremia com um frio imaginado do tempo em que ainda havia inverno. Antônio quis interrompê-la e abraçá-la mais de uma vez, mas ela pediu que a deixasse falar até o fim. Ela havia sido barragem por tanto tempo e, se não desaguasse agora, cederia, alagando o pouco que restava.

— É como se eu vivesse no habitat errado. Tudo parecia insuficiente sem você — concluiu ela, e baixou os olhos, a luz da lanterna refletida na água, competindo com o farol dos drones.

Antônio a encarou em um silêncio distinto daqueles desafios que lançavam para se provocar. Claro que ele falaria primeiro, mas precisava antes inventar uma língua nova para dar conta do que tinha a dizer, um léxico ao avesso: ele repetiria o inverso de cada uma das palavras que enunciara desde aquele fatídico dia, em um pacto demoníaco ou sagrado para voltar no tempo e remendar o corte que os separara.

Olhou para o rosto dela, à sombra da luz que a água devolvia. Já não tinham mais vinte anos. Alguns sulcos se desenhavam no contorno dos seus olhos, fios brancos se destacavam nos cabelos, e havia algo de intangível em seus traços: poros, linhas, pelos, movimentos que juntos somavam-se em certeza. Nunca a havia conhecido tão resoluta. Olhou sua própria imagem refletida nos óculos dela: encolhido, eriçado, ansioso. Era como se eles tivessem trocado de papéis, ou talvez se encontrado no meio do caminho de suas aflições. Ele já não tinha mais seu lugar. Ela fazia de tudo para reaver o que lhe pertencia. Maria Clara estava ali, desprovida e munida de seu passado, pronta a dissolver a fronteira entre seus mundos. Todos os mal-entendidos entre eles precisavam se desfazer também.

— Vamos lutar pelas nossas terras.

Ele tentou intuir a reação de Maria Clara ao convite, mas ela manteve a cabeça baixa. A hesitação já os havia separado uma vez e, quando ela mirou diretamente seus olhos, a lanterna acoplada à testa o impediu de distinguir suas intenções. Preocupado em não repetir os erros antigos, ele estendeu o braço e, com cuidado, apagou a luz que os discernia.

As pupilas foram se acostumando a ver o outro sob a penumbra. Era a primeira vez que entendiam aquelas terras como um destino comum. A divisão parecia nunca ter existido. Ele passara a vida a cuidar daquele chão e Maria Clara não estava disposta a ceder o cultivo de seu avô a um projeto estéril. Entregar-se àquela luta era reivindicar o que não se negociava. Seus braços se tocaram, também pela pele escorriam.

Agora, o silêncio era substrato. A frase foi crescendo em seus corpos. "Nossas terras". Em duas palavras, o mais perfeito dos arranjos. O sítio de Maria Clara era plano, de fácil trato. A extensão, somada à da Pedreira, permitiria que plantassem comida para toda a comunidade. Antônio lembrou-se do cuidado de seu Gian ao preparar aquele solo com matéria orgânica, folhas secas, pacotes de Yoorin comprados com dificuldade pela internet por um senhor que tentava abraçar os novos tempos. Seus olhos tinham o mesmo marejo e souberam que os pensamentos de um se dissolviam no do outro.

Nos anos que passaram juntos, desenvolveram uma forma própria de se comunicar que passava por sinais inconscientes, diferenças sutis na respiração, no franzido da testa, no ritmo do abrir e fechar dos lábios. Foi observando essas reações involuntárias que se tornaram fluentes no dialeto que era o outro. Sorriram ao perceber que não falavam uma língua morta.

Maria Clara lavou o rosto no lago aos pés da nascente e ergueu os olhos na direção do céu carregado. Para chegar ali, a água havia completado muitos ciclos. Foi nuvem modelada em várias formas, choveu ácida sobre as plantações e então dividiu-se: parte foi absorvida por cultivos e matas, parte o solo estéril expulsou de seu destino, e ela vagou por aí, alagou lares, transbordou bueiros, converteu-se em enxurrada, serviu de latrina e fez da sujeira graciosa espuma, contaminou peixes, pessoas e seres que nem conhecia, até que um dia teve a chance de mergulhar de novo bem fundo na terra — purificado o lençol —, misturar-se a partículas que eram outra, mas também eram ela, e verter de novo em nascente, resumir-se a uma gota na pele de Antônio em síntese de renascimento.

Ela o encarou no meio da sua sombra; dali brotavam as águas. Suas respirações graves soavam em frequência complementar aos drones. Estavam os dois quebrados. Não estilhaçados, mas fissurados: suas falhas eram as emendas de placas tectônicas que formavam cordilheiras e montanhas e vulcões e toda a sorte de obstáculos. Ela de um lado. Ele do outro. Intransponíveis, mas feitos da mesma substância.

— Não temos outra alternativa além de tentar.

— Algum dia já tivemos?

— A gente gostava de fingir que sim.

— Pode dar muito errado.

— A tentativa já é uma experiência da sorte.

E então não foi preciso dizer mais nada. Cada um de seus gestos era um movimento sísmico, choques de sedimentações semânticas: camadas que eram eles, as terras, o mundo todo. Fundiram-se e fundaram uma nova era. Era preciso fazer brotar a matéria que os entrelaçaria.

Antônio a puxou para seu colo em um beijo que escorreu na enxurrada de um tempo próprio. Começou com a brutalidade da comporta aberta que alagava uma cidade esvaziada, cascateou e seguiu em igarapé até ser interrompido pela mancha de óleo Diesel dos motores elétricos com baterias rotas. Ela acendeu a luz.

— Os homens estão aí.

Então, no contínuo do mesmo movimento, os dois correram montanha abaixo enquanto arquitetavam um plano. Antônio sorriu ao ouvir as ideias dela, não só porque achou graça naquele novo jeito de falar, sem as longas pausas hesitantes entre as frases, mas também porque se lembrou do que sempre encontrou ao lado dela.

Maria Clara escorria pelas mãos, frias e úmidas, e era absorvida pelo árido dos calos dele. Quando escorregou em um pedregulho e sentiu o frio na espinha de não ter mais o controle dos pés, a mão de Antônio se ofereceu para escorá-la, mas foi o próximo passo que a devolveu o chão. Já não desabava à primeira irregularidade do terreno e, com os próprios tropeços, ia firmando seu lugar no mundo.

Focaram um no outro e depois de novo no caminho íngreme. Os olhos de Antônio refletiam a luz da lanterna enquanto ele enumerava novas estratégias para manter aquela terra viva. Só então Maria Clara percebeu que, desde pequeno, ele havia entendido o que agora ela também podia ver: a terra sustentava tudo, inclusive o amor. Apertou a mão dele como se pudesse tatuar aquele toque. Talvez o que se formava entre os dois deixasse de existir um dia, assim como alguns biomas, a megafauna, as correntes marítimas, as vacas de Antônio, as tardes plantando crotalárias com o avô, mas resistir já era uma forma de eternidade.

Serpentearam juntos pela encosta. Seus passos brotavam do córrego que em outros tempos escorreu ali. Renderam-se à força das águas, confiando que, cedo ou tarde, todo náufrago chega a uma costa ou se converte na matéria do que o afogou.

CAPÍTULO 25

DIA ZERO

Passava da meia-noite e, dentre todas as possibilidades que Maria Clara encontraria aos pés da Pedreira, nenhuma delas era o mundo de antes. Soltaram-se as mãos. Cada um foi executar a sua parte do plano sussurrado ao descer a montanha à qual teimavam em se entregar.

Ela aumentou a intensidade da lanterna, rasgando a rua deserta em direção ao portão de madeira fechado. Daquela vez, não havia esquecido a chave e a empunhou alguns metros antes de chegar, riscando a lataria dos carros brancos estacionados à frente da própria casa. Eram quatro picapes com um quê de tanque de guerra que levavam colados ao vidro traseiro um adesivo verde certificando que se tratavam de carros híbridos elétricos.

Parou em frente ao portão maciço prestes a se trancar para sempre e mandou uma mensagem para a irmã:

Enrola mais um pouco, temos um plano. 00:12

eles estão impacientes 00:12

Não entrega o documentp 00:12

documento* 00:14

Com a oscilação do sinal, a bateria do celular acabou antes que ela soubesse se a mensagem tinha sido enviada ou não. Quis jogar o aparelho longe, mas seu ímpeto de raiva não tinha a amplitude dos gestos. Guardou-o no bolso e, sem ter o que quisesse iluminar, apagou também a lanterna. Sentou-se nos degraus que davam para o portão sem ousar abri-lo.

A parte do plano que lhe cabia era se juntar a Luiza e impedir que os homens saíssem de sua casa com o documento de transferência assinado ou, pelo menos, adiar ao máximo a outorga até que Antônio chegasse. Na hora da execução, porém, o entusiasmo se converteu em absurdo: a própria incapacidade de dissimular denunciaria suas intenções, colocaria a irmã em perigo, trairia a memória do avô, decepcionaria Antônio, Carcará então, nem se fala. A comunidade a condenaria e ela mesma se humilharia no ostracismo perpétuo de quem incendiara todos os seus lares.

A chave de casa pesava tanto ou mais do que seu corpo inteiro, fundido ao concreto ainda quente da calçada. Seu coração batia rápido, repudiando a inação, e ouviu a própria voz, ao longe, dizer:

— De novo, não.

A crise chegou como fumaça na tarde em que as queimadas no extinto Pantanal transformaram o dia em noite. Era possível vê-la de longe, mas a previsibilidade não matizava seu efeito. Já tinha perdido as contas de quantos episódios de ansiedade havia atravessado e todos pareceram definitivos. Algum teria que ser.

Repudiou-se por ser eternamente refém da inaptidão à cura e fincou as unhas nas palmas das mãos para tentar se distrair com outro tipo de dor, mas já não adiantava. Enquanto seu interior se fundia à fumaça espessa, ela concentrou todos os esforços na respiração, mas a densidade do ar abafou seu empenho.

Quem ela achava que era, pensando que poderia se juntar a uma luta extrínseca? Devia ter imaginado que, no último minuto, a velha tormenta particular renderia seu corpo. Agora, só lhe restava esperar a massa se dissipar, evitar que as fuligens tóxicas impregnassem a garganta e, acima de tudo, não inventar o fogo que marcaria sua pele com novas cicatrizes.

O uivo de Ziggy fez com que ela reabitasse seus contornos. Abriu os olhos e, em meio à nuvem que a engolia, acreditou ver traços de claridades diáfanas. Seria possível que os vaga-lumes tivessem voltado a existir? Desde criança desejava vê-los em voo, mas atribuíra à sua existência a raridade das fadas.

Convergiu todas as forças nas pernas trêmulas e se levantou. Prestou atenção no som que não era de asas, mas de vozes, algumas delas sussurrando seu nome. Fechou os olhos e se deixou diluir em cintilância. As luzes a cercaram aos poucos: encorajaram-na, prometeram permanecer ao seu lado, admiraram sua força, felicitaram sua decisão, abraçaram sua angústia, refutaram o progresso linear com uma cura em roda. Não estava só. Os pirilampos eram seus vizinhos.

Ela não sabia de onde tinham vindo, mas estavam ali, ao seu lado, segurando lanternas e maçaricos. Acolheram-na por inteiro e assim ela confluiu com eles, desembocando suas apreensões e dúvidas. Sem deixar de ser única, tornaram-se um. Quando Maria Clara abriu os olhos de novo, foi acalantada por um abraço de rapina. A fumaça ainda a cercava, mas era possível enxergar entre as partículas e, pouco a pouco, quem sabe, aprender a respirar no escuro.

Por ser veloz e estocar no palato os argumentos jurídicos que justificavam a permanência de sua família nas terras da Pedreira, coube a Antônio a parte do plano que consistia em correr até a chácara do vizinho advogado. Ao chegar lá, se desculparia pelo avançado da hora e pediria que os defendesse no momento em que Luiza e Maria Clara se recusassem a transferir também a casa delas.

Ele aprendera a muito custo que, para aquelas autoridades, discurso era ornamento. Importava mesmo quem o veiculava, ou, como diziam naquela cidade, "gente de quem" o veiculava. Era um sistema arraigado e complexo, baseado em variáveis como classe, origem, conexões, raça, diploma, gênero, aparência, endereço. Antônio sabia que Robson Antunes Bianchi cumpria todos os requisitos para ser ouvido. A maior dificuldade seria convencer o vizinho da própria retórica.

Havia uma só pessoa no bairro capaz de persuadir o advogado: a Carcará ninguém recusava atenção. Convencer a mãe a convencer Robson. Parecia simples, mas, na sequência de trabalhos hercúleos, se quisesse influenciar Carcará a participar daquele plano, Antônio precisaria prometer não se aventurar em violências. Teriam então que mencionar o passado e àquilo ele preferiria ter as costelas quebradas de novo. A família nunca comentava o dia da última desocupação, em que ele precisara ser levado ao hospital depois de golpes de cassetete, ou o ano que se seguiu, morando em um apartamento azulejado. Era o que compartilhavam de mais íntimo e silencioso — uma ferida extracorpórea, alargada pelos não ditos, infeccionando a distância entre Antônio, Pat e Carcará.

Mesmo passada uma década, os meses depois da expulsão eram um véu. Naqueles dias, Antônio convertera-se em autômato e mal sabia da sina da própria família, ainda que compartilhassem o mesmo quarto-e-sala. Quando não estava fazendo bicos de jardineiro em chácaras com vista para a Pedreira, pedalava pelas ladeiras da cidade. Não lembrava se tinha proferido uma palavra sequer até que, onze meses depois da surra, chegaram notícias de que a Pedreira estava de novo vazia.

Não houvera investimento assegurado para o ambicioso ecoempreendimento e a prefeitura, assim como o proprietário e os empresários, abandonaram o projeto, deixando para trás placas de "Proibida a entrada", que Antônio derrubou a marretadas, como se pudesse reproduzir naquelas barreiras a violência sofrida.

Carcará, Pat e Antônio foram voltando aos poucos, levando seus pertences, pedindo licença aos seres que não tinham deixado de habitar aquelas terras. Limparam as paredes da casa fechada, repopularam os quartos com seus objetos, preencheram os espaços com gestos vazios. Nunca mais falaram daquele exílio. Agora, prestes a encarar uma segunda invasão, era chegada a hora de romper o silêncio. O plano, contudo, começou a lhe soar como um estratagema juvenil. Antônio hesitou entre seguir em frente e acordar a mãe ou apenas se deitar até que o dia seguinte atestasse mais uma de suas derrotas. Se desse sorte, dormiria por décadas a fio em um sono proporcional a seu cansaço, e, quando acordasse, o corpo atrofiado e a cabeça senil, já nem se lembraria do objetivo daquela noite.

O devaneio foi interrompido por um burburinho vindo do C.C.A.P. Andar em direção ao som lhe pareceu uma escolha que poderia adiar qualquer ramificação da derrota, então seguiu o desvio. Quando abriu a porta, o silêncio provocado por sua presença esclareceu a situação. Carcará estava parada em frente a algumas dezenas de pessoas organizadas em meia-lua, todas de pé. A mãe interrompeu o discurso cochichado e prendeu seu olhar por alguns segundos.

Ela parecia ter retomado as cores, dobrado de tamanho. Ele devia ter desconfiado que Carcará não deixaria a própria história rumar a um fim transacional. Os anos de amizade com Gian, a necessidade dos dois terrenos para alimentar toda a comunidade, a vontade de redimir o passado falaram mais alto do que qualquer instinto de preservação e ela agora usava a própria essência como pintura de guerra. Carcará pega, mata e come, não assina pactos com urubus. Renascera das cinzas, pronta a atribuir ao próprio nome novo folclore.

Antônio caminhou para dentro da sala e se juntou aos vizinhos. Estavam praticamente todos ali, inclusive aqueles que sempre tinham se oposto ao projeto da Pedreira. A mãe parecia tê-lo aguardado para começar a discursar sobre a possibilidade da violência nos desdobramentos daquela noite.

A retórica de Carcará era organizada para, ao mesmo tempo, se dirigir ao filho e seguir um roteiro indiferente à sua presença: todos ali deveriam estar preparados para se proteger, mas atacar, não, em hipótese alguma. A integridade física de todo mundo — *todo mundo* — era fundamental. O cuidado antecedia o impulso.

— Não haverá heróis. Não há.

O olhar dele cruzou com o da mãe e, em seguida, com o de alguns vizinhos. Naqueles encontros, buscavam coragem, afirmavam o gesto, partilhavam conjecturas, resolviam pendências. Dissolviam-se em uma nova história comum.

A união de todas aquelas pessoas parecia natural. Não só a liderança de Carcará, mas também a iminência da escassez ligava os diferentes grupos. Seguiram até o portão de madeira com lanternas e lampiões em riste.

Os olhos de Carcará e de Antônio se cruzaram, desativando as fronteiras do passado. Ela caminhou devagar na direção do filho. Seus passos pediam licença. Quando viu a mãe se aproximando, ele formulou uma lista de erros pelos quais pediria desculpas, mas a voz demorou a sair e foi logo interrompida pelo abraço dela, que nem achava que tinha o que perdoar.

Cercada pelos vizinhos, Maria Clara sentiu uma pontada no estômago ao reconhecer naquele abraço de Antônio e Carcará um sentimento adormecido. Lembrou-se dos piores dias de sua infância: sempre que ficava sozinha na hora do trabalho em grupo, quando descobriu uma página em uma rede social dedicada a expor que ela ainda era B.V., ou o ano em que, por não saber explicar por que tinha levado seu avô à festa dos pais, acabou batendo em um coleguinha. Seu Gian parecia adivinhar os momentos em que ela tinha certeza de ser a pessoa mais desprezível que já pisara na Terra, e a acolhia com aquele mesmo abraço que prescindia de requisitos. Depois, ele inventava uma desculpa para ficar ali, em silêncio, sem esconder sua tristeza, mas ao lado dela, ocupado por um passatempo qualquer. Com ele, se foi também a incondicionalidade. Aquele abraço já estava fora de seu alcance.

Para dissimular a própria dor, Maria Clara focava em inspirar e expirar o ar pesado daquela noite, e então sentiu um toque abrupto. Era Carcará, que a puxava para seus braços, como se os tempos de estranhamento e desconfiança nunca tivessem existido. O abraço era sem precedentes e também era sem requisitos. Envolvidas, excediam a morte.

— Primeiro vem a luta. — Carcará sorriu.

— Depois a esperança.

Motivada pelo silêncio ao redor, Carcará desfez o abraço e repetiu a frase para as quase cinquenta pessoas que tinham se reunido ali com o tom de quem começava a contar uma história por sua moral. A fragilidade de seu corpo era encoberta pelo brio. Ela estava em expansão, embora seus gestos seguissem contidos, abaixando as mãos ao sugerir que todos se sentassem sobre o asfalto.

O grupo de vizinhos havia chegado ali com um propósito comum, mas o pacto ainda era frágil, poderia se perder em ensimesmamentos. As vozes tinham que se fundir em uma e Carcará conhecia o ingrediente daquela liga.

Como se redescobrisse a própria fala, contou sobre o dia em que se mudou para os pés da Pedreira. O então marido peregrinava pela vizinhança, informando o propósito de transformar aquelas terras em um cultivo que servisse a quem bem quisesse, enquanto ela ficava sozinha com o pequeno Antônio naquele casebre ocupado e sem trincas. Tentava impedir o menino de perseguir as lagartixas, enquanto se preocupava com o que comeriam na janta. Foi aí que ouviu uma batida na porta. Achou que lhe tomariam o barraco antes mesmo que ela desfizesse as trouxas, mas era Gian com um prato de pinhão que acabara de cozinhar. Disse que a colheita havia sido boa naquele ano e já foi ensinando o menino a descascar, alertando que não usasse os dentes para não ficar que nem ele — e deslocou a dentadura, fazendo o pequeno rir.

Depois, Gian levou mãe e filho pra visitar o pomar, com Maria Clara no colo e Luiza na retaguarda, disse que ficassem à vontade para se servir do que quisessem, que as poucas frutíferas estavam à disposição. As crianças brincavam com cabelinhos de milho quando ele mencionou a morte da filha. Era um homem triste, mas só depois foi se fechando, com medo do que o mundo faria às netas. Naquela época, o portão maciço ainda nem existia.

— Quando fomos embora, naquele dia, Gian deu de presente para o Antônio uma vaquinha de chuchu que ele ia renovando a cada vez que o legume apodrecia. O Tonho nem percebia.

Antônio riu, contrariado. Sentindo as lágrimas invadirem seus olhos, entendeu o que Carcará fazia. Dava sentido àquela retomada. Não recuperavam só a terra, mas também suas histórias, combustível para os dias que viriam. Havia pragmatismo em seu gesto simbólico.

Aos poucos, os vizinhos foram cedendo e se sentando. Jéssica quis perpetuar o movimento de Carcará e pediu a palavra. Contou sobre o dia em que jogava vôlei na rua e deixou uma bola cair bem em cima da roseira da já falecida avó de Maria Clara.

— Achei que o seu Gian ia contar pro meu pai e eu ia apanhar de cinto, mas ele só me deu uma outra bola que ninguém tinha pedido e disse para eu não tentar pegar a minha no meio dos espinhos, que podia me machucar.

A astúcia de Carcará germinou e o silêncio se transformou em murmúrio. Em grupos menores, outros vizinhos começaram a contar as próprias histórias, que ora se bifurcavam, ora convergiam. Roseiras, avós, muros, brincadeiras foram habitando aquele espaço, criando um rumor que os expandia. Somados os vivos, multiplicados pelos mortos, aos poucos se tornaram multidão.

Pat emendou contando que só foi interagir mesmo com seu Gian quando tinha uns dez anos. Ele já estava afastado de Carcará na época, recluso. Tocou a campainha, procurando pelo irmão, mas foi Gian que atendeu e conversaram um pouco. Em dúvida genuína, perguntou se deveria dizer que Pat era "bem-educada ou educado" para elogiar seus modos.

— Eu não soube responder. Disse que nenhum dos dois, ou os dois. Ele respondeu que isso era moderno e "da hora". Eu ri e ele me perguntou se os jovens ainda falavam "da hora". Respondi que não. Ele falou que tinha muito o que aprender e riu comigo.

Antônio apertou forte a mão de Pat e sussurrou que cuidaria das suas sementes banhadas para que um dia elu pudesse voltar e vê-las convertidas em abundância. Pat colocou a mão no bolso e a estendeu, mostrando os feijões que levava em viagem; o irmão sempre estaria ao seu lado.

Ao ouvir as histórias, Antônio se deixou tomar pelo alívio de ser mero coadjuvante. Não achou que participaria da roda até que percebeu seus lábios abrindo e fechando, às vezes sentindo o gosto de um choro que também não foi planejado. Maria Clara apertou seu braço e os olhos de alguns vizinhos o incentivaram a continuar. Ele se surpreendeu com as promessas que brotaram em preâmbulo de liberdade.

— Depois que quase me afoguei na piscina subindo num galho que ele já tinha me dito que era perigoso, saí correndo desembestado. O seu Gian veio atrás de mim, mas não para me dar bronca. Pediu autorização pra Carcará, perguntou se eu topava, e aí me ensinou a nadar. Disse que era pra eu não ficar com trauma de água.

— Enfrentar o medo é melhor do que viver nele — disse uma voz vinda de dentro do portão, atraindo todos os olhares. — Vovô sempre dizia isso.

Maria Clara viu sua memória descolada do corpo, um tecido remendado a muitas mãos. Embora não tivesse lembrança das cenas narradas com o avô, podia imaginá-lo em todas. As histórias faziam jus ao homem gentil, de espírito livre, melancólico e humor excêntrico que ela conhecera. Abandonou a busca de uma sintaxe, voz, rosto ou pormenores — a memória era um sentimento compartilhado. A dela a extrapolava, mas tinha endereço. Luiza parecia sentir o mesmo, pois em um gesto sutil rasgou o documento de transferência que levava em mãos. Não abdicariam daquele chão fértil.

A realidade retomou seus contornos quando quatro homens saíram de trás do portão. Daquela vez, todos engravatados. Eles encaravam Luiza como se o maior absurdo do mundo fosse alguém querer guardar a própria casa.

— Nosso acordo não está mais em vigor, dona Luiza? — perguntou um deles, sem deixar a voz oscilar.

De canto de olho, Maria Clara pôde ver a cicatriz intangível de Antônio pulsando, revolvida. Ela se perguntou se aqueles homens seriam os mesmos que a causaram ou apenas arqueólogos da dor. Não pôde se concentrar na resposta, pois logo percebeu uma ameaça: o outro homem, que vinha logo atrás, pegava seu telefone, provavelmente para acionar a polícia. Ciente da truculência da Guarda, ela precisava intervir, mas não sabia como, e nem precisou chegar a qualquer conclusão.

Foi Robson que se dirigiu ao homem com um gesto familiar, sugerindo que se conheciam, provavelmente das festas de fim de ano da Ordem. Pediu que ele abaixasse o telefone, perguntou da família, gastou argumentos de toda sorte para que as duas terras fossem mantidas pela comunidade.

Carcará já conversava com o primeiro engravatado, pautando-se menos em amizades do que nas leis que conhecia de cor. Ainda que a legalidade fosse instrumento enferrujado, era o único recurso que tinha para conseguir uma trégua.

Jéssica abraçava Luiza, cujas mãos ainda tremiam, refletindo o gesto impensado que parecia ter sido planejado a vida inteira. Às dúvidas não ditas da vizinha, Jéssica respondeu que sim, ela havia feito a coisa certa. Mesmo que fosse demitida do cartório pelas irregularidades, a vida continuaria. Vivendo no fim do mundo ou não, era uma merda ser pobre, claro, mas se virariam. O Capitão Colapso ali proveria corações de banana, concluiu ela, com uma careta. Fazia muito tempo que Maria Clara não via a irmã rir.

Pat veio ao cuidado de Antônio para garantir que o irmão não cometesse nenhum ato impensado como da última vez, mas logo viu que ele estava paralisado, as juntas envoltas pelo exoesqueleto da própria cicatriz. Os dois se encararam em um de seus longos silêncios, sem piscar. Sem prazo para acabar, o olhar fixo curou as feridas antigas, perdoou as querelas do presente, validou as decisões de futuro.

Os outros vizinhos reclamavam, suspiravam, palpitavam, murmuravam, cantavam, rezavam até. Cada um tinha seu lugar. Maria Clara observou aquela investida. Como se motivada por um estopim, a comunidade se movia em atos que não eram ataques, mas deslocamentos sutis e sincronizados. A imagem a remeteu ao dia em que sua composteira desequilibrada foi tomada por vermes e parecia se mexer sozinha. O movimento orgânico, gerado pela harmonia perfeita de seres coordenados pelo instinto, podia ser muito mais assombroso do que um bote.

Seus olhos então cruzaram com os do último homem engravatado, que observava aquele rebuliço em silêncio. O conflito por terras era uma das histórias mais contadas do mundo, mas havia ali uma novidade: na trama da privação, os que antes interpretavam papéis de privilégio.

— Você se vê do outro lado? — perguntou Maria Clara.

Ele a encarou, parecia prestar atenção. Ela seguiu.

— Eu também não achava que teria que lutar pelo básico, mas olha só... é só uma questão de tempo... pra você também.

A escassez agora batia em quase todas as portas, indistinta, mas não equânime. Faltava água, a comida rareava e não havia dinheiro que comprasse frutas e legumes de qualidade quando os meios para transportá-los tinham estagnado. A insuficiência era tão abundante que começava a afetar também os que tinham ficado imunes nos últimos anos. A proposta de Luiza foi apenas catalisadora naquele movimento heterogêneo pela sobrevivência na comunidade, que contava com rostos e discursos antes reticentes. O engravatado também percebia que naquela multidão desesperada havia novos contornos. O espelho nunca estivera tão próximo e nada tocava aqueles homens como a visão de si.

Ele ignorou Maria Clara e, como se a pergunta o tivesse lembrado de que tinha um lugar melhor para ir, tirou do bolso a chave do carro e caminhou em direção à caminhonete. Devia ser dos quatro o mais poderoso, pois seus passos foram seguidos.

— Amanhã a gente resolve isso — disse para os outros.

Eles foram saindo, atravessando a multidão. O advogado se despediu de Robson com simpatia dissimulada. O outro homem não fez questão de dar boa noite a Carcará. O terceiro sussurrou uma ameaça qualquer a Luiza antes de ter a atenção voltada aos riscos na lataria do veículo.

Entre os vizinhos, o murmúrio continuou se erguendo até que os motores arrancaram para longe dali. Sobrou no céu apenas a promessa revanchista dos drones, abafada por um trovão.

Os vizinhos se encararam como se tivessem acabado de despertar. Luiza e Carcará se entreolharam, desacreditadas. Pat abriu os braços em reverência. Jéssica se pôs a girar com Maracajá. Araucá estendeu a língua para os céus. Todos sorriam abobalhados e incrédulos. Há anos, a mágica desaparecera de seus horizontes e agora ela voltava em um estrondo. Não havia melhor lugar nem instante.

Maria Clara olhou para o próprio braço, entrelaçado ao de Antônio; as gotas da chuva demoravam a ser absorvidas pela pele dele, acostumada ao estio de uma estação inteira. Começou a rir ou a chorar. Debaixo d'água, não fazia tanta diferença. Ele a levantou do chão e a beijou com a alegria aliviada de quem beijava o seu amor enquanto o mundo seguiria existindo por mais um dia. Foi Carcará que interrompeu a comoção geral:

— A gente precisa coletar água!

Cada pessoa saiu correndo em uma direção, abrindo comportas, posicionando baldes, destampando galões. Era um balé gerido pela sobrevivência e todos tinham seu lugar na dança.

Maria Clara deu um último beijo em Antônio com a certeza do reencontro, e então ela e a irmã correram para tirar a capa da piscina há muito coberta. Não fecharam o portão. Não fechariam.

As amarrações das cordas que prendiam a lona eram ainda as que o avô havia feito. As duas nunca tinham se preocupado em coletar água antes. No gesto de soltar os nós atados há mais de uma década, no trabalho que haviam repetido por muitos verões, nos traços dele sustentando a expressão concentrada de Luiza, Maria Clara viu-se junto a seu Gian de novo.

Já não se preocupava em reconstituir a exatidão de seus passos, traços ou palavras. Entregou-se à tormenta e sentiu a plenos poros o que era estar ao lado do avô, ter quinze anos a menos e acreditar que o amor duraria para sempre. Hoje ela sabia que sim, com o cultivo certo. Continuaria a buscá-lo, como as gemas de um de seus jogos — os fragmentos eram brilhantes e estavam em toda parte. Cabia a ela cultivar cada um de seus receptáculos: corpo, terra, gente, histórias. Tudo era passado, presente e futuro.

Olhou em volta para os pés de manga, jambo, abacate e também para a parte do terreno que ainda restava a ser cultivada. O amanhã seria árduo e permeado por novas violências, mas, para colher os frutos plantados pelo avô e semeá-los de novo, ela seguiria reanimando o mundo quantas vezes fossem necessárias. O fim não era uma possibilidade enquanto a terra guardasse resquícios de todo o amor que veio antes e se perpetuava em teimosa existência.

Ela e a irmã terminaram de dobrar a capa da piscina, que serviria de reservatório de água. Riram porque estavam encharcadas pela tempestade e correram para aproveitar aquele raro afluxo, lembrando-se das últimas férias que passaram juntas no quintal da casa de praia, tomando banho de chuva para compensar os perigos de mergulhar no mar sob relâmpagos.

Cada gota cravava na pele de Maria Clara as sensações daquela derradeira viagem ao litoral. A memória brotou com a calma das respostas encontradas em um passatempo de praia.

Qual foi mesmo a última palavra que descobriram juntos?

NOTA

1. que reconhecia os pássaros pelo canto, que me buscava na escola todos os dias, que sempre esperava o momento mais prudente de atravessar a Raposo, por mais que a espera fosse longa, que sentou em silêncio comigo quando não vi meu nome na lista do vestibular, que trabalhou no Banespa, que tinha um Monza bordô, que me ensinou que banana pode ser mistura, que detestava frango, que cantava alto no chuveiro, que me privava de suas angústias, que colecionava bonés de todas as cidades em que estivemos, que se orgulhava de nós, que preferia as excursões de ônibus, que disfarçava a sua tristeza a cada Natal, que supostamente achou uma mala de dinheiro e devolveu ao dono, mas não se lembrava dessa história, que gastou todo o dinheiro do almoço num aperitivo do Fasano, que tinha amigos com nomes engraçados, que comprou uma filmadora para minha primeira apresentação de balé, que filmou o teto na minha primeira apresentação de balé, que fez amizade com todo o bairro assim que chegamos, que espalhava sementes no chão e depois se esquecia delas, que cuidou de um pé de ameixa achando que era de graviola, que me levava pela mão aonde eu quisesse ir, que se orgulhava das placas que eu lia quase antes de saber falar, que me inundava de gibis, que me ensinou que um livro é

um luxo que vale a pena, que foi bicado nos pés por um ganso ao fazer graça pra mim, que contava piadas sem graça e anedotas que eu daria tudo para lembrar, que me esperava na garagem a cada volta pra casa, que ajudou quem precisava, que condenou a ditadura mesmo sem ter sido alvo, que se orgulhava de caminhar na praça com aquela menina de cachinhos que ainda não se dava conta da importância de ter alguém que se orgulha da gente sem razão, que aceitou minhas baboseiras de adolescente, que me ensinou a declarar Imposto de Renda (ainda sei seu CPF de cor), que era amado por todos que o conheciam, que não se candidatou a vereador por achar que a política o tiraria do sério, que se formou em Direito já adulto, mas não teve estômago para exercer, que tinha um senso ético pautado no amor, que nunca desistiu de ninguém, que defendeu as filhas de falas machistas, que adorava *A Era do Gelo*, que fazia as cartas do jogo de Paciência pularem pra mim (que não tinha paciência nenhuma), que passava aquele chefão difícil do jogo do Mickey, que me passava uma nota de 50 escondido, que tentava aprender as gírias dos jovens, que lia as sagas juvenis que eu lia também, que sempre me perguntava da escola e entendia quando era difícil falar, que me dizia que "agora só faltam 364 dias" todo primeiro dia, que me acompanhava nas ondas mais altas, que me ensinou a amar o Litoral Sul, que me defendia mesmo quando eu era indefensável, que fez sacrifícios que eu nem posso imaginar para que não me faltasse amor, que sempre sabia consertar tudo, nem que fosse à base da gambiarra, e depois dizia:

"Quem tem vô tem tudo. Não é?"

Este livro é para que sua memória dure para além do fim da nossa espécie.

AGRADECIMENTOS

Agradeço ao Pierre, primeiro leitor e artesão de novos mundos, à minha mãe Regina, à minha tia Lúcia, à minha avó Cecília. Não haveria nada sem vocês.

À Beatriz D'Oliveira, editora que acreditou neste livro desde suas primeiras versões, por seu olhar criterioso e apaixonado, além de todas as pessoas que trabalharam na preparação, revisão, diagramação, capa, divulgação e todos os processos que tornaram este texto um livro. Agradeço também à Agência Riff pelo acompanhamento cuidadoso.

Saúdo a quem veio antes: Natalia Borges Polesso, Ailton Krenak, Emicida, Nastassja Martin, Ana Rüsche, Vinciane Despret, Ana Primavesi, Malcom Ferdinand, Donna Haraway, Bruno Latour, Irene Solà, Davi Kopenawa, bell hooks, Pablo Servigne, Isabelle Stengers, Carlos Drummond de Andrade, Paulo Freire e tantes outres. Reverencio Antônio Bispo dos Santos, que se alumiou enquanto eu escrevia este livro. A vida é "começo, meio e começo".

Agradeço às primeiras leitoras pela utopia compartilhada, em especial à Fabiane Guimarães, pelo incentivo à escrita quando este livro era apenas semente e pela leitura crítica desde suas primeiras versões pandêmicas, à Ana Lis Soares, pelos olhos de Carcará em caça, à Keka Reis, pelo coração de mil bananeiras, e a Ana Rüsche e Julia Dantas pela generosidade de uma araucária em junho. Deixo um salve amoroso a tantas pessoas amigas que vêm me acompanhando nestas veredas da escrita climática. Ô sorte.

Registro minha admiração e homenagem às pessoas que dão tudo de si para preservar a vida na Terra. "Nós não defendemos a natureza, nós somos a natureza que se defende."

Dedico este livro também aos animais mais que humanos, fungos e vegetais. Que a vida persista em inspiração.

PLAYLIST "NOVO MUNDO"

"Passarinhos", Emicida e Vanessa da Mata
"Principia", Emicida
"É tudo pra ontem", Emicida
"Amor de índio", a versão do Milton Nascimento
"Fé cega, faca amolada", a versão de Samuca e a Selva
"A festa", Milton Nascimento
"Clube da esquina nº2", Milton Nascimento
"It's the End of the World as We Know It (And I Feel Fine)", R.E.M.
"Amor sustentável", Anelis Assumpção
"Blizzard", Fauve
"Canto de um povo de um lugar", Caetano Veloso
"Carcará", Chico Buarque e João do Vale
"Tenho sede", Gilberto Gil
"Reis do agronegócio", Chico César
"Vaca profana", Gal Costa
"Matança", Xangai e Geraldo Azevedo
"Xote ecológico", Luiz Gonzaga
"O canto da terra por um fio", João Bosco
Qualquer canção dos Intraterrestres

No dia em que concluí a escrita da primeira versão deste livro, foi aprovado na Câmara o PL do Marco Temporal, um passo largo na direção do fim da nossa espécie.

Terminei de escrever a segunda versão no último dia da segunda onda de calor que arrebatou o país. Em decorrência das altas temperaturas, um show da Taylor Swift foi adiado. O colapso agora é *mainstream*.

No dia em que a escrita da terceira versão é finalizada, já não sei contar quantas foram as ondas de calor atípico. A onda atual se encerra em enxurradas. Uma epidemia de dengue escancarou os desequilíbrios, mas ainda há quem questione o termo “racismo ambiental”.

Encerro a revisão deste livro na virada de um ano de COP no Brasil e investidura de um presidente negacionista nos Estados Unidos. Torço para que não haja concessões, para que a vida seja mote e matéria.

(Aprovo a última versão no Dia do Meio Ambiente em que o PL da devastação o condena à morte, nos sentenciando também.)

Impressão e Acabamento:
LIS GRÁFICA E EDITORA LTDA.